Alejandro Guillermo Roemmers nació en Buenos Aires en 1958. Es poeta, dramaturgo y colaborador de diversos proyectos a favor de la fraternidad y la paz en el mundo.

Recibió numerosos premios internacionales por sus actividades, entre los que destaca el San Francisco de Asís, otorgado a un laico por primera vez en ochocientos años, por la Pontificia Universidad Antonianum en el Vaticano. En 2025 recibió el nombramiento de embajador por la Paz del WOFP (World Organization for Peace).

Publicó las novelas *Vivir se escribe en presente* y *Morir lo necesario*, escribió los musicales *Franciscus: una razón para vivir* y *Regreso en Patagonia*, y tiene publicados numerosos poemarios.

Ha compaginado su posición de empresario con una profunda vocación artística y literaria, y la trasmisión de los valores esenciales del ser humano. En esta línea, publicó *El regreso del Joven Príncipe* y *El Joven Príncipe señala el camino*, libros traducidos a treinta idiomas, que llevan más de tres millones de ejemplares vendidos.

El misterio del último Stradivarius

Alejandro G. Roemmers

El misterio del último Stradivarius

Planeta

Obra editada en colaboración con Editorial Planeta – Argentina

Adaptación de portada: © Genoveva Saavedra García / aciditadiseño
Fotografía de portada: © Getty Images
Fotografía del autor: © Alex Robledo

Bajo el sello editorial PLANETA M.R.
Avenida Presidente Masarik núm. 111,
Piso 2, Polanco V Sección, Miguel Hidalgo
C.P. 11560, Ciudad de México
www.planetadelibros.us

Primera edición impresa en esta presentación: agosto de 2025
ISBN: 978-607-39-3028-4

Impreso en los talleres de Impregráfica Digital, S.A. de C.V.
Av. Coyoacán 100-D, Valle Norte, Benito Juárez
Ciudad de México, C.P. 03103
Impreso en México — *Printed in Mexico*

A mi madre, que me inculcó el amor a la música.
A Su Santidad el Papa Francisco por su incansable
labor en favor de la Paz y la Fraternidad Universal.
A Daniel Sielecki.
A mis amigos del alma, Andrés Fabeiro y Melda Cinar.

Mi agradecimiento al rabino Sergio Bergman,
a la Cátedra Vargas Llosa y a todos aquellos
que han colaborado en la reconstrucción histórica
que da trasfondo a esta novela.

NOTA DEL AUTOR

Este relato totalmente imaginario parte de los hechos reales sobre el brutal asesinato del científico, arqueólogo, músico y lutier alemán Bernard Raymond von Bredow y su hija de catorce años, Lorena Lydia von Bredow, sucedido el 22 de octubre de 2021 en su casa de Areguá, a pocos kilómetros de Asunción del Paraguay. Su causa ha sido relacionada con el robo de los violines Stradivarius de su propiedad.

Lejos de cualquier tipo de reivindicación que alguien pudiera suponer, he querido resaltar la capacidad del arte y, en particular, de la música para sanar las heridas del alma y elevar al ser humano y su destino por encima de las pasiones propias de las bestias.

Quiero también dejar indemne la memoria de Bernard von Bredow y rendir tributo a su capacidad de reparar violines antiguos sin el uso de ningún elemento metálico, para no afectar su sonido excepcional ni su valor histórico.

PRESENTACIÓN
por Mario Vargas Llosa

Me llama mucho la atención el caso de Alejandro Roemmers. No recuerdo haberle oído hablar, desde que lo conocí, de sus negocios o inversiones. De lo que hemos hablado, cada vez que nos hemos encontrado, ha sido de literatura. Han pasado los años, ha publicado ya muchos libros de poemas que le han valido reconocimientos en distintos lugares, y su vocación creadora lo ha llevado a practicar diversos géneros.

El misterio del último Stradivarius, que he leído en su primera versión, no es ni pretende ser una novela histórica, pero se nutre de pasajes y personajes históricos, desde el célebre lutier cremonés Antonio Stradivari, que a finales del siglo XVII revolucionó, con la fabricación de violines, la música de su tiempo y del porvenir, hasta las colonias alemanas de Sudamérica y los prófugos nazis o sus simpatizantes, pasando por las invasiones napoleónicas de inicios del siglo XIX, los nacionalismos que desataron la Primera Guerra

Mundial, los totalitarismos que surgieron poco después y los holocaustos de los años 1940.

Con esos múltiples telones de fondo, en los que reconocemos momentos claves de la historia y a personajes como Casanova, o clásicos como Verdi, o más tarde a los infaustos capitostes nazis, se van desarrollando dos relatos que irán, a medida que se acerque el desenlace, convirtiéndose en uno solo: el del misterioso violín, el último que fabricó Stradivari, cuyo azaroso itinerario a través de los siglos y las geografías seguimos con fascinación, y el de las pesquisas que, en época contemporánea, lleva a cabo un comisario paraguayo. Esa pesquisa le irá revelando, y a nosotros con él, un mundo insospechado que remite, desde ese rincón sudamericano, a momentos trascendentales de la historia moderna.

Sin embargo, el protagonismo definitivo lo tiene el violín, porque en cierto modo él es todos los personajes en cuyas manos cae y es también la serie impresionante de hechos dramáticos y por momentos cómicos o irónicos en los que este instrumento, al parecer con poderes especiales, se ve envuelto.

El misterio del último Stradivarius pertenece a un género que tuvo su origen en la Inglaterra del siglo XVIII y dio en llamarse «novela de circulación» *(novel of circulation)* o «literatura de objetos» *(object narrative),* porque sus protagonistas eran objetos inanimados, «cosas» que podían ser intercambiadas, compradas, vendidas, regaladas o legadas y que pasaban de mano en mano, a veces de generación en generación.

Como viejo aficionado a la música clásica que soy, he disfrutado viendo al violín, uno de los más hermosos instrumentos musicales, convertido en protagonista de una ficción. Tengo la seguridad de que los lectores, se interesen por la música o no, sabrán apreciar esta nueva novela de Alejandro Guillermo Roemmers.

1.

Areguá, 22 de octubre de 2021

—Aquí deberíamos vivir, Gutiérrez. —El comisario Alejandro Tobosa respiró hondo, como si quisiera absorber el paisaje verde y florido, el cielo limpio y las casas antiguas de Areguá—. Aquí debería vivir todo el mundo.

Ahí, hasta el aire parecía más limpio que en Asunción, y mucho más que en Santa Ana, el barrio del comisario, usualmente infestado de la fetidez del río, los desagües desbordados y aquel aroma rancio que produce el calor en las zonas muy pobladas. Esa misma mañana había crecido el arroyo Leandro, y el comisario había tenido que sacar el agua de su dormitorio con un balde, repasar los altos con insecticida y rociar los bajos con veneno para ratas. Mientras se ponía un pantalón seco, había pensado que al menos no vivía en el siguiente barrio: Bañado. En su clasificación mental de Asunción, los habitantes de ese lugar eran considerados indigentes en toda regla.

En cambio, en Areguá, a solo una hora de la ciudad —que sería menos tiempo con una carretera en condiciones—, todo lo que veía le parecía más interesante, más atractivo, más civilizado.

—Vivir aquí debe ser aburrido, comisario —discrepó el sargento Gutiérrez, despreciando el bucólico encanto de su entorno—. No se siente calor humano.

—Pero mira qué bonito, Gutiérrez. No me digas que no te gusta.

Pasaban delante de la iglesia Virgen de la Candelaria y Tobosa llenó su vista de belleza, de patrimonio histórico, de la sensación de estar en un lugar donde las cosas podían ser hermosas.

—Parece un cohete que no ha podido despegar, comisario —respondió de nuevo Gutiérrez, mientras bostezaba. Para él, lo trascendental no era el enriquecimiento cultural, sino haber abandonado Asunción a las nueve de la mañana, una hora que aún formaba parte de su madrugada.

Tobosa quiso sacarlo de su error, educarlo, hablarle del castillo de Carlota Palmerola, ese orgullo de la historia paraguaya. O de la preciosa artesanía aregüeña, tributaria de siglos de sofisticación de la cultura nacional. Incluso de la playa de esa ciudad o, al menos, lo más cercano a una playa que podía permitirse un país sin salida al mar: esa orilla del lago Ypacaraí que, sin embargo, transmitía más paz y sosiego que las costas caribes, atestadas de turistas cubiertos de protector solar. Al menos hasta donde Tobosa había podido ver en Internet, alguna vez que había soñado con emprender un viaje loco con su esposa, antes de descubrir que, con el dinero de esa escapada, podrían mudarse a un barrio mejor por dos años y que, en todo caso, con su sueldo de policía, ambas cosas resultaban inalcanzables.

Pero tenía pocas ganas de entrar en un debate que su subalterno difícilmente entendería.

—¿Falta mucho? —terminó por preguntar, tratando de volver con su mente a temas más terrenales.

—Esto ya es Patiño —respondió Gutiérrez, que no tenía un gusto refinado, pero se orientaba bien y sabía conducir con seguridad.

A su alrededor se alzaban muros, algunos de cuatro o cinco metros de altura, rematados por alambradas eléctricas o punzantes trozos de botellas rotas. La mirada de Tobosa se filtró por algunas puertas enrejadas. Distinguió fragmentos de fachadas históricas, balaustradas de balcones falsamente coloniales o puertas modernistas, todo en medio de frondosos jardines. Imaginó que los ocupantes de esas casas tenían todo lo que necesitaban de la vida —las vistas perfectas, las decoraciones confortables— y que nunca necesitaban salir a ensuciarse con las penas del mundo real. Quizás eso no fuese tan cierto para una persona de otro lugar. Pero él vivía en Santa Ana, y Areguá le resultaba tan lujosa como Londres para un sudanés.

—Siempre tiene que ser la última casa, ¿verdad?

El sargento Gutiérrez detuvo el Ford Fiesta junto a una muralla en el límite de la zona urbanizada. La reja estaba abierta y dejaba ver una casa sin mayor atractivo: un primer piso de ladrillo con un garaje y unos altos de cemento sin pintar. En lugar de cercos eléctricos o vidrios rotos, sus paredes estaban rematadas por un alambre de púas que le daba cierto aire de trinchera.

—Y además, fea —amplió Gutiérrez.

Tobosa examinó la vivienda. Aunque poco agraciada, era bastante amplia, y su entorno de cedros, petiribíes y guacamayos chillones le confería una apariencia bucólica, pastoril.

—No seas exigente, Gutiérrez —dijo con sequedad—. Ya quisieras.

Junto a la reja descansaba un destartalado vehículo con los parachoques abollados, la carrocería descascarada y una puerta entreabierta: uno de los patrulleros de la precaria policía local.

—Buenos días. —Tobosa saludó al agente que esperaba en el patrullero, mientras mostraba su identificación.

El agente bajó del vehículo y se llevó la mano al quepís. Se le notaba el alivio porque alguien más viniese a quitarle de las manos la responsabilidad por lo que había ahí adentro. Los policías locales estaban bastante más acostumbrados a intervenir en robos y peleas de borrachos que al peculiar encargo de esa mañana, una verdadera anomalía en la ciudad, para la que habían tenido que pedir ayuda a la capital. Su voz sonó casi encantada, incluso inapropiadamente feliz, cuando saludó sin siquiera preguntar el nombre del comisario, alentándolo con gestos a ingresar en el inmueble y tomar posesión de lo que ahí le esperaba:

—Pase usted, jefe. Todo suyo.

—¿Quién lo encontró? —quiso saber el comisario.

El agente señaló hacia el otro lado de la reja. Ahí mismo, medio oculta por el muro de la entrada, una mujer carnosa y despeinada, vestida con humildad, murmuraba algo para sí misma con una boca en la que faltaban varios dientes.

Tobosa estaba por reprender al agente por abandonar la escena de un crimen dejando a una testigo adentro, pero tuvo la impresión de que ese pobre hombre no entendería la reprimenda. Se olvidó de él y se acercó a la mujer. Al llegar a su lado, descubrió que lloraba y rezaba en guaraní.

—Buenos días. —Extendió una mano, que ella miró con desconfianza, como habría mirado a una culebra a punto de morderla—. Soy el comisario Alejandro Tobosa. Y el señor es el sargento Gutiérrez. ¿Usted es...?

Gutiérrez se limitó a alzar el mentón hacia la mujer que, devolviéndole la cortesía, lo miró de reojo, sin interrumpir sus sollozos y oraciones, que ambos hombres pudieron escuchar ahora con nitidez:

—... Eme'ẽ oréve ko árape ore rembi'urã, opa ára roikotevẽva; eheja reíkena oréve ore rembiapo vaikue, roheja reiháicha ore rapichápe...

—¿Ya le tomaron su declaración, señora? —quiso saber Tobosa.

—... hembiapo vaikue ore ndive; aníkena reheja roike rojepy'ara'ã vai haguáme...

—Todavía no me ha dicho su nombre. —Tobosa insistió, pero la mujer siguió sin hacerle caso y al comisario no le quedó más remedio que cambiar el tono de su voz—. Mire, señora, a lo mejor prefiere contarme todo en la comisaría.

—Ahí la gente se pone muy conversadora —lo apoyó Gutiérrez—, sobre todo después de un par de noches de calabozo. Les da la soledad, pues...

La mujer dejó de murmurar. Mantuvo la mirada fija en el suelo, pero sus siguientes palabras fueron dirigidas al comisario y el sargento:

—Ese señor era muy raro. Ni amigos tenía. Seguro que se lo merecía. Pero la niña... ¿Por qué la niña? ¿Por qué la niña, a ver? ¿Qué culpa puede haber tenido ella?

Tobosa suspiró. Le pasaba con frecuencia que las personas le respondían cosas que no había preguntado. O se defendían de acusaciones que nadie había hecho. Solía dedicar la mitad de sus interrogatorios a aclarar lo que quería saber. En este caso, la pregunta era la más sencilla del mundo:

—Señora, ¿cómo se llama usted?

La respuesta le llegó desde el patrullero que había dejado a sus espaldas. Al parecer, el policía que los había precedido había llegado a cumplir con algunas de sus obligaciones, antes de salir de la casa y abandonar la diligencia:

—Se llama Encarnación —dijo—. Es la limpiadora. Ella encontró... Bueno, todo. Ella lo encontró, cuando llegó a trabajar. Y entonces nos llamó.

—Obra del diablo tiene que haber sido —dijo Encarnación, y retomó el hilo de sus oraciones—: Evyá'ke María, nerenyhëva Tupä Ñandejára remime'ëgui, ha'e oï nendive...

—¿Quiere que la convenza, comisario? —preguntó el sargento Gutiérrez.

Era un viejo juego entre los dos. Gutiérrez no mataba una mosca y jamás se había pasado con un detenido. De hecho, solía evitar los enfrentamientos físicos tanto como pudiese, un poco por respeto hacia la vida humana, otro poco por la más elemental cobardía. Pero Tobosa, con su aspecto de burócrata pulcro y su raya del pelo perfectamente recta, imponía poca autoridad, así que Gutiérrez —más voluminoso que el comisario y siempre peor bañado y afeitado— solía asumir una actitud amenazante, para que la amabilidad de su jefe resultase más persuasiva.

Sin embargo, a Tobosa le pareció que no era el momento para jugar al policía bueno y el policía malo. Al menos por ahora, el instinto le decía que su misión no dependía de esa pobre mujer.

—Vamos a hacer una cosa, Encarnación —dijo—. Usted nos va a esperar aquí mientras entramos a ver. Así termina de rezar. Y luego salimos y conversamos un rato. ¿Qué le parece?

Los susurros de la mujer se convirtieron en una letanía incomprensible. Tobosa decidió interpretarlos como un sí.

—Cuídeme a la señora, agente —le pidió al policía del patrullero, que volvió a llevarse la mano al quepís y le dedicó una mirada de sincero alivio. Esa orden implicaba que no tendría que entrar de nuevo a la casa.

Tobosa y Gutiérrez ingresaron por el garaje. Ahí dormían dos autos que parecían pertenecer no solo a dueños distintos, sino a mundos lejanos: una enorme pick-up y un Porsche de dos puertas. La primera, llena de barro y mugre, como si hubiese atravesado un pantano. El segundo, impecable, como si jamás hubiese salido de ahí.

—Solo se usaba el vehículo grande —comentó Tobosa.

—Claro. ¿Quién va a usar un deportivo de estos aquí, comisario? Si las carreteras son una mierda. ¡Solo se puede ir a treinta!

—A mí me dice otra cosa esto, fíjate. El dueño de estos vehículos se dedicaba a transportar algún tipo de carga. Debía irle bien, por eso se movía mucho en la pick-up. En cambio, el Porsche lo tenía nomás para gastar el dinero. O para mirarlo, fíjate que hay gente así, que solo quiere recordarse que ha comprado las cosas, aunque no las use.

Gutiérrez analizó las palabras de su jefe lentamente, como si masticara una carne dura, y luego preguntó:

—¿Y qué carga podría ser la que llevaba? ¿Drogas? ¿Armas?

El comisario Tobosa se encogió de hombros. A falta de guantes de exploración, se sacó del bolsillo dos bolsas de plástico y se las puso en las manos. Intentó abrir los vehículos, pero tenían puesto el seguro. Se detuvo en la pick-up, que parecía llena de información interesante.

En las esquinas de la tolva, marcas de barro en ángulo recto sugerían el rastro de cajas grandes y sólidas, con volumen suficiente para guardar una lavadora o un dóberman. Sobre el suelo había correajes sueltos y varios raspones, líneas rectas y gruesas, producidas, al parecer, por esas mismas cajas. Tobosa las tocó con los dedos, como si pudiera descubrir qué las había producido.

—¡Comisario! —Oyó entonces el grito de Gutiérrez—. Venga a ver.

Reparó en que el sargento había abandonado el garaje y lo llamaba desde adentro. Cruzó la puerta interior y se encontró en una estancia similar a la anterior, solo que mucho más amplia, sin muros divisorios. A juzgar por las paredes grises y los suelos de cemento pelado, parecía otro estacionamiento. Pero el espacio diáfano y desangelado albergaba un contenido que lo asombró.

—¿Qué es esto, Gutiérrez?

—Parece un museo, ¿no?

De arriba abajo, de un lado a otro, los muros estaban llenos de estanterías con toda clase de objetos inesperados, como jarrones, esculturas, muebles, candelabros y, especialmente, instrumentos musicales: guitarras, arpas, contrabajos. Tobosa desconocía el nombre de la mayoría de las piezas que ahí se exhibían. Pero, si las casas de la ciudad lo habían impactado con su hermosura, estas otras maravillas relucientes, de diseños intrincados, confeccionadas con mármoles, maderas vistosas y metales preciosos, lo dejaron sin aliento.

Gutiérrez había recogido la escultura de un hombre joven, desnudo y esbelto recostado en el suelo con una espada en la mano.

—Está clarísimo, comisario —aseveró—. Lo que aquí ha habido es una pelea de invertidos. ¿Quién si no se compraría una de estas mariconadas?

Tobosa se dejó arrastrar hacia una porcelana china con dibujos de dragones y la acarició mientras respondía distraídamente:

—Es una teoría.

—Solo hace falta tener ojos en la cara.

Dieron un par de vueltas por todo el piso. Gutiérrez parecía impermeable al encanto de aquellos objetos y se rio de un timón de barco («Mire, como una rueda de bicicleta») y de un cuadro renacentista («¿Y por qué no se buscaron una modelo más flaca?»). Pero Tobosa recorrió las piezas fascinado, penetrando en una dimensión de la estética que hasta ese día ignoraba.

De repente, al comisario le pareció inapropiado estar disfrutando de la visita. No habían acudido a admirar artesanías.

—Mucha tontería, Gutiérrez —dijo señalando las escaleras que ascendían a la segunda planta—. A trabajar.

Ambos sabían que lo que había aterrorizado al policía del patrullero y enloquecido a la anciana de la limpieza se encontraba arriba. Subieron cada peldaño muy despacio, con miedo, con precaución. Por fin, al abrir la puerta, comenzaron a enfrentarse con lo que venían a investigar.

Ahí se hallaba la zona residencial de la casa, empezando por un amplio salón. A primera vista, estaba tan pulcramente ordenado como el piso de abajo. Modernos y caros, los muebles parecían colocados al milímetro: todas las sillas se hallaban alineadas a la misma distancia de la mesa. Las paredes estaban pintadas de blanco y una enorme computadora ocupaba un escritorio rodeado de estantes llenos de libros.

Como un relámpago en una noche serena, lo único que estropeaba el orden era una silla fuera de lugar, pegada al último rincón que se veía al entrar, oculta detrás de la puerta. Llamaba la atención por las manchas que la rodeaban, como un barro espeso, que también salpicaban la pared y el suelo. Eran sangre del cadáver que permanecía sentado sobre la silla, mirándolos.

—Tiene cara de molesto, ¿no?

—Este ya no tiene cara de nada, Gutiérrez.

En efecto, el rostro estaba tan amoratado y ensangrentado que no se podía distinguir la menor expresión. Algunos pedazos parecían mordidos con una tenaza o una pinza gruesa. Tenía la camisa arremangada y los antebrazos quemados con cigarrillos. Tres colillas yacían a pocos centímetros de sus pies.

—¿Qué le dije, comisario? —dijo Gutiérrez—. Pelea de locas. Celos. Drogas. Esas cosas.

—Le han dado una buena paliza —dijo Tobosa—. Pero no se murió de eso.

El comisario rodeó el cuerpo, que estaba atado con unas correas idénticas a las de la pick-up. Por la nuca le había entrado un balazo que, además de causarle una muerte inmediata, añadía deformidad a la parte frontal.

—Tanto pegarle en la cara para luego matarlo por la espalda —comentó Tobosa—. Como si no quisiera que lo reconociese.

—Para matarlo sin mirarlo a los ojos —señaló Gutiérrez—. Es más fácil así. Por mucho que lo odies, es complicado matar a alguien cara a cara.

—Un día me explicarás dónde aprendiste esas cosas, Gutiérrez.

—En la universidad de la vida, comisario.

—Será la de la muerte, más bien.

Mientras se acercaban a la siguiente puerta, Tobosa no pudo dejar de contrastar las imágenes de ese día. La iglesia Virgen de la Candelaria y la casa con alambres de púas. Las bellísimas antigüedades y el horrendo cadáver. Pensó en lo cerca que podían estar el horror de la hermosura. A veces, era incapaz de evitar pensamientos de esa clase, que luego ahuyentaba de su cabeza como a mosquitos. Porque no servían para nada.

La última puerta de la planta daba a un pasillo distribuidor con otras cuatro puertas. A la derecha, una cocina amplia con utensilios de calidad, igual de ordenados que todo el resto de la casa. A la izquierda, la austera habitación de un adulto con algunos objetos fuera de la cama y una mesa de noche atiborrada de libros antiguos. Con toda seguridad, el dormitorio de la víctima.

Casi al final del pasillo, encontraron una habitación muy diferente, forrada con afiches de mujeres glamorosas que miraban a cámara provocativamente. Aunque apenas sabía algo de música, el comisario reconoció a algunas por los videoclips que a veces se le aparecían en algún restaurante o bar. Tenían nombres como Rihanna, Jennifer López, o el que más gracia le hacía: Lady Gaga.

—Aquí vive un adolescente —concluyó Tobosa en voz alta.

«¿Por qué la niña, a ver? ¿Qué culpa puede haber tenido ella?». Las palabras de Encarnación, la mujer de la limpieza, resonaron en su memoria.

Gutiérrez debía estar pensando lo mismo, porque se había apostado frente a la cuarta puerta —la última de todas— y, a pesar de su impertinencia habitual, no se animaba a abrirla. Jamás había necesitado que Tobosa le dijese qué hacer, y ahora lo miraba esperando una orden que lo obligara a proceder.

—Solo puede estar ahí —informó Tobosa—. ¿Qué estás esperando?

El sargento suspiró, giró el picaporte y empujó la puerta. Dentro del baño tampoco hallaron señales de lucha. Las lociones, los perfumes y los dentífricos se alineaban en una estantería sobre el lavabo. El papel higiénico estaba perfectamente enrollado en su tubo. El suelo relucía. Y la alfombrilla blanca se veía impecable, sin una sola pisada ni una mota de polvo.

Incluso la joven de la bañera parecía pacífica, como si se hubiese dormido durante un baño de espuma. Hacía falta detener la vista en su rostro para descubrir el tono morado que comenzaba a oscurecer una piel que, sin duda, había sido suave y blanca.

En realidad, lo único que delataba la violencia era el agua. O, más bien, la sangre que la teñía.

2.

El reloj del Torrazzo no había marcado las cinco de la mañana cuando Antonio Stradivari, el famoso lutier cremonés —*«il più grande liutaio di tutti i tempi»*, como lo había llamado el alcalde en el homenaje que los vecinos acababan de dedicarle—, abrió los ojos como dos lunas en una noche de tormenta. Tenía el cuerpo tieso como un tablón de madera, era incapaz de articular cualquier sonido inteligible y estaba empapado de sudor.

«¿Será esto la muerte?», pensó, y dejó que los párpados se le cerraran otra vez.

No le quedaban fuerzas ni para dedicar una última oración a Santa Maria Assunta, la virgen protectora de la ciudad, a la que Antonio siempre encomendaba su alma en los momentos oscuros.

Apenas había podido descansar. En las pocas horas que, como era usual, había dormido la noche anterior, los sueños se habían sucedido uno tras otro, como serpientes mordiéndose la cola, tan vertiginosos, vívidos e intensos que ahora se sentía exhausto. Pero su cabeza no podía detenerse ya que, a pesar de la debilidad, todos los mecanismos del recuerdo se habían activado. Se vio a sí mismo, muy joven, caminando por las calles de Cremona, mientras contemplaba un hongo de humo que crecía en el cielo y gente que corría hacia la Piazza Sant'Agata. Allí estaba tendido en un charco de sangre el cuerpo del rico comerciante Giacomo Capra, uno de los personajes más notables de la ciudad. Su traje verde esmeralda iba tiñéndose de un rojo oscuro, casi negro. En ese mismo momento, se entregaba a las autoridades el autor del asesinato, su cuñado, quien declaró que había obrado por desesperación, ya harto de los feroces maltratos a los que Capra sometía a su hermana, la bella Francesca Feraboschi. El comerciante se había casado con ella no por amor, sino por su cuantiosa dote.

Al día siguiente del crimen de la Piazza Sant'Agata, llevado por un impulso que nunca alcanzó a comprender, Antonio se presentó en el entierro de Giacomo Capra. Asistió al servicio en silencio, desde lejos, sin perder de vista a la joven viuda que ocupaba el lugar central de la primera fila. Francesca aferraba un ramo de saúco con ambas manos e iba vestida de negro, con el rostro cubierto por un velo del que resbalaba un torrente de lágrimas. Antonio esperó a que la ceremonia terminara, los deudos se retiraran y el servicio fuera recogido para acercarse a la tumba de Capra. Entonces tomó aire, se persignó y juró solemnemente que, tarde o temprano, la mano de Francesca Feraboschi sería suya.

Esos recuerdos arrancaron una sonrisa al rostro del anciano Stradivari. Con veinte años, era normal ser así de ingenuo e impulsivo, actuar sin detenerse a pensar si lo que hacía era correcto a los ojos de Dios o, al menos, tenía lógica. Las dudas llegaban con la experiencia.

Su memoria en pleno movimiento lo llevó al día de su boda con Francesca. En los tres años transcurridos desde su juramento, Antonio la había cortejado sin cuartel. Para acercarse a ella, se había servido del concurso de distintas celestinas. Pero el factor que había logrado doblegar los recelos que la familia Feraboschi albergaba por este joven aparecido de la nada, que pretendía tenazmente a la sufrida viuda, había sido su creciente fama, que comenzaba a traspasar las fronteras de Cremona, de la Lombardía e, inclusive, de la bota itálica, como el más aventajado discípulo del prestigioso lutier Nicola Amati.

Antonio había entrado al taller de Amati con trece años, llevado por su abuelo, quien vivía convencido de que Cremona era dos cosas: el epicentro mundial de la música y el hogar de la mejor *mostarda* de Lombardía. Como repetía a su nieto, para honrar su historia, los cremoneses tenían la obligación de hacerse músicos, lutieres o cocineros.

Stradivari recordó esos primeros compases, en los que contemplaba con fascinación el laborioso y detallado proceso que permitía a su maestro transformar la madera y darle la forma curva de un violín. Desde el primer día fue sometido a un exigente entrenamiento, que lo llevó a conocer la técnica de fabricación de instrumentos y afinar su temperamento. El maestro había consentido que firmara su primer violín a los veintidós años, luego de asimilar todos sus conocimientos y demostrar su solvencia a la hora de aplicarlos. En el sueño, Antonio pudo ver la inscripción, que volvió a emocionarlo: «Antonivs Stradivarius Cremonensis, Alvmnvs Nicolaij Amati, Faciebat Anno 1666».

Nicola Amati estaba orgulloso por los logros de su alumno más aprovechado. Le parecía evidente que llegaría más lejos que él, que había mejorado los diseños y las técnicas de su abuelo, Andrea Amati, fundador del taller, y de su tío y su padre, de quienes lo había heredado. Stradivari tenía una inteligencia despierta y movimientos tan precisos que, por momentos, daban la impresión de ser sobrenaturales. Conmovido por los resultados de su trabajo, su maestro pensaba que era como si Dios hablara a través de las manos de ese *ragazzo* magro y de ojos melancólicos.

Pero el trabajo de los lutieres no estaba libre de complicaciones y polémicas. Si algunos lo consideraban una obra divina, a otros les parecía la manifestación diabólica por excelencia. Un domingo de misa, Antonio había escuchado con pasmo al párroco de Cremona que, encimado en el altar, los ojos llameantes y la saliva saltándole de la boca, había asegurado que los violines eran instrumentos del diablo:

—¡Esos aparatos hablan! —bramaba—. De ellos no salen notas musicales, sino voces femeninas, las voces del propio Lucifer.

Antonio lo comentó con Nicola Amati ese mismo lunes, antes de iniciar su jornada de trabajo:

—Maestro —le dijo—, ¿es verdad que hay ciudades donde están prohibidos los violines y hasta se ha ordenado su destrucción en nombre del Altísimo?

—Eso fue hace mucho —lo tranquilizó Amati—. Eso quedó en la nada cuando la reina Catalina de Médici invitó a Francia a una orquesta en la que el primer violinista era ni más ni menos que Balthazar de Beaujoyeulx, quien pidió que se encargaran para él y sus músicos treinta y ocho violines al más prestigioso taller de artesanos del que se tenía noticia. ¿Cuál crees que fue ese taller?

Antonio sonrió, orgulloso.

—Exactamente —certificó su maestro—. Hasta ese extremo son reconocidos nuestros violines. Nunca lo olvides.

Ahora, en las tertulias de la ciudad se hablaba de Antonio como de un prodigio, capaz de fabricar instrumentos superiores a los de su maestro, ambicionados por los intérpretes más renombrados de las capitales musicales de Europa. Esas voces habían llegado a oídos del padre de Francesca, que, sinceramente impresionado, había terminado por acceder a las pretensiones de Stradivari. La boda había servido para recuperar la dote entregada a Giacomo Capra y, con ella, la flamante pareja pudo asegurar su estabilidad.

Cada recuerdo le acercaba hechos cruciales de su vida. Más allá de su sorpresa, Antonio los evaluaba con la distancia y sabiduría de sus noventa y tres años recién cumplidos. «Me ha llegado la hora y he aquí el justo escrutinio de mis aciertos y ofensas», se repetía desde la brumosa lucidez de su reposo.

Había sido feliz los veinticinco años que pasó con Francesca. Los Stradivari ocupaban la Casa Nuziale, un angosto edificio de cuatro plantas en el corazón de Cremona, que se había vuelto célebre porque, además de la residencia familiar, ahí funcionaban el taller y la tienda de instrumentos. De sus seis hijos, varios habían optado por los hábitos, y dos, Cecchino y Omobono, se habían hecho lutieres como su padre. Antonio podía sentirse tranquilo, porque ellos mantendrían el apellido Stradivari ligado a la fabricación de los violines, arpas, violas, guitarras, mandolinas y violonchelos más reputados de la región.

Antonio cerró nuevamente los ojos, intentando que su memoria le diera una tregua, pero resultaba imposible. De inmediato llegaron las imágenes del matrimonio con Maria Zambelli, ocurrido unos meses después de la repentina muerte de Francesca, a causa de una flebitis. Maria era una mujer soltera veinte años menor que Antonio. Con ella tendría otros cinco hijos, quienes terminarían de poblar la Casa Nuziale, donde nunca faltarían ni la música ni los ruidos del taller ni el movimiento constante y los gritos de la convivencia.

Finalmente, el viejo lutier abrió los ojos, se concentró y, empleando todas sus energías, logró sentarse sobre la cama. Tomó aire, recuperó el aliento y, con un enorme esfuerzo, estiró el brazo hasta alcanzar su bastón. Antonia Maria Zambelli dormía en una cama gemela, a pocos metros, en el punto más luminoso de la habitación, pero el movimiento no la despertó. Antonio apoyó ambos pies en el suelo, tardó en llegar hasta su bacín y, una vez aliviado, procedió a quitarse el camisón de dormir.

Sabía que era noviembre porque los actos de homenaje que el alcalde había organizado hacía unos días en su honor habían coincidido con la festividad de San Omobono. Se secó el sudor del cuerpo y se puso una bata, una chaqueta gruesa y las pantuflas de lana de oveja que le había regalado el último monarca católico de las Islas Británicas, el mismísimo James II de Inglaterra y VII de Escocia.

Una vez vestido, fue a buscar a su hijo mayor. Se llamaba Giacomo Francesco Stradivari y era un hombre huesudo, a quien todos en Cremona llamaban cariñosamente Cecchino. Seguía profundamente dormido y, cuando sintió que una mano le palmeaba la espalda, reaccionó con un sobresalto. Giró la cabeza de golpe y, al encontrarse con la cara amarillenta de su padre, creyó estar delante de un muerto, un fantasma o algo peor.

Mientras se recuperaba del susto y se ponía la camisa, Cecchino calculó la hora. Los rayos de luz se iban encogiendo y el frescor del otoño comenzaba a alternarse con los rigores del invierno que estaba al caer. Afinó el oído y tampoco oyó cantar a ningún gallo, así que debían de faltar un par de horas para que despuntara el alba. Los Stradivari tenían fama de madrugadores, pero subir al taller que el patriarca de la familia había mandado a construir en los altos, con el frío, el viento y la humedad que había, era una locura.

—¿Qué sucede, padre?

—Me han despertado las pesadillas y no consigo volver a dormir.

Al notar que su hijo lo miraba con curiosidad, Antonio añadió:

—También quiero contarte algo, Cecchino. Y, tal vez, pedirte ayuda. Por eso vine a buscarte. Vayamos a dar un paseo.

Cecchino guardaba por su padre la misma admiración y gratitud que este había sentido por el maestro Amati. Lo había escuchado alabarlo desde que tenía memoria, y no había día en que no encontrara motivos para contar alguna historia vivida a su lado. Pero el mayor de los Stradivari era consciente de que su padre había elevado el oficio a una nueva categoría. Así lo decía la gente que pasaba por el taller: «No he venido hasta Cremona por un violín, sino por un Stradivarius».

Cecchino sabía que su padre llevaba meses trabajando en un proyecto especial. Antonio ya no participaba en la fabricación ni reparación de otro instrumento que no fuera ese violín, para el que había reservado los mejores materiales del taller y al que dedicaba cada instante de sus rutinarios y apacibles días.

¿Sería capaz de superarse a sí mismo, como había anunciado? Para hacerlo, había empleado las reservas de la madera que había recolectado con Cecchino y Omobono hacía unos años, en la primavera que siguió a aquel violento invierno que recordaba tan bien. Un estremecimiento lo recorría cada vez que pensaba en aquellos días de frío y muerte. Las aves que no habían logrado migrar a África habían caído como frutos secos, las cosechas se habían estropeado, apenas había quedado ganado y los cremoneses habían pasado hambre. No era raro ese invierno encontrar cadáveres de niños y ancianos congelados mientras dormían en las calles.

La savia de los árboles del bosque, que Antonio conocía desde sus visitas con el maestro Nicola Amati, se había congelado en el interior de los troncos, lo que impedía su crecimiento. De ese fenómeno había resultado una materia prima perfecta. Los listones que salían de esos abetos eran de una rectitud asombrosa, compactos y con anillos de crecimiento muy pequeños.

A pesar del cansancio que se acumulaba en su semblante y del temblor de sus manos, la impronta de Antonio

Stradivari saltaba a la vista en el nuevo violín. Siguiendo los diseños que él mismo había perfeccionado cuando todavía era discípulo de Amati, era ligeramente alargado y angosto, lo que producía una resonancia intensa y particular. A eso había añadido su versión de la fórmula secreta de barniz vegetal que había hecho famoso a su maestro, reconocible por una tonalidad levemente más rojiza que la original.

Las ligeras siluetas de Antonio y Cecchino Stradivari apenas se distinguían mientras caminaban por una Cremona en penumbras, bajo el cielo de noviembre, opaco y de nubes apretadas. El reloj del campanario acababa de señalar las seis de la mañana y las primeras personas —comerciantes, agricultores, ganaderos— salían de sus casas rumbo al trabajo. Ambos llegaron hasta la catedral de Santa Maria Assunta y, siguiendo su vieja costumbre, Antonio se detuvo a contemplarla. Como todo cremonés auténtico, sentía un estrecho vínculo con aquella edificación. Con sus volutas, sus relieves, sus nichos de santos y sus tonalidades áureas, el «nuevo» *duomo* tenía dos siglos de antigüedad, y había remplazado a una iglesia más opaca y austera, levantada con piedra románica original. El resultado era sobrecogedor, fuera de este mundo. Cecchino sabía que esa había sido siempre la aspiración de su padre: reproducir con la música de sus instrumentos la impresión que lo embargaba al contemplar las líneas perfectas y balanceadas de Santa Maria Assunta.

—Toda mi vida lo he buscado, hijo —dijo de pronto Antonio Stradivari, cuyos ojos permanecían fijos en el *duomo*.

—¿Qué cosa, padre?

—Hacer que los objetos sean algo más —dijo Antonio—. Conseguir que la materia abandone su condición física y se eleve, viva, respire.

—Y lo ha conseguido, padre —dijo Cecchino—. Los instrumentos que salen de nuestro taller son la prueba. Todo el mundo los celebra.

—Eso mismo pensaba yo, sobre todo de nuestros violines. Creía que habíamos logrado que trascendieran su condición material, sacando de ellos algo nuevo, esencial.

—¿Acaso ha dejado de creerlo? —preguntó Cecchino—. ¿Duda de la calidad de nuestros instrumentos?

—Al contrario. —Antonio se volvió hacia su hijo—. Somos los mejores lutieres sobre la tierra. Pero creo que siempre se puede mejorar...

—Pero ¿mejorar qué? —lo interrogó Cecchino.

—Llegar a crear ese violín perfecto —dijo Antonio—. Capaz de hacer magia, de producir una música que se eleve al cielo, inunde todo de belleza y obre el milagro de hacer desaparecer el mal o, al menos, de hacernos olvidar por un momento que existe.

—Eso es imposible hasta para usted, padre.

—No creas. Llevo un tiempo sintiendo que cada día me acerco más...

Cecchino sabía lo emotivo que llegaba a ponerse su padre cuando divagaba sobre la belleza y el arte. Antes se animaba a discutirle, le porfiaba si no estaba de acuerdo con sus ideas y razonamientos. Ahora prefería callar y escucharlo, por consideración a sus años y porque su propia madurez le había permitido comprender que Antonio Stradivari era un genio, de los mayores de su tiempo. Ser su hijo e interlocutor resultaba un raro privilegio que quería aprovechar al máximo.

Dejaron atrás la catedral de Santa Maria Assunta y dieron una vuelta por la Piazza del Comune. Antonio avanzaba con lentitud, pero sin detener el paso. Desde hacía años le costaba sostenerse en pie y, además del bastón, necesitaba a un lazarillo que lo sostuviera.

Aunque en ocasiones invitaba a Omobono, el sexto de sus hijos con Francesca Feraboschi, e inclusive, si deseaba aventurarse por los bosques de abetos y sauces, a Giuseppe Antonio o a Paolo, los menores del clan —dos treintañeros altos y bien alimentados—, el elegido para acompañarlo solía ser Cecchino. En la familia todos sabían que era el favorito de Antonio Stradivari y nadie protestaba. La razón no estaba clara. Podía deberse a que era el mayor de los hombres, a que había heredado de su padre la dedicación al trabajo de lutier o a que estaba por llegar soltero a los setenta años, lo que había regalado a ambos tiempo de sobra para hablar de los temas que les importaban.

—Cuando lo veas, tú mismo entenderás de qué te hablo.

—¿Qué veré, padre? —dijo Cecchino.

—El violín —dijo Antonio—. Su magia.

A medida que avanzaban por Cremona, Cecchino se sentía más y más inquieto. Su padre siempre había sido un poco excéntrico, pero ¿hablar de objetos mágicos y milagrosos? ¿Él, que tanto había defendido la ciencia y la razón? ¿Acaso empezaba a acelerarse la pérdida de facultades? ¿No era esto, para el insigne lutier, una sentencia de muerte?

—¿Cómo eran esos versos, hijo, que leíamos en el taller a manera de oración? —dijo de repente y se detuvo.

—¿Los de Jacopone da Todi? —preguntó Cecchino.

—No, no.

—¿Dante?

—Los del fraile español.

—Fray Luis de León.

—¡Ese mismo! ¿Cómo eran?

—«El aire se serena...».

—Ah, sí —dijo Antonio y dejó que las palabras fluyeran en su idioma original—: «Y viste de hermosura y luz no usada, Salinas, cuando suena...».

—«... La música extremada por vuestra sabia mano gobernada» —completó Cecchino con una sonrisa.

—Ah, qué bonito.

Todavía lo emocionaban las contadas ocasiones en que escuchaba el idioma que había aprendido en sus primeros años, cuando, luego de la muerte de Francisco II Sforza, el último duque de Milán, la ciudad había sido anexionada por el reino de España. Desde entonces, en Cremona se hablaba una confusión de lenguas que, solía decir Antonio, dejaba a la Torre de Babel como una modesta choza. El latín era para los curas y los profesores del Lyceum. El francés, para las conquistas románticas. Y los artistas tenían autorización para escribir poemas y epigramas en florentino o milanés. De lo que nadie lo iba a persuadir era de aprender a pronunciar esa regurgitación incomprensible que proferían los nuevos invasores.

Como si hubiera estado leyendo sus pensamientos, en ese instante un soldado vestido con un uniforme gris verdoso del ejército austríaco salió de la nada y pasó tan raudo que estuvo por tropezar con los Stradivari.

—*Li mortacci tua!*—alcanzó a gritarle Antonio, mientras dejaba caer todo su cuerpo sobre su hijo—. Qué gente más vulgar y despreciable, por Dios.

La luz del día se abría paso y las calles de Cremona se llenaban de gente. Cecchino se saludó con un antiguo aprendiz del taller, que ahora regentaba un puesto de alfarería en el mercado. Antonio, en cambio, apenas le hizo un impaciente gesto con la cabeza. Con él, ya sumaban tres los transeúntes que, al reconocer al viejo lutier, se habían acercado a preguntarle cómo estaba. Él les había respondido con una mueca imprecisa, que no alcanzaba a ser una sonrisa. Dejaron atrás el Torrazzo y el Battisterio. El anciano Stradivari estaba exhausto, pero se llenó de fuerzas para decirle una última cosa a su hijo, antes de volver a la Casa Nuziale:

—Presta atención porque quiero decirte una última cosa, hijo. Yo sé que estoy al final de mi viaje. Me lo dicen el calendario y el dolor de huesos, pero también los sueños y la forma en que todos me miran, incluyéndote a ti.

—Lo siento mucho, padre. Le aseguro que nunca tuve la intención de ofenderlo.

—A tu edad deberías darte cuenta de que no te estoy llamando la atención, tontuelo —dijo Antonio, con una pizca de burla en la voz—. Al contrario, es una muestra de preocupación, del mismo cariño que yo siento por ustedes.

—Usted está fuerte, todavía le queda mucha vida.

Antonio hizo un gesto con la mano, como si quisiera borrar del aire las palabras de su hijo.

—No lo digo para que nos pongamos tristes, al contrario —dijo—. He vivido una buena vida, dejo una descendencia numerosa que hará que el apellido Stradivari me sobreviva y creo haberles sacado el mayor provecho a las pocas habilidades que Dios me dio.

—Eso seguro, padre. Pero...

—Desde que tenía trece años he amado y servido a la música, construyendo los mejores instrumentos de los que fui capaz, para que las melodías sonaran como sus compositores las imaginaron, incluso mejor. He invertido mucho tiempo perfeccionando los conocimientos que mi maestro Amati me transmitió.

—Que usted, a su vez, se encargó de transmitirnos a Omobono y a mí, y nosotros nos encargaremos de perpetuarlos...

—Pero te confieso que recién ahora he conseguido estar en paz. Hasta hace poco, sentía que algo me faltaba para alcanzar la plenitud.

—¿Sigue hablando del nuevo violín?

—Exacto.

—Estoy seguro de que será un instrumento soberbio, no puede ser de otra manera, a la altura o por encima de sus célebres creaciones.

—No me has entendido, esta vez es diferente.

—Pero ¿qué puede tener este violín que lo haga tan especial?

—Es algo que ocurre una vez en la vida, nunca lo había sentido. He puesto en él un trozo de mi alma, Cecchino. Tienes que escucharlo...

Antonio y Cecchino entraron a la Casa Nuziale, que encontraron en plena actividad. Antonia Maria mandaba en la cocina y se encargaba de que el desayuno estuviera listo para alimentar al pequeño ejército familiar. Olía a embutido, almendras y pan recién horneado. Los niños bajaban gritando por las escaleras e irrumpían corriendo en el comedor, donde su abuelo, sentado a la cabecera de la mesa, los miraba con una sonrisa pacífica, mientras roía una tajada de queso y tomaba un pocillo de café, ese suntuoso brebaje que se hacía traer directamente del puerto de Venecia.

—¿Cómo estuvo el paseo? —les preguntó Antonia Maria al salir de la cocina.

—La catedral de Santa Maria Assunta estaba más hermosa que nunca —dijo Antonio.

—Debe de haber llovido anoche, porque las calles están muy limpias —respondió Cecchino.

—¿A qué hora baja Omobono? —preguntó Antonio.

—Vino a desayunar más temprano y subió al taller —dijo Antonia Maria—. Quería comenzar a enseñárselo al nuevo aprendiz.

—Me había olvidado de que hoy llegaba —dijo Antonio—. ¿Cómo se llamaba?

—¿No es Angelo, el huérfano que perdió a sus padres en el incendio de la calle del Palazzo Pignano? —dijo Cecchino.

—El mismo —confirmó Antonia Maria—. Lo trajo su abuela y nos advirtió que no nos dejáramos engañar por su apariencia, porque es todo un diablillo...

El taller era un espacio luminoso que olía a barniz y serrín. En las paredes colgaban pinzas, arcos, artefactos de medición, rollos de tripa de oveja y cuerpos de distintos tamaños a medio terminar: violines, violonchelos, violas, guitarras. Sobre las estaciones de trabajo descansaban los instrumentos que cada lutier venía confeccionando, junto con tornillos, punzones, brochas, mazos, escuadras, escofinas, cinceles, cepillos y otras herramientas.

Cuando subieron, Antonio y Cecchino descubrieron a Omobono en su mesa, que estaba junto a una ventana. Al lado tenía al joven Angelo, a quien mostraba un diapasón de madera cruda, que el muchacho sostenía con ambas manos.

—Me parece muy mal que hayan empezado sin nosotros —dijo Antonio, a modo de saludo.

—Angelo llegó puntual y me pareció bien que se fuera familiarizando con el taller, padre —dijo Omobono—. Ya le expliqué cuáles serán sus primeras tareas.

—Las más sencillas —dijo Antonio, acercándose al muchacho—. Barrer, encerar, ordenar, llevar y recoger materiales, asistirnos en lo que nos haga falta. No te desesperes, todos comenzamos igual. Si muestras constancia y disciplina, pronto estarás ayudándonos a fabricar estas maravillas...

—Permíteme que te presente a mi padre, el maestro Antonio Stradivari, fundador del taller y el mayor lutier de Europa —dijo Omobono.

Angelo bajó el diapasón, lo dejó delicadamente sobre la mesa, sonrió y se acercó a Antonio. Era un muchachito de alegres ojos verdes, cejas pobladas y rizos negros, con una nariz pequeña, unos labios carnosos y una piel blanquísima, salvo por las mejillas cargadas de rubor. De estatura pequeña, debajo de su ropa se adivinaba un cuerpo delgado pero vigoroso.

—Maestro, es un honor. —Tomó las manos de Antonio, bajó la cabeza e hincó la rodilla, en un gesto de respeto y reverencia.

—Arriba, muchacho —le dijo el viejo Stradivari—. Estas formalidades no se corresponden con un lugar como este, que, a pesar de su fama, no es más que un taller de carpintería.

—Y este es Francesco, a quien todos llamamos Cecchino —dijo Omobono—. Es el mayor de los hermanos y el encargado de los aprendices. Trabajarás bajo su autoridad y deberás hacer caso en todo lo que te ordene.

—Mucho gusto —dijo Angelo.

Diciembre trajo la tempestad. Durante dos semanas, la nieve cayó sin parar sobre Cremona, sepultando sus calles bajo colinas blancas que hacían imposible el tránsito y recordaban a aquel terrible invierno, cuando la savia se había congelado en el corazón de los árboles y el hambre había mordido el estómago de los cremoneses. Las monjas y hermanas de la caridad iban y venían de las casas de los enfermos, y las autoridades no daban abasto para cubrir las necesidades sanitarias de la población. Volvió a ser frecuente el escalofriante espectáculo de los cadáveres de niños, ancianos y menesterosos que amanecían congelados en las calles, y el hambre se expandió por los hogares.

Antonio y Cecchino habían tenido que interrumpir sus caminatas matinales y no habían encontrado la ocasión para volver a hablar del último violín del anciano Stradivari. Este se había apartado de la vida familiar para concentrarse en la etapa final de la fabricación, trabajando sin descanso desde la primera luz de la mañana hasta muy entrada la noche, mientras que Cecchino se había volcado por completo a la enseñanza y el cuidado de Angelo.

A lo largo de las décadas que llevaba trabajando en el taller, Cecchino había visto pasar a muchos aprendices. Prestaba atención a todos, especialmente si eran jóvenes, tímidos e inseguros. En esos casos, el mayor de los hermanos Stradivari se desvivía por ellos, los prohijaba, les prohibía relacionarse con personas fuera de la Casa Nuziale, les controlaba las salidas, la vestimenta, los modales, la limpieza y nunca los perdía de vista. Al mismo tiempo, con la serenidad y determinación de un santo, se dedicaba a pulir las habilidades de sus protegidos, hasta hacerlos capaces de intervenir en la delicada fabricación de un instrumento y, a veces, incluso producir alguna pieza propia.

Pero a Cecchino nunca se lo había visto tan entregado como ahora. Gracias a sus esmeradas enseñanzas, transmitidas en una voz suave e íntima, el joven Angelo parecía haber madurado en solo un mes, al mismo tiempo que daba los primeros pasos de su iniciación en los rudimentos de la fabricación de los instrumentos de cuerda. La confianza que Cecchino había depositado en él era tan grande que, entre sus funciones, le había encargado el cuidado de su padre: despertarlo por las mañanas, limpiarle el bacín, ayudarlo a desayunar y subir al taller, vigilarlo mientras trabajaba para impedir que sufriera un accidente o se hundiera en una de sus siestas involuntarias, o se quedara pasmado, con la boca abierta, mirando al infinito, lo que resultaba cada vez más frecuente.

La dedicación de Antonio Stradivari a su última creación comenzaba a preocupar a su familia. Dormía poco, apenas probaba alimentos, evitaba compartir la mesa del domingo y las fiestas de guardar. Estaba tan delgado como el mástil de un contrabajo, nunca se lo había visto tan encorvado, no se bastaba solo para movilizarse y había que cargarlo. Su piel había adquirido una preocupante tonalidad verdosa y sus ojos parecían dos charcos negros perdidos al fondo del pozo de sus cuencas. Cuando Antonia Maria, sus hijos o sus nietos le preguntaban cómo estaba, se limitaba a sonreír como si un coro de ángeles habitara en su interior.

Poco a poco, hasta esas breves interacciones se vieron interrumpidas, y Antonio limitó sus contactos a su hijo Cecchino, con quien se comunicaba en un idioma propio, silencioso, compuesto de miradas, gruñidos, gestos y sobreentendidos.

El hijo mayor de Stradivari fue el único testigo del momento en que, luego de tantos empeños, su padre concluyó la fabricación de su último violín, así como del insólito procedimiento que escogió para imponerle su rúbrica. El lutier se pinchó el dedo con un punzón y, además de su firma en la tabla de fondo, justo debajo de la efe lateral izquierda —«Antonivs Stradivarius Cremonensis, Faciebat Anno 1737»—, dejó caer unas gotas de sangre que cubrieron parte de su nombre. Acto seguido, barnizó el instrumento con su fórmula mejorada y colocó la voluta, el clavijero y las cuerdas de tripa de oveja. Cuando estuvo listo, se lo entregó a su hijo con un gesto de victoria y, para su sorpresa, rompió su silencio:

—Ahora sí puedo terminar tranquilo mi viaje...

—Pero, padre...

—Este violín es mágico, Cecchino. Solo tú lo sabes.

Cecchino recibió el violín, lo abrazó, cerró los ojos y lloró como un niño.

Una semana más tarde, el 18 de diciembre de 1737, día de San Gregorio, Antonio Stradivari moría de pulmonía. Dos días antes habían enterrado a su mujer, Antonia Maria, que había caído fulminada por el mismo mal.

La noticia del fallecimiento del más célebre lutier de la historia recorrió los pasillos de la Casa Nuziale, se esparció por toda la ciudad y alcanzó los rincones más remotos. Comenzaron a llegar noticias insólitas, como que el rey de Suecia ofrecía pagar el equivalente a un año de comida para todos los habitantes de Cremona a cambio de un Stradivarius auténtico.

Pero estas historias importaron poco a Cecchino, quien comenzó a advertir los primeros síntomas de la pulmonía al volver del entierro de su padre. Pasó esa noche delirando, echando flemas y sacudiéndose como un poseído, mientras Angelo permanecía a su lado, aplicándole compresas frías en la frente, cambiándole las ropas empapadas de sudor y hablándole al oído para que se supiera acompañado. Al llegar por la mañana, llamado de emergencia a la Casa Nuziale, un médico declaró que no quedaba nada por hacer, solo darle la extremaunción. Los Stradivari organizaron turnos para acompañar al hermano mayor, cuya agonía se prolongó hasta más allá de ese día. Por más que le insistieron, diciéndole que se fuera a descansar, que le avisarían si pasaba algo, no hubo manera de mover a Angelo de la habitación.

Omobono también se quedó a velarlo por la noche. Leía junto al lecho de muerte, a la luz de una vela, cuando un movimiento lo distrajo. Al levantar la mirada, descubrió que

Cecchino, boqueando y con el pulso tembloroso, intentaba alcanzar un cofre que descansaba sobre el arcón que hacía de mesilla de noche. Omobono dejó su libro, se incorporó, abrió el cofre y quedó maravillado por su contenido.

—¿Qué es? —preguntó Angelo.

Omobono no recordaba ese violín. De inmediato, su ojo entrenado identificó mínimas alteraciones en el diseño y el acabado, pero lo que más llamó su atención fue una inusual mancha roja que cubría parte de la rúbrica de la casa Stradivari. Estuvo seguro de que era la misteriosa pieza en la que su padre había estado trabajando hasta poco antes de morir.

Entregó el violín a Cecchino, quien lo sostuvo con torpeza, dejó caer el arco sobre las cuerdas y lo deslizó con suavidad. Nunca había sido un músico competente y la pulmonía lo había llevado al límite de sus fuerzas, pero ese sonido conmocionó a Omobono y a Angelo. Cada nota, cada acorde, incluso cada silencio venían cargados de una belleza abismal. Cecchino llegó a la última nota, soltó el arco y se sumió en un profundo sueño.

Cuando abrió los ojos, Omobono y Angelo estaban acompañados. Atraídos por esos sonidos sobrenaturales, todos sus hermanos y hermanas habían subido a la habitación y se habían congregado alrededor de la cama. Algunos lloraban, habían caído de rodillas al suelo, estaban sumidos en sus oraciones o reían como si hubieran olvidado las recientes muertes de su padre y Antonia Maria. Entonces, con la convicción de un converso, Cecchino les dijo:

—Voy a vivir.

A la mañana siguiente, estaba transformado. Su piel había recuperado el color, la fiebre y los temblores habían remitido, su cuerpo volvía a ser vigoroso. Sobre el arcón encontró el cofre. En su interior, el violín descansaba como un animal dormido. Lo observó detenidamente y cayó en la cuenta de que algo faltaba. Su padre tenía la costumbre de bautizar a cada uno de los instrumentos que se fabricaban en su taller, siempre con nombres cercanos y reconocibles, como Giuseppe, Francesca, Antonia, Giovanni, Paolo, Omobono o Maria. Con este último violín no había tenido tiempo, o no había querido hacerlo. ¿Era un mensaje para que él lo hiciera?

Pasaron unas semanas desde el milagro que lo había devuelto a la vida, y las nieves y tempestades del último invierno amainaron, cediéndole el turno a una primavera luminosa y arborescente. Aquella vez, la noche alcanzó a Cecchino y Angelo en el taller. Cuando terminaron, el maestro pidió a su aprendiz que se quedara para mostrarle algo. Bajó a su habitación y subió con el cofre que siempre descansaba sobre el arcón que hacía de mesa de noche. El joven conocía su contenido, pero fue como si lo viera por primera vez. Su mentor le entregó el violín, le describió los detalles que lo hacían único y le contó la historia de su fabricación. Vio a Angelo admirar el diapasón, las clavijas, el puente y la caja armónica, y se quedó sin aliento. Sentía cómo su alma se expandía, plena de gozo y felicidad. Entonces supo cuál debía ser el nombre del violín.

Cecchino vivió seis años más, copiando las costumbres de su padre. Despertaba cuando Cremona todavía estaba a oscuras y salía a dar una vuelta por la ciudad, hasta la catedral de Santa Maria Assunta. El relato de las atenciones que le prodigó cuando estuvo a punto de morir había hecho que su relación con Angelo se volviera todavía más intensa, y siempre se hacía acompañar por su aprendiz en esos recorridos. Volvían a la Casa Nuziale con las primeras luces, tomaban sus alimentos y subían al taller, donde se encerraban a fabricar los violines, violas, violonchelos, guitarras, arpas y contrabajos que habían dado fama a la casa que llevaba su apellido. Trabajaban codo a codo con Omobono y, cuando la jornada concluía, ambos se retiraban a una habitación que ahora compartían.

3.

El último recorte presupuestal los había dejado sin sacos de plástico negro, así que los forenses bajaron el cuerpo del hombre en una camilla de enfermería. Por el camino, se les derramaron un par de coágulos —o lo que fueran— y, sin querer, golpearon la cabeza del cadáver contra el umbral de la puerta.

—Usted, perdone —murmuraron rutinariamente, sin ironía ni dolor, como si el cadáver fuera a oírlos.

En el segundo piso, junto al comisario Tobosa y Gutiérrez, se quedó el médico jefe, el doctor Morales. Se había presentado personalmente a dirigir el examen de los restos, algo que solo podía deberse a la curiosidad por un crimen de esa envergadura, ocurrido en un lugar con un índice de asesinatos tan reducido. Porque el doctor Morales jamás abandonaba su guarida en el centro médico forense. Nadie lo había visto lejos del olor a desinfectante y frigorífico de sus dominios. Quizá su problema era puramente de movilidad: se trataba de un hombre tan voluminoso que, incluso en la amplia superficie del segundo piso, parecía ocuparlo todo. Respiraba pesadamente, como si el aire mismo se negase a ingresar en ese cuerpo, acaso por miedo a quedar aplastado en su interior.

—¿Qué dice, doctor? —preguntó Tobosa—. ¿Cómo está?

—Últimamente, con un poco de acidez —respondió el forense, que hizo aparecer un pañuelo y se secó la calva con aire de pulir un jarrón chino—. Gracias por preguntar. Y este calor no ayuda en nada, comisario. A veces, hasta envidio a mis occisos, que al menos se guardan bajo cero grados. Viven mucho mejor que uno.

—Qué pena, oiga. Espero que se mejore. Pero le preguntaba por la víctima. Para que se anime usted, seguro que él está peor.

—Hasta moscas tenía —apuntaló el sargento Gutiérrez, siempre listo a respaldar las afirmaciones de su jefe.

El forense se encogió de hombros:

—De manual, comisario —dijo—. Le han dado una buena paliza. Con saña, incluso con gusto. Empleando algún objeto contundente, seguro la culata de una pistola. Vea usted cómo le dejaron la cara. Deben de haberlo interrogado. Sobre una infidelidad o el escondite de un dinero... Se suele hacer así para que la víctima vea la pistola y sepa que puede ser peor si no habla.

Tobosa repasó el rostro en su memoria, corroborando la explicación del forense: las heridas, las quemaduras, el agujero de la bala. Cada detalle encajaba.

—Todos los golpes están en el lado derecho de la cara —seguía diciendo Morales—. Así que los agresores eran zurdos. Pero como zurdos no hay muchos, lo más probable es que le haya pegado un solo hombre. Otro hecho abona esta teoría...

El forense hizo una pausa, como si pretendiera recibir elogios por su brillantez. Pero nadie celebró su agudeza y, resignado, no tuvo más remedio que proseguir su análisis:

—Las quemaduras de los brazos son de una sola marca de cigarrillos, así que pertenecían a la misma persona. Uno no se pone a partirle la cara a alguien y, a la mitad, pide cigarrillos a los amigos.

¿De dónde sacaba esos datos capciosos el doctor Morales?, pensó Tobosa. ¿De su propia experiencia? Una vida como policía le había enseñado que no podía decir todo lo que pensaba y evitó comunicar sus elucubraciones. Más bien, intentó decir algo constructivo y profesional.

—Si los han fumado, tendrán rastros de ADN. Saliva, sudor... Podemos mandarlos al laboratorio y compararlos con la base de datos. ¿Qué le parece?

—A mí me parece que usted ve muchas series, comisario —intervino de pronto Gutiérrez—, dicho con todo respeto.

El sargento Gutiérrez tenía una mirada realista de las cosas, en la que no faltaba una buena dosis de cinismo, incluso amargura. A veces, en su presencia, Tobosa se sentía un idealista, por no decir un ingenuo.

—Somos un cuerpo de policía profesional, Gutiérrez, qué poca fe —respondió el comisario.

—Yo al único que le tengo fe es a Dios. A la gente y al cuerpo de policía, no tanta... Usted quiere pruebas de ADN cuando a veces no tenemos ni para pagar la luz...

Los ojos de Tobosa buscaron al forense en espera de ayuda.

—Sí, pues, la falta de recursos es un problema —certificó Morales—. El caso es que el muerto no debió responder a las preguntas, o no las respondió como quería su visitante. Porque, al final, se cansó de preguntar y le metió un tiro.

Por la mente de Tobosa, pasó otra posibilidad.

—O sí le respondió lo que quería escuchar. Y lo mató igual.

—Hay que ser muy hijo de puta para eso —opinó Gutiérrez.

—¿Y en qué circunstancias un asesino que tortura así a su víctima podría ser algo diferente de un hijo de puta, Gutiérrez?

—No sé, comisario, a lo mejor tenía sus razones. Ya sabe que hay todo tipo de gente.

—Me alegra verte tan abierto de mente, Gutiérrez.

En ese momento, los dos asistentes del forense regresaron de lo que a Tobosa le pareció una ausencia demasiado prolongada. Al pasar por su lado, uno de ellos dejó un aroma ambiguo, a colonia barata o a trago de ron.

Tobosa prefirió no mencionarlo y proceder con el siguiente paso del operativo. De hecho, ese era un trámite que quería concluir cuanto antes.

—Falta retirar el cadáver de la chica.

Siguió a los asistentes del forense, que ingresaron al baño en medio de un silencio reverencial, con un respeto y una solemnidad que no le habían dedicado al primer occiso. Al fin y al cabo, la muerte violenta de un hombre mayor podía ser una tragedia, pero estaba entre sus cálculos. Un robo. Un ajuste de cuentas. Se veían cosas así todos los días. La muerte de una adolescente, en cambio, era escandalosa incluso para unos funcionarios tan curtidos. Era el tipo de cosas que no debían ocurrir.

Los asistentes del forense extrajeron el cuerpo de la bañera ensangrentada. Una suave catarata se desparramó a sus lados, dejando a la chica a la vista, mientras la montaban sobre la camilla. Tobosa imaginó que los restos biológicos se podían confundir, pero sus primeros comentarios forenses habían sido tan mal recibidos que decidió callar. Además, el cuerpo comenzaba a revelar nuevos detalles que requerían su atención.

Toda la piel por debajo del pecho había quedado teñida de rojo. El color era todavía más intenso desde el ombligo, donde la superficie del cuerpo se arrugaba, se cuarteaba y, finalmente, ya cerca del pubis, se abría por el profundo agujero del disparo que la había matado. A través de él, se sugerían órganos cuyo nombre, en ese momento, Tobosa prefería ignorar. También se asomaban posibilidades de violencia que no quería imaginar. Así, pálida y con los ojos cerrados, la chica parecía dormida. Tan inofensiva y frágil que cualquier ataque se hacía aún más brutal e injusto.

Pero, por una vez, el doctor Morales dijo algo mínimamente reconfortante:

—No parece un crimen sexual.

Tobosa respiró aliviado y su corazón redujo sus palpitaciones.

—¿Cómo lo sabe?

—No hay señales de violencia. Solo ese balazo. Aún hay que mirar, pero... yo diría que no.

Mientras se llevaban el cuerpo goteando por la sala, Tobosa consideró que tampoco había señales de violencia en otros lugares de la vivienda. Ni cajones revueltos ni muebles volcados. El agua de la bañera ni siquiera había salpicado al exterior. El atacante debía haber entrado en la casa mientras la chica estaba en el baño, incluso antes de la llegada de su padre. Le había disparado a ella limpiamente, antes de que tuviese tiempo de reaccionar. A continuación, había esperado al hombre. A su llegada, lo había reducido y atado a la silla, y había comenzado el interrogatorio. Luego, le había dado el tiro de gracia. Quizá había muerto sin saber lo que le había ocurrido a la chica. Ojalá.

—Eso sería todo, doctor Morales —dijo Tobosa—. Ya lo buscaré para más datos. Más bien, abajo está la señora que hacía la limpieza. Mándemela para acá, por favor.

El forense asintió y se puso en marcha tan lentamente como una oruga. El sordo ronquido de su respiración y el brillo de su calva eran tan consistentes que parecieron mantenerse en el baño un rato después de la partida de su cuerpo.

—Esto parece un caso de pervertidos, comisario. Estamos hablando de un criminal de la peor especie, que mata a sangre fría a dos personas. Con su experiencia, no me diga que no le parece raro que semejante monstruo se encuentre con una jovencita así de bonita, la tenga a su merced, completamente dominada, y no se aproveche. Si te van a caer tantos años por asesinato, ¿en qué te complica...?

—Creo que de momento, al menos hasta que los forenses nos tengan un examen completo, vamos a dejar en suspenso esa línea de investigación, Gutiérrez. Gracias de todos modos.

El sargento Gutiérrez se encogió de hombros.

—¿El señor me mandó llamar?

La señora Encarnación se había presentado en la puerta del baño, sumisa, cabizbaja y tan silenciosa que, al principio, su pregunta se confundió con el rumor del viento que entraba por una ventanilla lateral. Seguía despeinada y aún tenía los ojos irritados por el llanto. Gutiérrez se adelantó a saludarla:

—Buenos días, señora. ¿No nos puede dar una Coca-Cola o un refresco? Mire que con este calor...

—Gutiérrez, por favor —interrumpió el comisario—, no se puede alterar la escena de un crimen.

—¿El refrigerador forma parte de la escena del crimen, acaso? No, comisario. El refri es inocente.

Tobosa lanzó un resoplido, disipando las palabras de Gutiérrez como habría hecho con un mal olor. Condujo a Encarnación a la sala y la sentó en un sillón, de espaldas a las manchas de sangre que aún cubrían el rincón. En cada paso, en cada movimiento de las manos, la mujer expresaba algo más que devastación, estupor, como si no le entrase en la cabeza lo que veía.

—Un vaso de agua de la canilla sí podemos tomar —sugirió el comisario, y cuando ella asintió, se lo ordenó a Gutiérrez con una mirada. Sin dejar de suspirar por un refresco, el aludido desapareció por la puerta de la cocina.

El comisario intentaba hacer sentir cómoda a Encarnación, pero temía estar produciendo el efecto contrario: para la anciana, ocupar los asientos de las visitas, ser tratada como una anfitriona, no era más que otro cataclismo, una nueva alteración de una existencia que, hasta ese día, había sido siempre igual y debía mantenerse así. Al sentarla entre esos cómodos cojines, Tobosa subrayaba el final de su universo.

—Lo primero que debemos saber, Encarnación, es el nombre de los fallecidos.

Encarnación frunció los labios. La pregunta era más fácil de lo que esperaba.

—El señor —dijo—. Y la niña.

—Claro... ¿Y usted llevaba mucho tiempo trabajando con ellos?

—Cinco años. Entré para cuidar a la señora cuando ella ya estaba muy mal. Yo le daba sus medicinas y le llevaba la comida a la cama, aunque ella comía muy poquito, como pajarito. Yo también limpiaba, porque antes todo eso lo hacía ella, y lo hacía muy bien, porque ella misma había sido limpiadora. Eso me dijo a mí. Pero como se puso enferma, pues ya no podía hacer nada. Y después de que murió, ya me quedé con la familia, porque el señor no sabía hacer nada. Si no le cocinaba yo, comía puro pan con mantequilla.

En ese momento Gutiérrez entró con el vaso de agua para Encarnación y otro con un líquido naranja que debía ser jugo, robado a pesar de todo, que ofreció a su jefe, como para volverlo cómplice de su travesura. Sin querer interrumpir el interrogatorio ni distraer a la testigo, Tobosa rechazó el ofrecimiento. Ya le ajustaría las cuentas más tarde.

—¿A qué se dedicaba el señor?

Encarnación miró hacia el techo. Tenía que meditar profundamente esa respuesta. Dio un trago al agua, como para limpiarse las telarañas de la memoria, y habló:

—Vendía esas cosas de abajo. Pero otro trabajo debía tener, porque esas cosas no servían para nada. ¿Cuánto le podían pagar por ellas? No eran ni mesas ni sillas. Puros adornos, como floreros, pero demasiado grandes para una casa. Yo creo que esas cosas tenían maldiciones. Algunas eran de gente sin ropa, con todas sus cosas al aire, eso solo puede ser obra del diablo.

—Encarnación...

Ante su propia mención del diablo, la mujer se alarmó, se persignó y se sumió de nuevo en sus oraciones en guaraní:

—... Eme'ẽ oréve ko árape ore rembi'urã, opa ára roikotevẽva; eheja reíkena oréve ore rembiapo vaikue, roheja reiháicha ore rapichápe...

—Encarnación...

—... hembiapo vaikue ore ndive; aníkena reheja roike rojepy'ara'ã vai haguáme...

El sargento Gutiérrez puso los ojos en blanco y resopló, impaciente. Tobosa intentó imponer un poco de autoridad. Algo que le valiese el respeto de su subordinado.

—¡Encarnación! —No pudo evitar sentir que las palabras le salían demasiado abruptas y quiso moderar el tono sobre la marcha, negando la misma autoridad que pretendía reclamar—. Solo una cosita, por favor. ¿Hay algún lugar de la casa donde guardasen documentos? Papeles, recibos, lo que sea...

Encarnación continuó con su letanía incomprensible, ahora arrodillada y con las manos entrelazadas frente a la boca. Sin embargo, en un destello de piedad por el comisario, como si comprendiese que su reputación se hallaba en juego, su dedo tembloroso señaló hacia el escritorio que dominaba un rincón de la sala, un mueble moderno sobre el cual descansaban varios paquetes de papeles y una enorme pantalla de computadora. Gutiérrez no pudo evitar una carcajada que, de haber tenido un jefe más intolerante, le habría podido costar el puesto.

—Tampoco era tan difícil, comisario, jeje.

Tobosa abandonó a Encarnación y sus rezos. Ofuscado, se acercó al escritorio. Tocó la barra espaciadora del teclado y la pantalla se encendió. En la foto de fondo se veía el interior de un palacio renacentista con divanes cubiertos de terciopelo, libros antiguos y unos objetos que nunca había visto, pero que guardaban un ligero parecido con pianos y guitarras, por lo que debían ser instrumentos musicales.

El comisario y Gutiérrez invirtieron un par de horas examinando los archivos guardados en la computadora. La mayoría estaban en un idioma extraño, pero era fácil deducir que se trataba de recibos: llevaban fotos digitalizadas de algunos de los productos que habían visto abajo, o similares. Y se llegaban a entender las cifras correspondientes a los precios. Algunos alcanzaban los 100.000 dólares, incluso los 250.000.

El sargento silbó con admiración:

—Si esos objetos son cosa del diablo, el diablo se ha hecho rico, comisario.

—El idioma de los dólares es universal —dijo Tobosa—. Para lo demás, necesitaremos a un traductor.

—Tenía usted razón, comisario. No era cosa de pervertidos, pues.

—¿Podría ser un robo?

—¿Y qué más se le ocurre? Con esto se asegura la vida cualquiera. Yo me compraría una casita en Mariscal López y un carrito para hacer taxi. Hasta para dos alcanza. Y listo: empresario. Y el cuerpo de policía que me bese el culo, comisario, con el mayor de los respetos.

—Hay un problema con esa teoría, Gutiérrez.

—¿Y cuál puede ser?

—Que el depósito de abajo está lleno de cosas sin robar. No parece que hayan movido nada. ¿Por qué matar a dos personas y luego dejar todo el botín?

—A lo mejor solo querían una cosa. Una cosa de un millón de dólares, por ejemplo, que se pudiera esconder más fácil. Y se llevaron esa cosa.

—Y entre tanta cosa valiosa, ¿qué podría ser tan especial?

—Una pintura de Beethoven, por ejemplo...

—Beethoven no pintaba, Gutiérrez.

—Quizá pintaba, comisario. ¿Usted qué sabe?

Tobosa invirtió un buen rato imprimiendo el archivo con las imágenes de las antigüedades. Cuando terminó, se repartió las hojas con Gutiérrez y acompañaron a la planta baja a Encarnación, que todo ese tiempo se había mantenido rezando, cantando, lamentándose. La dejaron al cuidado del policía y volvieron al almacén, a ver qué encontraban.

Durante esta nueva inspección, fueron marcando los objetos que hallaron. El catálogo de la computadora estaba pulcramente organizado y, al atardecer, ya habían encontrado todos.

Todos menos uno.

Uno de los archivos no correspondía a ninguna de las antigüedades del depósito.

El documento mostraba tres imágenes de un violín. En la primera, el instrumento aparecía entero, mirado desde arriba. Hasta donde entendían los dos policías, no era muy diferente de una guitarra pequeña. En la segunda foto, se lo veía de costado. Ahí sí parecía mucho más delgado y curvilíneo que una guitarra.

La última foto estaba tomada a través de uno de los agujeros junto a las cuerdas y mostraba una inscripción: «Antonivs Stradivarius Cremonensis, Faciebat Anno 1737». O eso parecía, porque algunas de las letras se encontraban recubiertas por manchas oscuras, como si la tinta se hubiese acumulado sobre esos puntos, borroneándolos.

—Qué raro —comentó el sargento Gutiérrez—. ¿Justo este se han robado? No puede ser tan caro. Se nota que lo han hecho mal.

4.

Sor Felicitas subió a una de las ventanas enrejadas del refectorio y se dispuso a escuchar. Como cada tarde, sobre el canal de San Pietro, lejos del bullicio de San Marco y el Rialto, aquel muchacho tocaba el violín. Ella lo contemplaba a lo lejos, adivinando la forma de su rostro, cuando un pensamiento la atormentó. Aislarse para disfrutar de un placer solitario, por más que fuera aquella melodía celestial, ¿era pecado? Era algo más que una emoción espiritual, superior al gozo que la embargaba cuando oraba y cantaba las alabanzas. Se trataba de una felicidad orgánica, que la desprendía del tiempo y la hacía pensar en los estados de plenitud mística que describían el *Libro de la vida* de Santa Teresa o la poesía de San Juan de la Cruz.

Lo que al comienzo le parecía un exceso de la imaginación, siempre terminaba convirtiéndose en una certeza: ese muchacho hablaba con ella a través de esa melodía. Las notas aleteaban en su mente activando imágenes, reflexiones, recuerdos. Se decía que lo mismo ocurría con aquellas personas que, de golpe, entraban en trance y comenzaban a hablar en lenguas desconocidas. Era una idea que la aterraba, pues se sabía que esa capacidad solo la tenían Dios y su diabólico antagonista. Pero el magnetismo de la melodía era tan poderoso que siempre la hacía olvidar sus culpas y reparos.

Sabía que solo la música era capaz de producir semejantes emociones, pues siempre había formado parte de su vida. Sus primeros recuerdos estaban acompasados por las canciones que inundaban la ciudad o resonaban en la casa familiar del canal de Cannaregio, al norte del Gran Canal. Su madre tocaba la viola, su padre, el violonchelo y su hermano Leonetto, el violín. Eran intérpretes aficionados y, cada vez que hallaban la ocasión, organizaban reuniones con amigos y allegados de la alta sociedad, que disfrutaban con sus versiones de las obras de Sammartini, Boccherini y Haydn.

Por entonces, sor Felicitas todavía se llamaba Valeria Del Borgo Archinto. Era una chiquilla traviesa, de largas trenzas y grandes ojos negros. Solo tenía cuatro años cuando, para la fiesta de su santa, sus padres le regalaron un diminuto violín, que habían encargado al lutier Birindelli. Durante mucho tiempo —por lo menos hasta que, años después, salió de su casa vestida con el hábito, el cinto y el velo, lista para ingresar como novicia en el convento de las madres agustinas de Sant'Anna—, ese sería el día más feliz de su vida.

El instrumento le parecía grácil y delicado, pues, para que sonara, había que recostarlo cerca del corazón y acariciarlo. Solía recordar con una sonrisa el día en que había pedido a Leonetto que le enseñara a «hacerlo cantar». Su hermano, un adolescente alto, delgado y soberbio como las columnas que sostenían al león de San Marcos, se rio en su cara y le dijo que el violín no era cosa de niñas. Pero Valeria no estaba acostumbrada a las negativas y, después de porfiarle un par de semanas, logró doblegarlo. Leonetto consintió en darle clases por las mañanas, mientras con su padre ensayaba escalas y arpegios después de cenar.

La niña era una alumna aplicada y pronto fue capaz de participar en los conciertos y serenatas familiares. Su hermano era, desde luego, el mejor músico, pero pronto Valeria y su minúsculo violín se convertirían en la atracción principal. Ver a la niña de las trenzas negras plantarse a tocar en el centro de la sala le arrancaba sonrisas y vítores a la concurrencia de la casa de Cannaregio. Antes de los cinco años, ya había dado su primer concierto. Como reacción, el público enloquecía frente a una destreza nunca antes vista en una niña.

En pocos años, la fama de Valeria terminó por escapar de las fronteras de Venecia y llegó a otras latitudes. Reyes, príncipes e incluso el papa Pío VI la convocaron a sus cortes, para que los deslumbrara con su talento.

Fue una moda que duró unos años, los que Valeria tardó en dejar de ser una niña. El público que asistía a sus conciertos menguó paulatinamente, a medida que crecía y se volvía una adolescente, hasta que, una tarde, la joven se descubrió tocando solo para el párroco, su madre, su padre y su hermano. Cuando bajó del altar, Leonetto le asestó las palabras que el fantasma de los celos llevaba tiempo macerando en su interior: «No era para tanto. Solo una niña con un violín enano».

Desde ese día, Valeria cambió. La niña alegre y caprichosa se convirtió en una joven taciturna y solitaria, que permanecía encerrada en su habitación o deambulaba como un espectro por los salones de la casa de Cannaregio. No tenía a nadie con quién compartir sus tribulaciones y comenzó a confesarse con mucha frecuencia en alguna de las iglesias cercanas: Sant'Alvise, Sant'Ipi Duni o Santa Maria Assunta.

Valeria cumplió los doce años convertida en un ser tan ensimismado y silencioso que su madre, alertada ante una inminente crisis de melancolía que pudiera conducirla a un desenlace fatal, decidió jugar su última carta.

Aquella mañana, salieron de casa en la pequeña barca familiar para ser recibidas por monseñor. Cruzaron el Ponte delle Guglie, doblaron al llegar a la iglesia de San Geremia, siguieron de largo por el Gran Canal y entraron al Rio di Palazzo, que viboreó hasta el embarcadero de góndolas de la laguna, donde bajaron. Bordearon a pie el Palazzo Ducale, apenas se fijaron en el Palazzo della Libreria y recorrieron en silencio los doscientos metros que las separaban del edificio al que se dirigían, la Basílica de San Marco, adonde entraron por una puerta lateral. Las esperaba un monaguillo, que las guio hasta un salón de paredes doradas, donde encontraron a su anfitrión.

Monseñor Luciano Del Borgo, obispo de la ciudad, era hermano del padre de Valeria y, por tanto, tío de la muchacha. Grande, colorado y risueño, tocado con el solideo, la muceta roja y la cruz de oro que lo distinguían como patriarca de Venecia, recibió a su cuñada y a su sobrina sentado en su mullido solio de seda rosada. Cumplidas las cortesías, fue al punto:

—¿A qué debo el gusto de esta visita, queridísimas mías?

La madre de Valeria describió la situación de su hija sin ahorrar detalles. El obispo Del Borgo pareció interesarse por la historia y la siguió con el ceño fruncido, asintiendo y haciendo preguntas. Cuando la narración terminó permaneció pensativo, como si calculara posibilidades, hasta que de pronto se persignó:

—Ustedes sabrán que este mal ha visitado a nuestra familia desde el principio de los tiempos. —Suspiró y añadió con una media sonrisa—: De hecho, yo también lo padezco. Por eso, sé perfectamente lo que debemos hacer.

Conmovido por la historia de Valeria, proponía someterla a un tratamiento cuya eficiencia garantizaba, porque él mismo lo empleaba para mantener controlada su propia melancolía:

—Desde hoy, vamos a dedicarnos a ampliar tus horizontes, sobrina.

—¿Qué quiere decir con eso, *reverendissimo*? —preguntó la muchacha.

—Te familiarizarás con todas las artes y ciencias, además de la música — respondió el obispo—. Y, junto con los santos patronos de la Iglesia, comenzarás a leer a los mismos autores que me descubrieron la vastedad del mundo y me ayudaron a mejorar mis idiomas.

—¿Será conveniente? —preguntó la madre de Valeria—. ¿Libros paganos? ¿Una muchacha de su edad, en su condición?

—Bastante prueba de entereza ha dado a estas alturas —dijo monseñor Del Borgo—. Pero si el tratamiento te genera alguna duda, te aseguro que mal no le va a hacer.

Así fue como Valeria, de la mano de su tío, se inició en el estudio de las matemáticas y las bellas artes por dos largos años. Se entregó a sus lecciones con el mismo entusiasmo que le había permitido dominar los secretos del violín cuando era solo una niña. Gracias a su tío, que se convirtió en su protector, desde ese día fue instruida por los mejores maestros de la ciudad. Se familiarizó con la aritmética, el álgebra y la geometría. Leyó a Dante Alighieri, a Torquato Tasso, a Petrarca, a Boccaccio, a Maquiavelo, a Ariosto. Para estudiar a los clásicos, aprendió latín y griego. Sin olvidar el violín, tomó clases de canto y piano.

Aunque al comienzo no confiaba en ella, su madre tuvo que reconocer que la receta de monseñor Luciano Del Borgo empezó a obrar milagros en su hija. Valeria volvía a comer, a reír y a participar en la vida de la casa con normalidad, e incluso su relación con Leonetto, rota por aquella frase viperina, había recuperado cierta cortesía. Tanto ella como su esposo veían con enorme alegría los progresos de la muchacha, a quien comenzaban a imaginar casada con un noble veneciano y bendecida con una vasta descendencia.

Por eso se preocuparon tanto aquel día en que la muchacha pareció sufrir una recaída. Esa vez, cuando apareció en el comedor, luego de permanecer toda la mañana encerrada en su habitación, estudiando las fórmulas de Euclides, su gesto había recuperado el abatimiento de las peores épocas, y apenas probó alimento. Precavida, su madre envió un mensaje urgente al obispo Del Borgo, quien citó esa misma tarde a su sobrina.

—¿Están bien las cosas, Valeria? —le preguntó de golpe, cuando la tuvo delante—. Tus padres se preocupan por ti, ¿sabes?

—Soy consciente, excelentísimo —respondió la muchacha, bajando los ojos—. Lamento mucho ser el objeto de sus tribulaciones.

—¿Tus estudios no son suficientes? ¿No logran mantener ocupada tu mente y tranquila tu alma?

—Por el contrario, son el motivo de mi felicidad.

—¿Entonces? ¿Qué pasa, Valeria?

La joven dudó. Sus ojos negros se levantaron lentamente, hasta encontrar el rostro de su tío, que la miraba con inquietud. En eso le preguntó si tantos conocimientos podían alejarla de Dios, que pedía a sus fieles humildad y mansedumbre.

Del Borgo se rascó la barbilla:

—¿Qué edad tienes, hija mía? —le preguntó.

—Estoy por cumplir catorce años, tío.

Solo entonces el hombre que habitaba dentro del obispo atinó a contemplar de pies a cabeza a su sobrina. Era una muchacha alta y esbelta, cuyo pelo lacio armonizaba con sus ojos y contrastaba con su piel pálida. Además de la voz, que le había cambiado, y un vello que se transparentaba sobre su piel, debió reconocer con un escalofrío que a Valeria se le habían ensanchado las caderas y que el corsé levantaba un busto generoso.

Sofocado por la visión, el obispo se pasó una mano por la frente. Recuperado el aliento, cruzó los brazos, miró a través de la ventana y habló:

—San Agustín nos enseña a *deificari in otio* —dijo—. Llenarnos de Dios ejercitando el ocio santo. Oración, trabajo manual, vida en comunidad y estudio. He ahí su receta. En eso nuestro santo se acerca al *beatus ille* de Horacio, que propone huir del ruido mundano para disfrutar de la vida sencilla y desprendida del campo. Pero siempre buscando la deificación, es decir, la contemplación que conduce a la santidad.

A Valeria se le iluminó la cara, era justo lo que quería oír:

—Yo también he leído a San Agustín, *reverendissimo* —dijo y, acto seguido, recitó de memoria—: «Porque así como una pintura, colocado en su respectivo lugar el color negro, es hermosa, así el mundo, si uno lo pudiese ver, aun con los mismos pecadores, es hermoso...».

El obispo no necesitó más explicaciones y dispuso todo para que, antes del final de ese mes, en el que Valeria cumpliría los catorce años, dejara su casa y entrara en el convento de Sant'Anna. Además de ser rebautizada como sor Felicitas y comenzar a vestir el hábito negro, el día de su ingreso decidió trasquilarse la larga cabellera y coserse una faja para aplanarse el pecho. Cuando la presentó a la madre superiora, el obispo Del Borgo no se guardó ningún elogio:

—Sor Baciana —dijo con impostada solemnidad—, mi sobrina sabe tocar el violín, y lo hace como los ángeles.

El muchacho que tocaba sobre el canal de San Pietro silenció bruscamente el violín. La música fue remplazada por unas toses convulsivas que parecían provenir de la *prima cantica* de la *Comedia* de Dante.

«En cuanto se apaga la tarde, se pone a toser como si se estuviera muriendo», se dijo sor Felicitas y cayó de golpe en la cuenta:

—*Il crepuscolo!* —exclamó, al tiempo que abandonaba la ventana y corría a toda prisa hacia la capilla—. ¡Dios mío del amor bello!

Entró conteniendo el aliento, encontró un lugar vacío, lo ocupó y se unió al cántico que estaban entonando sus compañeras, mientras, por dentro, pedía perdón por su grave falta a Dios y la Virgen. Esa noche, en cuanto empezaron a preparar el refectorio para la cena, se escabulló hasta la celda de la madre superiora. Nada más entrar, se arrodilló compungida:

—Sor Baciana, permítame iniciar unos días de ayuno —dijo—. He pecado, estoy en penitencia.

La madre, que la esperaba, conocía perfectamente el pecado al que se refería sor Felicitas. Nadie podía ser ajeno a ese portento que se colaba todas las tardes por las rendijas del convento, en la forma de una música de violín.

—Todas somos pecadoras, sor Felicitas —le respondió.

—Yo más que nadie, madre.

—No estés tan segura —sonrió la superiora—. Es de esperar que a cualquiera le pase lo que a ti, de modo que puedes sentirte dichosa. El éxtasis de la belleza nos abre las puertas del reino eterno. Esta tarde, todas hemos estado allí gracias a la música de ese violín. Solo que tú, como San Virila, has tardado más en volver.

—Pero, sor Baciana...

—Levántate, hija. Sin pecado no hay penitencia.

En las siguientes semanas, la madre superiora ajustó los horarios del convento, permitiendo que el concierto que provenía del canal de San Pietro coincidiera con tareas poco demandantes. Unas tardes, las hermanas tejían ropa de lana para el invierno. Otras, preparaban dulces, confituras y mantecados, desbrozaban los terrenos aledaños al huerto o seleccionaban las verduras para ponerlas en encurtidos, conservas y salazones. Como había anticipado sor Baciana a sor Felicitas, mientras realizaban sus labores bajo el influjo de la música, todas en el convento se sentían más cerca de Dios. Lo triste venía al final de cada concierto, cuando caía el fresco de la tarde. Irremediablemente, al muchacho lo asaltaba esa perturbadora tos y se marchaba.

A sor Felicitas no le costó convencer a la madre superiora de dejarle alguna caridad. Poco antes de la hora de su llegada, una sombra se deslizaba fuera de Sant'Anna para depositar pequeños cuencos con comida caliente al pie del canal de San Pietro. De vez en cuando, se incluían prendas de abrigo, cataplasmas y aceites esenciales para aliviar los bronquios y mejorar la respiración.

Pero una de esas tardes, una nota se deslizó por debajo de la puerta del convento. Estaba escrita con una letra impecable, de estudiante del Lyceum:

Gracias de todo corazón.
Guarden lo que tienen.
A mí ya no me hace falta.

Marco, el violinista

Cuando llegó el invierno y el frío se hizo insoportable, el joven dejó de asistir a su acostumbrada cita vespertina. La sorpresa que envolvió a las hermanas terminó dando paso a la tristeza y, finalmente, al desamparo.

—Ya volverá —dijo una tarde sor Baciana, tratando de impedir que la marcha del convento se viera perjudicada por el desánimo reinante—. El frío merece nuestro respeto, hace bien al muchacho quedarse en su casa. En cuanto a nosotras, haremos dos horas más de oración.

—¿Volverá en primavera? —preguntó una de las novicias.

—Confiemos en que sí.

—Rezaremos para que así ocurra —añadió sor Felicitas.

Los días avanzaron sin prisa hasta que el calendario marcó el 28 de agosto, día de San Agustín, fiesta mayor en el convento. Había pasado la primavera sin que nadie volviera a saber de Marco, el violinista. Con los calores del verano, las tardes se colmaron de modorra, somnolencia y resignación.

Para entrevistarse con la madre superiora, el obispo Del Borgo solía visitar Sant'Anna o la citaba en San Marco. Discutían poco de los asuntos divinos y mucho de los terrenales, como las transformaciones políticas que venían produciéndose en Europa con el avance de las tropas napoleónicas, que ponía en riesgo la supervivencia de la Serenísima República. También hablaban de la vida en el convento y del desempeño de «Valeria», como se le escapaba a Del Borgo cuando hablaba de su sobrina.

Esa vez, sor Baciana le había pedido audiencia por una preocupación: las visitas que el demonio de la melancolía había comenzado a dedicarle a sor Felicitas desde la desaparición del violinista, que eran cada vez más frecuentes e intensas. El propio Del Borgo le había advertido sobre el pasado de su sobrina, adelantándose a la posibilidad de una eventual recaída. Ese día, la madre superiora fue directo al grano y relató al obispo todos los pormenores de la historia del misterioso músico y su sobrina.

—¿Era tan bueno? —fue lo primero que preguntó el obispo.

—Que Dios me perdone, padre, pero sí. Su música no era de este mundo. Tal vez por eso ha desaparecido así, como si se lo hubieran llevado los ángeles.

Del Borgo dio una vuelta al salón de paredes doradas, cabizbajo y meditabundo:

—¿Y tiene alguna idea de su identidad y paradero?

—Solo su nombre, excelencia: Marco.

—Permítame, madre, que haga mis averiguaciones —dijo el obispo por fin.

Acompañó a sor Baciana hasta la puerta del salón de reuniones, donde la esperaba el monaguillo, que la llevó fuera de la basílica. Del Borgo se sentó en su solio de seda rosada y no perdió tiempo. Con un par de palmadas llamó a su secretario, que de inmediato apareció en el salón e hizo una reverencia.

—¿Qué desea, eminencia?

—Levántate y escúchame bien. Tenemos un asunto delicado entre manos. Necesito hacer una averiguación y solo se me ocurre un mecanismo que pueda funcionar...

—¿Se refiere a...?

—Exacto. Quiero que esta misma tarde remitas comunicaciones urgentes y los convoques. Que vengan al caer el día, cuando terminan mis obligaciones y hay menos curiosos rondando San Marco.

El primer sacerdote llegó al borde de esa medianoche. Era el párroco de la cercana iglesia de San Francesco della

Vigna, un hombre alto y tonsurado, con una barba larga y desprolija. Calzaba sandalias abiertas y cubría su cuerpo huesudo con el sayal marrón atado a la cintura, con el cíngulo característico de los monjes franciscanos. Su silueta bajó de la barca en la laguna y se deslizó hasta la basílica, en cuya entrada lo esperaban el monaguillo y el secretario. Los tres hombres se saludaron con la mirada, sin que el gesto de seriedad y tensión abandonara sus rostros. Entraron juntos a la catedral. Sus pisadas resonaron al avanzar por la nave central. Estaba tan oscuro que resultaba imposible distinguir los mosaicos bizantinos que recubrían las paredes doradas. Las figuras de la Virgen María y los apóstoles que coronaban el altar mayor parecían acecharlos. La única luz provenía de un confesionario, en cuyo interior titilaba un cirio pascual. El monaguillo, el secretario y el franciscano se detuvieron a unos metros, y este último preguntó con un susurro:

—¿Está ahí?

—Esperándolo —respondió el secretario.

El sacerdote asintió, cruzó ambas manos bajo las mangas del sayal y avanzó los diez pasos que lo separaban del confesionario. Abrió con un crujido la portezuela de madera, entró al compartimento del penitente y se arrodilló en el reclinatorio. Luego estiró la espalda, apoyó ambos codos en el reposabrazos y esperó. El confesionario olía a incienso y comenzó a sentirse acalorado. La ventanilla estaba cerrada y se abrió de pronto, con un golpe que le causó un respingo. A través del intrincado diseño de la celosía, entrevió un perfil macizo y escuchó una voz gutural e inconfundible:

—Ave María Purísima...

—Sin pecado concebida.

—¿Hace cuánto de tu última confesión, hijo mío?

Monseñor Del Borgo había perfeccionado ese sistema desde su nombramiento como obispo de Venecia. Gracias a él, ningún secreto, conspiración, intriga política, chisme de alta sociedad o travesura de alcoba le resultaba ajeno. Desde Rávena hasta Negroponte, desde Friuli hasta Candia, los confesores prestaban sus oídos para escuchar los pecados de todos los fieles de la Serenísima República, de modo que recibían información privilegiada, vital para los intereses del obispo. En la práctica, podía preciarse de controlar el sistema de espionaje más sofisticado y completo de su tiempo, que empleaba hábilmente para sostener su poder.

Durante esa y las siguientes noches, llegaron a Venecia sacerdotes de los mares Adriático y Egeo para postrarse en aquel reclinatorio de la catedral de San Marco. Del Borgo preguntaba a todos lo mismo: ¿conocía la historia de Marco, el joven violinista que solía apostarse por las tardes en el canal de San Pietro, para encantar con sus interpretaciones a las religiosas del convento de Sant'Anna y al resto de los vecinos del extremo oriental del *sestiere* di Castello? ¿De dónde había salido? ¿Cómo se apellidaba y quiénes eran sus padres? ¿Y ese violín que, a decir de sor Baciana, era capaz de emitir tonalidades inconcebibles, que no eran captadas por el oído humano, sino por el alma?

Las primeras averiguaciones fueron estériles, pero monseñor Del Borgo no desesperó. Por experiencia, sabía que no había suceso capaz de escapar de su densa red de información, y era cuestión de tiempo para que alguno de sus espías en sotana trajera ese dato, por insignificante que pareciera, que le permitiría comenzar a reconstruir los hechos, incluso dar con el músico y su instrumento, cuya desaparición había sumido a sor Felicitas en las ciénagas de la melancolía.

La primera información llegó unas semanas más tarde. Un dominico pequeño y malencarado, párroco de la iglesia de Santa Maria Mater Domini, ocupó su lugar en el confesionario y, luego de las formalidades y de oír las preguntas de monseñor Del Borgo, hizo memoria y respondió:

—Del muchacho no sé nada, excelencia. Pero recuerdo muy bien que, hace unos años, solía visitar mi parroquia una noble española, que me tomó como confesor...

—¿Ha retenido el nombre en su memoria?

—No, pero provenía de Asturias y había fijado su domicilio en un *palazzo* sobre el Rio delle Due Torri.

La mujer había enviudado prematuramente de un indiano que había hecho fortuna traficando oro y esclavos con el Nuevo Mundo. Como no tenía descendencia, había elegido viajar con la cuantiosa herencia que había recibido. Luego de recorrer Lisboa, Londres, Amberes, Colonia y Ginebra, había llegado a la isla de Venecia y se había enamorado perdidamente de la ciudad, de modo que la convirtió en su lugar de residencia permanente. Llevaba una vida desahogada y, además de seguir viajando a todos los destinos posibles, gastaba el tiempo en tertulias, disfrazándose para los carnavales, participando en la fiesta del Bòcolo, en las tradicionales regatas y en los agasajos que cotidianamente ofrecían las grandes familias venecianas. En el verano, si no estaba fuera, solía pasear por la playa o jugar a la ruleta, las cartas y los dados en el Casino del Lido.

—Una tarde que jugaba al veintiuno, la noble española se descubrió al lado de un hombre muy particular —dijo el sacerdote dominico—. Según me contó, sin ser guapo, era extraordinariamente atractivo, con un descaro, una facilidad de palabra, una cultura general y un sentido del humor que la desarmaron...

—Imagino la clase de pecados que iría a confesarle —dijo el obispo Del Borgo.

—En efecto, esa noche intimaron y pronto se hicieron amantes.

—Ah, el Lido —dijo Del Borgo—. Donde los pecados de la avaricia y la lujuria se encuentran.

—Supondrá también quién era ese hombre...

—¿Uno que murió hace poco, cuyo nombre no debe ser mentado en un hogar decente, y menos en un convento?

—Recuerdo tanto a esa mujer porque en su confesión me reveló el secreto que, supuestamente, lo hacía infalible —dijo el sacerdote dominico—. Se preciaba de haber sido su amiga, además de amante, quizá la única entre todas las mujeres que habían compartido su alcoba, y por eso conocía la clave de aquel misterio. Siempre creí que era una fantasía, una invención de esa noble española. Pero ahora, después de conocer las razones de su llamado, comienzo a dudarlo.

Fraile, diplomático, médico, alquimista, filósofo, escritor, espía y músico, entre sus muchos quehaceres, a Giacomo Casanova, el célebre veneciano de las mil vidas, le gustaba frecuentar las mesas de juego. Así como iba al Casino del Lido, en todas las ciudades por las que pasaba buscaba el lugar donde apostar. Como la noble española relató en confesión al sacerdote dominico, una noche estaba en una oscura taberna de Cremona, después de una partida de naipes donde había sido especialmente afortunado, cuando fue abordado por un hombrecillo de apariencia andrajosa y aroma alcohólico que, como presentación, le dijo:

—Fui estudiante del taller de Stradivari y tengo el último violín que el viejo fabricó con sus propias manos. —Su voz se volvió sibilina cuando añadió—: Las malas lenguas dicen que es mágico.

Casanova recibió el instrumento, lo sopesó, comprobó su autenticidad y pagó con despreocupación, al contado, la pequeña fortuna que pedía aquel hombre, quien apenas alcanzó a decir su nombre antes de evaporarse: Angelo.

En los siguientes años, el aventurero veneciano tocaría ese violín frente a condesas, marquesas y duquesas, mujeres de toda Europa, en su mayoría honorablemente casadas. Como caían rendidas sin remedio a sus pies, no faltó quien afirmara que su secreto eran los poderes del instrumento que había comprado al cabo de aquella noche de juego.

Conocido ese dato, al obispo Del Borgo le fue sencillo reconstruir el resto de la historia. Un anciano Casanova acabaría perdiendo el violín para pagar las obscenas deudas contraídas a lo largo de los años por su dispendiosa existencia que, sumada a su duradera afición al juego, lo llevaría al borde de la bancarrota. Saltando como moneda de cambio, el Stradivarius recaló en su penúltimo destino: un noble de Bohemia (región donde el aventurero italiano se había afincado), a quien el rey José II nombró plenipotenciario en Venecia. Este lo había adquirido como un regalo para su hijo Marco, un muchacho sensible que resultó contagiado de tuberculosis a poco de llegar a la Serenísima República y que, sabiéndose desahuciado, consagró los últimos meses de su vida a tocarlo. Sin entender mucho de música, el embajador bohemio conservó el instrumento como un doloroso recuerdo de su joven hijo, que falleció con los fríos del invierno. Cuando el obispo Del Borgo lo convocó para relatarle sus pesquisas, no dudó en entregárselo para deshacerse de él y del triste pasado que evocaba el instrumento.

Corría el mes de diciembre cuando el obispo apareció por el convento de Sant'Anna. Había pasado el tiempo, pero sor Baciana recordaba perfectamente la reunión que ambos habían sostenido en San Marco y el encargo que Del Borgo le había prometido cumplir. Desde entonces, la tristeza se había empozado entre las hermanas y, en especial, en el alma de sor Felicitas, que se había retraído lentamente. Ahora era incapaz de salir de su celda, permanecía en silencio y nunca comía. Estaba tan débil y decaída que la madre superiora empezaba a temer por su vida. Pero al ver al obispo entrar al convento con un estuche nacarado, sor Baciana sintió que algo revivía en su interior:

—Excelencia, ¿qué nos ha traído?

—Un regalo para Valeria —dijo monseñor Del Borgo y entregó el estuche a la superiora.

Sor Baciana abrió el estuche y descubrió el violín.

—Pienso que volver a escuchar su música le vendrá bien a mi sobrina. A todas ustedes.

—Pero, excelencia... ¿Qué van a decir los vecinos si nos escuchan?

El obispo se llevó un dedo a los labios, se acercó a sor Baciana y susurró una frase a su oído.

—Siempre podemos recurrir a una mentira piadosa, madre.

—*Ottimo* —dijo sor Baciana, en cuyo rostro se dibujó por fin una sonrisa, la primera en mucho tiempo—: Diremos que estamos ensayando para un acto en San Marco y que usted nos ha dado el permiso.

—Ya ve. Salvo Francia, todo tiene solución, madre.

—Algo más. ¿Cómo consiguió este violín?

—Asuntos de la Divina Providencia, sor Baciana.

La superiora despidió a monseñor Del Borgo y corrió a la celda de sor Felicitas, a quien encontró tumbada, en los huesos, con la mirada perdida y una sombra en el rostro.

—Hija mía, mira lo que ha traído tu tío...

La reacción de sor Felicitas fue imperceptible. Se mantuvo echada, la respiración débil, los ojos exangües contemplando el techo. sor Baciana se acercó hasta el borde de la tabla de madera y puso el violín a la altura del rostro de la muchacha, que parpadeó un par de veces, movió los labios, levantó ligeramente la cabeza y estiró uno de sus brazos, muy despacio, hasta que rozó su arco inferior.

—¿Dónde está su dueño? —preguntó con una voz sigilosa, crepitante, que pareció raspar sus cuerdas vocales.

—Adonde debe estar, hija mía —le respondió sor Baciana, bajando la vista, ocultando las lágrimas que comenzaban a ahogar sus ojos—. Adonde pertenecemos todos.

La madre superiora se inclinó, dejó el violín a un lado del lecho y besó la frente de sor Felicitas. Se levantó, se pasó una mano por el rostro, fue incapaz de reprimir un sollozo y salió de la celda.

A la mañana siguiente, cuando para asombro de sus hermanas apareció en el refectorio, la mirada de sor Felicitas llameaba. Buscó su asiento en la larga mesa en forma de herradura, cuyo lugar dominante ocupaba sor Baciana, que la acompañó con la mirada. La vio detenerse, persignarse, hacer sus oraciones de pie, atender a la lectura de la Biblia, sentarse, recibir como siempre sus alimentos servidos por las novicias más jóvenes y desayunarlos con normalidad, en el silencio absoluto que siempre acompañaba las tres comidas del convento. Cuando la campanilla anunció el final del desayuno, sor Felicitas se levantó, se ubicó a un lado de la mesa, participó de la oración de agradecimiento, hizo una reverencia y esperó a que la madre superiora abandonara el refectorio para salir.

Desde ese día se reincorporó a la vida del convento con un entusiasmo renovado. Cumplía todas sus obligaciones, echaba una mano a quienes necesitaban ayuda y, por las tardes, en las vísperas del Ángelus Domini, siempre atendía a los cánticos en la capilla. Allí, por órdenes tajantes de sor Baciana, comenzó a tocar el violín como lo hacía Marco, reconfortando los ánimos del convento y honrando al fantasma del joven violinista.

Sor Felicitas no podía saberlo, pero en esos mismos días, mientras ella comenzaba a tocar el Stradivarius en el convento de Sant'Anna, fueron puestos en marcha los mecanismos que estarían a punto de arrebatárselo. Consciente de su debilidad militar, hacía un año que el gobierno de la Serenísima República se había obligado a aceptar la presencia del ejército de Napoleón Bonaparte, cuyo recorrido para atacar Austria pasaba por Venecia. Aunque, en teoría, mantenía su independencia, en ese tiempo las tropas francesas consolidaron su poder en las ciudades del Véneto, muchas veces ayudadas por algunos notables, que quisieron liberarse de las obligaciones impuestas por el Antiguo Régimen. Sin embargo, el sentimiento mayoritario era de rechazo a los invasores, una situación que llegó a su punto culminante en abril de 1797, cuando estalló una sublevación para expulsarlos. Luego de recuperar posiciones, el joven general Bonaparte lanzó una sentencia profética: «Seré un Atila para el estado véneto».

Para evitar mayores sufrimientos a la población, el 12 de mayo de 1797, en el último Consejo Mayor de la Serenísima República, el dux Ludovico Manin pidió a los nobles venecianos rendirse ante las fuerzas de Bonaparte. El pedido llegó tarde: a esa hora, enarbolando banderas con el león de San Marcos, al grito de «Viva la República», los ciudadanos de Venecia habían iniciado una revuelta por toda la ciudad. Luego de repelerla a sangre y fuego, los soldados y simpatizantes napoleónicos se lanzaron al saqueo. Los caballos de bronce de la Basílica de San Marco fueron arrancados de cuajo, las iglesias resultaron rapiñadas, los palacios, invadidos. Los robos se multiplicaron y alcanzaron una furia salvaje. Cuando se destruyó el Bucintoro (la emblemática galera de la República) solo para arrancarle el oro que lo recubría, ya Venecia era una ciudad sin ley, donde todo valía y nada se castigaba.

Monseñor Del Borgo quiso unirse a la improvisada resistencia de la ciudad, pero apenas consiguió atravesar la puerta de San Marco se dio de bruces con un joven soldado francés. Este reaccionó sin pensar, desenvainó su sable y, sin prestar atención al atuendo que lo identificaba como obispo de Venecia, lo atravesó de una estocada. Esquivó el cadáver, entró a la basílica y volvió cargando un enorme cáliz de oro. Allí encontraron al obispo, a su mayordomo y a su secretario, que habían salido a defender los ingresos del Ponte de Canonica y la Piazzetta dei Leoncini.

Mejor suerte corrió sor Baciana, que resultó herida por una descarga de trabuco en la espalda mientras intentaba tapiar las entradas del convento de Sant'Anna. Alcanzó a ser evacuada gracias a sus novicias, que lograron llevarla hasta una embarcación en el canal de San Pietro, adonde llegó más muerta que viva, delirando y repitiendo con los dientes apretados: *«Qui non entra nessun francese!»*.

En cuanto había visto el desorden que imperaba en Venecia, la superiora se había apresurado a organizar la defensa del convento. Sor Felicitas fue encargada de proteger la cocina, anexa al edificio principal del convento, que comunicaba al exterior por una pequeña puerta arqueada. Montó un parapeto con las marmitas, los enseres y los sacos de provisiones, se armó con un par de cuchillos de cortar carne y se dispuso a esperar, atenta al ruido de la refriega que venía del exterior.

La luz del día menguaba. Los gritos, trabucazos, chasquidos de metales, tañidos de campanas y ecos de destrucción se apagaban en la ciudad. Sor Felicitas había pasado las horas en tensión, oculta detrás de su barricada, apretando los mangos de los cuchillos, rezando varios rosarios y resignada a morir en la defensa del convento de Sant'Anna, aunque decidida a vender cara su vida. Comenzaba a sentirse a salvo, fantaseaba con que nada le pasaría, cuando el rumor de unos pasos furtivos llegó a la puerta de la cocina.

Sor Felicitas dejó de rezar, concentró su mirada en la entrada, oyó las voces en francés que preguntaban si había alguien dentro y exigían que les abrieran. Al no obtener respuesta, comenzaron a forcejear con la puerta. Esta se mantuvo firme, resistió los empujones y las tentativas de abrirla. Pronto quisieron tumbarla, la atacaron con una piedra, una y otra vez, pero fue en vano. Sor Felicitas creía que se habían dado por vencidos, que habían abandonado sus intentos por asaltar el convento, cuando olió el humo. Pudo ver las primeras llamas que envolvían el travesaño inferior de la puerta y que pronto ascendían, quemando los tablones superiores, crepitando y produciendo una espesa humareda que inundó la cocina, le irritó los ojos, la hizo toser, le cortó la respiración y casi le hizo perder la consciencia.

Los asaltantes esperaron a que las llamas se extinguieran. De una patada quebraron los listones de madera carbonizada e irrumpieron en la cocina. A través del humo y de las sombras de su desmayo, sor Felicitas vio que eran dos soldados franceses sudorosos y sin afeitar, cubiertos de tizne y con los uniformes raídos, que avanzaban con desconfianza, admirando las repisas y los fogones, descubriendo el improvisado parapeto y, detrás de él, el perfil de la monja que los contemplaba amenazante y aterrada.

—Lo mejor para ti será que nos dejes pasar sin resistirte —dijo uno de ellos.

Sor Felicitas quiso sonar tajante:

—Antes muerta que permitirles profanar el convento de Sant'Anna.

Ambos soldados se rieron y avanzaron hacia los trastos amontonados. Estaban a un par de pasos cuando sor Felicitas emergió de la barricada empuñando ambos cuchillos, los atacó de un salto y alcanzó a uno de los hombres con un tajo en la mejilla que lo hizo retroceder.

—Era brava la monja —dijo el otro, soltando una carcajada—. Mejor todavía...

Se adelantó hacia sor Felicitas, que lo esperaba en un rincón de la cocina. Desenvainó su sable y su puñal y fintó un par de ataques, que falló adrede. La mujer contraatacó lanzando un cuchillazo a fondo, que el soldado esperaba. La esquivó con un movimiento preciso de la cintura y, cuando la tuvo al alcance, la noqueó de un golpe en plena mandíbula con el guardamano del sable.

—Ahora muéstrame toda tu rabia, pequeña zorra —le dijo entonces.

Con dos patadas despojó a la monja de los cuchillos, se abalanzó sobre ella y se le sentó encima a horcajadas. Comenzó a acariciarle las piernas, los muslos, la cintura y luego a arrancarle la toca, el velo, la cruz dorada que colgaba de su cuello y el hábito.

Sor Felicitas seguía aturdida por el golpe e intentó defenderse por instinto, a manotazos, cuando oyó al soldado que había herido en la mejilla. Este había quedado rezagado, repasando la cocina por si había algo valioso que robar:

—Pero ¿qué es eso? *Mais qu'est-ce que c'est?*

El hombre que se había encaramado sobre sor Felicitas dejó de forcejear, levantó la mirada y buscó a su compañero.

Lo encontró frente a los fogones, donde había descubierto un estuche nacarado. Los ojos se le agrandaron cuando lo abrió y extrajo un violín delgado y brillante, que levantó y contempló a contraluz. Apoyó la caja en su clavícula y repasó sus cuerdas con el dedo, produciendo unas notas que se perdieron en el aire.

—Primero la monja y luego el tesoro —gruñó el soldado que había maniatado a sor Felicitas, que volvió a girarse hacia la monja. La contempló, se repasó los labios con la lengua y de un tirón desgarró la faja que le ceñía los pechos, que emergieron níveos y abundantes.

Sor Felicitas cerró los ojos y apretó los dientes. Se sorprendió al descubrir que, invocada por el acorde que el soldado había arrancado del violín, la imagen de Marco apareció en su mente. Pudo verlo a lo lejos, en el canal de San Pietro, delgado y etéreo, interpretando una sobrecogedora melodía. Decidió entregarse a ese sueño, perder de vista la realidad y resignarse a su destino. Comenzaba a pronunciar sus últimas plegarias cuando oyó el trueno de una explosión y sintió el peso de un cuerpo desmoronándose sobre ella. Abrió los ojos para encontrar el rostro de su atacante a unos centímetros del suyo, con la mirada vidriosa y el gesto rígido de sorpresa. Quiso quitárselo de encima y descubrió que de la nuca le manaba un torrente de sangre. En silencio, temblando, vio al otro soldado que sonreía con malignidad y permanecía de pie, sujetando el estuche del violín con una mano, mientras su pistola de arzón humeaba en la otra.

El hombre dejó el estuche donde lo había encontrado y comenzó a avanzar hacia ella mientras soltaba los botones de estaño de su chaqueta. Cuando tuvo a la monja a sus pies, se acuclilló, empujó con el pie el cuerpo de su compañero muerto, se agachó y estiró una mano que alcanzó la blanca piel del seno de la monja, mientras murmuraba palabras que ella no alcanzó a entender. Entonces ocurrió. El soldado se abrió el pantalón, liberó su miembro y se tumbó sobre sor Felicitas. Pero ella reaccionó aprisa, enterrándole en el corazón el puñal que acababa de arrebatarle al cadáver.

5.

El comisario Tobosa se pasó el trayecto de regreso a Asunción pensativo. Por un lado, recordaba la sensación de placidez de Areguá, con su cielo limpio y sus viejas casonas, y el impacto causado por la belleza de las antigüedades descubiertas en el escenario del crimen. Por otro, el horror que habían hallado en aquel mismo lugar, con los cadáveres de dos personas asesinadas salvajemente donde debían sentirse más seguras.

Conforme entraba en la ciudad, los edificios descascarados, los baches de las calles y su propia vida le resultaron vulgares, grises, sin gracia. En una esquina, un perro orinaba en un árbol. En otra, un niño comía un plátano y tiraba la cáscara al suelo. La realidad parecía carecer de sentido estético cuando toda la belleza del mundo vivía criando polvo en el garaje de un muerto.

—Déjame aquí, Gutiérrez —pidió Tobosa al pasar frente a un puesto de flores, no muy lejos de su casa.

—¿No quiere que lo espere, comisario? —dijo el sargento.

—Vete a descansar, mejor. Ha sido un día largo.

—Comisario, usted está raro.

Tobosa soltó una risa. Era verdad, se sentía raro.

—Qué cosas dices, Gutiérrez...

—A veces usted piensa demasiado, comisario. No se me ponga a pensar. Se va a confundir.

—Lo intentaré, pues.

Se despidió con un apretón de manos y se acercó al puesto de flores. Se pasó un buen rato entre hortensias, geranios y floripondios. Los miró, los olió y, al final, escogió un pequeño ramo de rosas.

Había llovido desde temprano y Tobosa encontró tramos de las calles de Santa Ana cortados por charcos de agua y lodo. Perdió rápidamente las esperanzas de mantener secos los zapatos y las medias, pero, arremangándose, consiguió salvar los bajos de sus pantalones. Media hora después, abrió la puerta de su casa.

—¿Rosario?

Nadie le respondió.

Metió las rosas en un jarrón con agua y se dirigió a la cocina. Había ajos, cebollas, unas patas de pollo y medio kilo de locro. Preparó un sofrito y le echó agua.

Mientras se hacía la sopa, pensó en su mujer. Echaba de menos su cuerpecito menudo, su pelo liso y negro, incluso su voz aguda. Llevaban tiempo casi sin hablar. Últimamente, Rosario siempre estaba ocupada, con cosas que hacer. El hospital le pedía más horas extra. O se inscribía en un curso de especialización para enfermeras. O, simplemente, salía con sus amigas. A pesar de todo, el comisario necesitaba su compañía y esta noche esperaba pasarla con ella. No aspiraba a nada excepcional, tan solo una cena tranquila, un poco de cerveza y una conversación intrascendente para contrarrestar la dosis de muerte que llevaba encima. Si todo marchaba bien, incluso podrían hacer el amor.

A las ocho, Rosario no había dado señales de vida. A las nueve, la sopa se había enfriado.

Llegó recién a las once menos cuarto, intentando no hacer ruido. Traía los zapatos en la mano. Al ver a su marido sentado en el comedor, sin hacer nada, le dirigió una mirada sorprendida.

—¿Todavía no te fuiste a dormir?

—Te traje flores. —Tobosa señaló el jarrón, incapaz de disimular el tono de reproche en su voz.

—Qué lindas —dijo ella, aunque apenas las miró antes de escurrirse hacia el baño.

El comisario esperaba escuchar el agua del váter, pero Rosario abrió la ducha. Entonces supo que tendría que guardar la sopa en el refrigerador, junto con todos los planes que había armado en su cabeza.

Tobosa terminó de limpiar y se fue a la cama. Rosario ni siquiera le había dado las buenas noches, pero la encontró dormida. El comisario se puso el pijama y, al acostarse, besó en el hombro a su mujer, que lo retiró como un conejo asustado.

Mientras conciliaba el sueño, Tobosa pensó en el crimen de Areguá. Recordó el camino, la casa, el policía, el patrullero en la entrada. El extraño encuentro con la señora Encarnación, tan impresionada por su hallazgo que apenas había sido capaz de hablarles, mezclando el guaraní y el español, aportando muy poca información relevante en medio de sus cánticos y letanías. El fantástico almacén de objetos antiguos. Los cuerpos del hombre y la joven.

El crimen se había cometido de madrugada y nadie había forzado las cerraduras. ¿Quiere decir que el asesino había sido admitido voluntariamente en la casa? Y si era así, ¿para qué? ¿Para pasar la noche? ¿Sería una mujer, que llegaba a dormir con el hombre, como lo hacía él con Rosario? Los párpados comenzaban a pesarle mientras pensaba que la gente que duerme con uno es la que más motivos puede llegar a tener para volarte los sesos. Antes de pasar a la siguiente reflexión edificante, el comisario se quedó dormido.

Cuando despertó estaba sudando, quizá por el calor. Había soñado con el violín desaparecido, que se encontraba consignado en los archivos de la casa de Areguá. Todavía no terminaba de amanecer, pero Rosario ya se había marchado al hospital.

Los días siguientes transcurrieron como de costumbre: entre mosquitos, delitos menores y la cumbia que el sargento Gutiérrez gustaba poner a todo volumen en el auto, mientras conducía por las calles de Asunción.

La información sobre el caso de Areguá fue goteando a partir de los documentos y discos duros extraídos de la casa. El muerto se llamaba Johann von Bulow y tenía cuarenta y dos años. Nacido en Paraguay, de padre alemán y aún muy vinculado con ese país, a juzgar por las facturas y catálogos escritos en su idioma, se dedicaba al comercio de antigüedades para compradores de Berlín, Múnich y Hamburgo, pero también de Buenos Aires, San Pablo, Londres y, en menor medida, París y Washington. Sus transacciones con bancos y agencias de transporte de todo el mundo se hallaban meticulosamente registradas. Para los estándares paraguayos, entraba en la categoría de millonario. ¿Qué diablos hacía alguien así viviendo en un sitio como Areguá, que, por muy bonito que fuese, seguía estando en medio de la nada?

La segunda víctima era Diana von Bulow, hija del anticuario. Tenía solo catorce años y su madre se había llamado Yennifer Chilpa. Según un certificado de defunción encontrado junto a los demás papeles, había fallecido de cáncer en 2006.

Ahí terminaba la información disponible sobre los Von Bulow. La niña carecía de registros de asistencia a ningún centro escolar. Tampoco encontraron facturas de gimnasios, clubes sociales o institutos. Ni siquiera un boletín parroquial. Quizá tuviesen vínculos con algún vecino, pero era improbable: su casa estaba a más de dos kilómetros de la siguiente, separada por un camino sin luz ni asfalto. Como si temieran algo, sus dueños la mantenían completamente vallada con un poco acogedor alambre de púas.

Encima, los Von Bulow apenas guardaban recuerdos personales. La decoración estaba compuesta casi exclusivamente por las antigüedades, como si toda la casa fuera un enorme escaparate. En las repisas, sin embargo, habían hallado tres fotos familiares. En la primera, se veía a una morena atractiva, con el pelo liso y la mirada decidida, que debía ser Yennifer, la esposa de Johann. En la segunda, esa misma mujer aparecía con Von Bulow y una Diana más niña, en el lago de Areguá. Finalmente, en la última, una joven más parecida a la encontrada en la bañera y un anticuario más canoso que el del lago posaban en una playa. Podría ser Punta del Este, porque en el fondo aparecían edificios altos de aspecto elegante.

En ninguna de esas fotos se veía a nadie más. Y lo más raro: nadie sonreía.

—La gente no puede vivir tan sola y triste, Gutiérrez.

—Es que esos no son gente, comisario. Son alemanes. Ahí hace mucho frío y las personas salen así, frías. Está científicamente comprobado.

—¿Y cómo se comprueba eso científicamente?

—¿Ha visto a un turista alemán bailar bachata? No hay modo. Gerontológicamente están negados pa'l jolgorio.

El comisario no consideró necesario corregir a Gutiérrez. Al menos, no en eso.

—La madre no es de origen alemán. Se llamaba Yennifer Chilpa. Y el occiso no nació en este país, Gutiérrez.

—Pero se llamaba Yoj... Vonj... —La lengua de Gutiérrez luchó contra el nombre y finalmente se rindió—. Se llamaba en alemán. Y lo hacía todo en alemán. Mire sus papeles de trabajo. Ser de ahí no se cura fácilmente, comisario. Pobre gente.

A veces, la filosofía de Gutiérrez exasperaba a Tobosa, que, a pesar de su carácter bondadoso y paciente, no podía reprimir un sarcasmo:

—Pobres. Solo han ganado cuatro mundiales y son uno de los países más ricos del mundo.

Gutiérrez agitó el dorso de la mano en señal de desprecio, como si pudiese ahuyentar a Alemania de su presencia, igual que se ahuyenta a un moscardón.

—¿Y de qué sirve todo eso si uno no es feliz? —sentenció.

Tobosa negó con la cabeza, cruzó ambas manos a la altura de la nuca y dejó que su cuerpo cayera contra el respaldo del asiento del copiloto. Miró por la ventana, pero no pudo concentrarse en el paisaje de las calles de Asunción. De pronto, a su mente acudieron las reflexiones que había tenido la noche anterior, cuando estaba por dormirse. Un dato comenzaba a obsesionarlo, no dejaba de darle vueltas. ¿Acaso Von Bulow compartía su cama con alguien? ¿Con quién?

Cada mediodía, de camino a la fonda donde le servían unos porotos o un vorí vorí, el comisario pasaba por el forense y preguntaba si alguien había reclamado los cuerpos. La respuesta siempre era la misma. Nadie se había acercado a preguntar por ellos, ni siquiera después de la publicación legal de sus fallecimientos. Incluso había sido primera plana de los periódicos. A estas alturas, algún pariente tendría que haberse enterado de esas muertes. De todos modos, el alemán y su hija seguían ahí, gastando la electricidad de los refrigeradores y esperando el plazo legal para ser enviados a la fosa común.

Esa tarde, el comisario pidió verlos. Entró al frigorífico, donde el doctor Morales lo atendió. Extrajo los cadáveres de las neveras y permitió que Tobosa los revisara a su antojo. Los restos de la cara del anticuario parecían haberse congelado en un rictus que se asemejaba insólitamente a una sonrisa. A ella se le habían cerrado un poco los ojos, estaba pálida y parecía dormida. Estaban más limpios y solos que el día en que los había visto por primera vez.

—¿Es posible que nadie los quisiera y que no quisieran a nadie? —les preguntó el comisario, una vez que el forense lo dejó solo.

Esa noche, cuando volvió a casa, Tobosa encontró a Rosario viendo la televisión. Se había aficionado a una telenovela turca sobre una chica que soñaba con ser supermodelo pero era demasiado pobre, y conocía a un hombre marcado por un turbio pasado. Cuando Tobosa entró por la puerta, la protagonista estaba llorando y juraba su amor por ese hombre.

—Buenas noches —saludó el comisario.

—Queda locro —dijo Rosario.

—Gracias.

Le había hablado sin apartar la vista del televisor. Ahora, el hombre del turbio pasado abrazaba a la protagonista y le decía que no podían estar juntos, que no quería hacerle daño.

—He estado estudiando el caso del alemán y la hija —porfió el comisario—. No hay ninguna pista. Es como si hubiera bajado un extraterrestre a matarlos.

En otros tiempos, a Rosario le resultaban fascinantes sus casos, aunque no fueran tan espectaculares como este. Ahora, en cambio, bostezó y señaló la pantalla:

—Espera un poquito, que ahora van a escapar juntos.

Tobosa decidió esperar en la cama. No tenía hambre después de su visita al doctor Morales. Se lavó los dientes, se puso el pijama de rayas y se acostó. Durante unos minutos, las imágenes de la telenovela turca bailaron en su cabeza. Volvió a preguntarse con quién dormiría el alemán. De repente, creyó verlo claro. Aparte de su hija, solo una persona tenía contacto cotidiano con él. Y era, precisamente, una mujer. ¿Cómo podía habérsele pasado?

El sargento no pareció tan convencido cuando Tobosa se lo dijo a la mañana siguiente:

—¿Usted cree, comisario?

—¿Quién más, si no?

—Pero tiene más pinta de víctima que de otra cosa...

—Justamente, tiene la coartada perfecta. Por eso se nos estaba escapando. Mientras más lo pienso, más sentido le encuentro, Gutiérrez.

—Permítame dudar de su teoría, comisario.

El camino era menos inspirador que el que los había llevado a Areguá el día en que el caso comenzó. Tobosa sentía el aire cargado de contaminación y oscuridad. Gutiérrez parecía tener la misma impresión y la formuló con su habitual contundencia:

—Este mierdero empeora con cada metro que avanzamos, comisario.

Pasaban delante de una larga fila de chamizos y ranchitos, muchos de ellos sin alumbrado público ni agua corriente, por donde jugueteaban niños desnudos y perros sucios. Las viviendas eran de esteras y ladrillo pelado, de calamina y paja. Muy distintas a la fortaleza del alemán, aunque en ellas se respirara más vida, más alegría que en el domicilio del anticuario.

Encarnación vivía en una choza que se arracimaba con otras cuatro o cinco. Todas parecían haber brotado del terreno en completo desorden, como la mala hierba.

A la anciana no hubo ni que llamarla. La vieron a través del hueco de la entrada, manipulando una hornilla de keroseno, rodeada por una manada de niños que jugaban con una pelota.

Detuvieron el vehículo a pocos metros. Al bajar, Gutiérrez llevaba puesto el disfraz de tipo duro. Se apoyó en el vano de la puerta y, casi sin mover los labios, dijo:

—A ver, Encarnación, vamos a tener que hacerle algunas preguntas más.

El comisario contuvo a su subalterno con una palmada en la nuca. Venían a consultar un tema delicado. Podía haber un marido por ahí. Y, además, eran policías, y entre los vecinos de Encarnación debían contarse multitud de delincuentes. Nada de aspavientos, mejor. Nada de escándalos.

—Buenos días, doña Encarnación —saludó con un tono forzadamente amable. Señalando la hornilla, añadió—: ¿Se le ha estropeado?

—Como siempre —dijo la mujer encogiéndose hombros—. Me tiene cansada esta porquería.

A juzgar por su rostro de cansancio y frustración, vivía el problema como la enfermedad de un pariente.

—¿Le digo qué? —repuso el comisario—. Voy a comprarle una. ¿Quiere?

El gesto de Encarnación transmitió varios sentimientos: desconfianza, necesidad, duda y, finalmente, agradecimiento.

—Acompáñenos para que escoja usted misma —la animó Tobosa.

Encarnación miró al mayor de los chicos que jugaban

con la pelota. En realidad, era una chica con el pelo corto. Le ordenó:

—Que no se escapen.

La chica respondió con un gruñido. Encarnación se señaló los ojos y la señaló a ella. Después, salió de la cocina y se metió en el vehículo de los policías. Tobosa no pudo evitar pensar en lo raro que era ver entrar a alguien por su propia voluntad.

—Primero pasaremos un ratito por la casa de su jefe —anunció el comisario cuando ya habían arrancado y Encarnación no podía bajarse—. Le prometo que de ahí vamos directo a comprar, a donde usted nos diga.

La mirada de Encarnación reflejó su desengaño y, luego, su resignación. De verdad necesitaba esa hornilla.

El paisaje se fue limpiando de desmonte y pobreza a través de las ventanillas, convirtiéndose en un casco urbano y, poco después, en el campo salpicado de casas grandes que recordaban de su primera visita a Areguá. Sabían que la vivienda del alemán quedaba apartada de las demás y eso les dio tiempo para trabajar a su testigo:

—Encarnación, usted parece ser la única persona que entraba en esa casa, ¿no? ¿Nadie más la visitaba?

—Ya les dije que el señor no tenía amigos.

El camino se volvió más irregular y el carro comenzó a dar tumbos. Tobosa apoyó una mano en el techo para no golpearse la cabeza.

—¿Ni siquiera usted?

Encarnación se mordió los labios y se puso roja, pero no respondió.

—¡Diga algo, señora! —insistió Gutiérrez—. Recuerde lo que le dijimos de dormir en el calabozo...

El comisario retiró la mano del techo y volvió a palmear a su compañero en la nuca. Esto requería más maña que fuerza.

—Usted conoció a su mujer y llevaba cinco años con ellos. Seguro que ya eran cercanos. Que les contaba sus cosas y ellos las suyas...

—Pocas cosas contaba él.

Llegaron a su destino. La casa mantenía algunos precintos policiales. De todos modos, pensó Tobosa, si alguien quería venir a robar los tesoros que contenía, nadie se lo impediría. Quizá ya hubieran venido.

El comisario abrió la puerta a Encarnación. Con amabilidad, la ayudó a bajar:

—Esto también está muy lejos de su casa —le dijo—. Y por un camino malo. ¿Nunca la sorprendía la noche aquí dentro? ¿Nunca se tenía que quedar a dormir?

Encarnación negó con la cabeza mientras atravesaban la entrada, el estacionamiento y el almacén, donde todo parecía seguir en su lugar, pero pareció comenzar a ponerse un poco nerviosa cuando subieron.

—Entonces, Encarnación, usted nos está diciendo que, si buscásemos, ¿no encontraríamos tres cepillos de dientes en el baño? —dijo Gutiérrez, provocador—. ¿Ni dos tipos diferentes de compresas? ¿Ni ropa de mujer en el armario del señor? Prefiero preguntarle antes de tomarme la molestia de hacerlo. Porque si encontramos algo, tendremos que saber de quién es. Y será fácil suponerlo, porque la única persona viva que entraba en esta casa era usted, ¿verdad?

Limpiaba cada rincón, lavaba la ropa y la guardaba. O sea que debería haber visto esas cosas antes que yo...

Encarnación se paralizó. Acababan de entrar en el salón. Volvió la vista, buscando un escape. Contempló a Gutiérrez, quizá midiendo si podría golpearlo y huir. No hizo una cosa ni la otra. En cambio, los ojos se le humedecieron.

Tobosa la tomó de la mano y la guio hacia el sofá, que, como el resto del mobiliario, comenzaba a cubrirse de polvo. Hubiera querido ofrecerle un vaso de agua, pero supuso que el servicio estaba interrumpido por falta de pago. Se limitó a sostener la mano de la anciana mientras ella dejaba correr las lágrimas.

—Yo siempre dije que eso era cosa del diablo —proclamó, al fin, la mujer—. Que no se tenía que hacer. Así le dije al señor. Pero él me pagaba extra. Me hacía regalos. Y bueno... —Se encogió de hombros y pareció hacerse pequeña, como un ovillo de lana—. También se sentía bonito.

Encarnación comenzó a murmurar una plegaria en guaraní. El comisario intentó reconfortarla:

—Usted no hizo nada malo. Y nosotros de verdad la vamos a llevar a comprar su hornilla. —Su mirada buscó a Gutiérrez, que recibió esas palabras con claro enfado porque sabía que la pagarían a medias, pero al menos tuvo el tino de guardar silencio—. Eso sí, deje de hablarme del diablo. Las cosas que necesito saber las hacen las personas.

Encarnación abrió los ojos. Por primera vez, miró al comisario directamente:

—Es que el señor le rezaba al diablo —dijo—. Se arrodillaba frente a él y le hablaba. Y luego venía y me tocaba.

Y yo tendría que haberlo parado, pero me vencía la fuerza que lo poseía.

Desde su rincón junto a la puerta del baño, Gutiérrez puso los ojos en blanco. Para él, estaban perdiendo el tiempo. Era un problema habitual del comisario, que prefería filosofar, reflexionar sobre el amor y la muerte, antes que resolver los casos que tenían.

Pero, en contra de lo que pensaba su subordinado, Tobosa sabía que estaban cerca de algo concreto. Solo tenía que hacer la pregunta adecuada:

—¿Dónde?

Encarnación se sorbió la nariz.

—¿Cómo?

—¿En qué lugar se arrodillaba Von Bulow? ¿Dónde le rezaba al diablo?

Encarnación se limpió la cara con la manga de la blusa:

—En su cuarto, junto al armario. No me dejaba verlo, para que yo no me enterase. Pero, a veces, llegaba de repente y estaba ahí. Hasta tocaba el suelo con la frente. Y delante de él, no había ninguna cruz. Ni una virgencita. Solo estaba el diablo.

—Enséñeme.

Pasaron frente a un atónito Gutiérrez y entraron en el cuarto del alemán, que tenía las persianas bajas. La atmósfera se sentía pesada y polvorienta. El aire lastimaba los pulmones.

Encarnación abrió una persiana. La luz inundó la habitación y las pinturas que atiborraban las paredes cobraron vida. La mujer señaló a un lado del armario. En efecto, de la pared colgaba la pintura de un hombre desnudo, con cuernos y patas de cabra, que tocaba una flauta de varias bocas. No se veía maléfico ni rodeado de fuego. En vez de un siniestro infierno, en el fondo de la imagen se veía un bucólico bosquecillo.

—Ahí delante se ponía el señor y se agachaba a rezar —explicó Encarnación y se persignó—. Y luego, me buscaba y me manoseaba.

El comisario se adelantó hacia la imagen. Se arrodilló como supuso que haría el alemán, hasta que su frente rozó el suelo. Desde ahí, examinó el parqué. Las tablas pegadas a la pared cambiaban ligeramente de color, aunque hacía falta acercarse para percibirlo. Tobosa presionó los bordes de las tablas con los dedos.

A continuación, se fijó en el cuadro del hombre con cuernos. Pendía hasta medio metro del suelo. Tocó el marco, pero no encontró nada raro. Finalmente, retiró con cuidado la pintura de la pared.

Entonces descubrió la manivela. Era pequeña y negra, como los carretes de pesca, pero estaba situada en ese lugar absurdo.

Tobosa comenzó a girarla. De pronto, se escuchó el traqueteo de una cadena y, muy despacio, el parqué que había examinado se elevó, dejando a la vista un compartimento transparente: una urna de cristal.

En su interior, solo se guardaba un objeto. El comisario reconoció el violín cuyas fotos había estudiado tantas veces, por fin de cuerpo presente.

6.

—Somos violinistas —dijo uno.

—Venimos de Nápoles —añadió el otro.

—De parte del maestro.

Con el pelo rojo como una llamarada, el timbre de voz agudo, la barriga de bebedores y la estatura mediana, los gemelos Pinto eran idénticos. Aunque Pietro llevaba un traje negro y Paolo uno azul, daban la impresión de ser el mismo hombre por duplicado.

—Solo espera que la *signora* Stolz recupere la voz para estrenar su más reciente ópera —prosiguió el primero.

—Puedo asegurarle que es soberbia, una obra maestra.

—La *signora* Teresa Stolz es su diva, ¿sabe?

—Es su esposa.

—Entretanto, ha compuesto su primer cuarteto de cuerdas.

—Una pieza exquisita, sobre todo su primer movimiento.

—Comienza con un segundo violín melancólico, grave.

—Pero se detiene, y vuelve a empezar, con una amplitud casi infinita.

—Luego se repite, una octava más alta. Aaah... ese primer violín.

—Impresionante.

—Portentoso.

—Una nueva obra maestra.

A sor Felicitas, el espectáculo de esos pelirrojos idénticos, hablando a toda prisa y alternándose la palabra como si tuvieran los diálogos ensayados, le produjo gracia, pero también confusión. Estaba por cumplir los noventa y siete años y, aunque se mantenía lúcida, su salud era extremadamente frágil. Hacía unos meses, un médico le había diagnosticado perlesía, una debilidad del cuerpo que podía dejarla al borde de la catalepsia ante cualquier esfuerzo, por pequeño que fuera. Como precaución, se había visto obligada a dejar de participar en las tareas del convento y, lo que más le dolía, a interrumpir los conciertos de violín que llevaban décadas animando las tardes del convento de Sant'Anna. Desde ese día, su vida se había limitado a tres funciones: orar, recordar y esperar.

Abrumada por los hermanos Pinto, sor Felicitas se volvió hacia la madre superiora, una mujer treinta años más joven, bastante entrada en carnes, que permanecía discretamente rezagada en el umbral de la celda.

—Les agradeceríamos que fueran al punto, por favor —dijo esta, abriéndole paso a su rotunda humanidad dentro de la celda.

Los hermanos comprendieron que, si seguían por ese camino, su empresa corría el riesgo de fracasar. Arrugaron sus sombreros y carraspearon para aclararse la voz:

—Sor Felicitas —comenzó el del traje negro.

—El maestro nos envía con un pedido —siguió el del traje azul.

—Una obra maestra merece los mejores instrumentos.

—Y...

—El maestro dice...

—Que usted...

—Tiene un Stradivarius.

—Que no es cualquier Stradivarius.

El pequeño salón del Hotel delle Crocelle de Nápoles estaba abarrotado por los músicos de la orquesta, que habían hecho una pausa en sus ensayos y formaban un semicírculo alrededor del pequeño escenario. En él, acompañados por un violista y un violonchelista, los hermanos Pinto esperaban. Uno de ellos (¿cuál de los dos?) empuñaba el segundo violín y el otro, muy serio, ese Stradivarius de resonancias mitológicas que el maestro les había encargado conseguir.

De pronto hubo un silencio. Los hermanos Pinto buscaron con la mirada y encontraron aquella figura ruinosa, que atravesó la puerta y cruzó el salón con las manos en la espalda. Llevaba un sobretodo negro y su rostro apenas asomaba en medio de la frondosa selva de su barba y su melena. El maestro Giuseppe Verdi era un hombre de estatura regular y apariencia corriente, pero emanaba un magnetismo que parecía imantar las miradas a su paso. Llegó hasta la primera fila, recogió los bajos de su pantalón y tomó asiento, en medio de la expectativa general. Miró con serenidad a los músicos que ocupaban el escenario y bastó un gesto mínimo, imperceptible, una levísima inclinación de la cabeza, para que comenzaran a interpretar ese cuarteto de cuerdas en mi menor que había compuesto en las pausas que le dejaba *Aída*, su nueva ópera.

Como habían descrito los hermanos a sor Felicitas, la pieza se abrió con un *allegro* pausado, cuyos primeros compases fueron dominados por el segundo violín, y pareció llegar a su final abruptamente, a poco de comenzar.

En ese instante, uno de los gemelos Pinto (¿Pietro? ¿Paolo?) se adelantó un paso con el Stradivarius sujetado con la barbilla, tomó un respiro y pasó delicadamente el arco por las cuerdas. La primera nota que salió del instrumento pareció cortar el aire e hizo que Verdi, ese hombre silencioso y proclive al pesimismo, juntara las manos y se enderezara en su lugar, con un resplandor en los ojos y el rostro deformado por un gesto que ninguno de sus músicos le conocía: una sonrisa. Acompañó el movimiento emocionado, con la boca abierta y el alma en vilo, incapaz de quitar sus ojos de ese violín que, para sus oídos privilegiados, mejoraba la pieza, volviéndola excelsa, de otro mundo.

Cuando ese *allegro* llegó a la coda y el gemelo concluyó su interpretación en el Stradivarius, los músicos apiñados en el pequeño salón del Hotel delle Crocelle no supieron reaccionar. Estaban paralizados por la fuerza de aquella pieza que, en los cinco minutos que había durado, los había transportado por una vertiginosa sucesión de emociones intensas, contrastadas, irrepetibles.

En medio del estupor, el maestro Verdi se puso de pie. Su rostro brillaba y tenía la palidez grisácea de los resucitados. Sus músicos contuvieron el aliento cuando avanzó dos pasos dubitativos hacia el escenario, para acercarse al gemelo que había dado vida al violín en ese primer movimiento. Este lo vio venir y ofreció el Stradivarius al maestro. Verdi estiró una mano y recibió el instrumento por el mango. Comprobó su peso, admiró sus formas y acarició sus cuerdas.

—La voz de Dios —dijo, con un hilo de voz.

Semanas después, Teresa Stolz estuvo recuperada y *Aída* pudo estrenarse en la Scala de Milán. Ese día, Pietro y Paolo Pinto ocuparon los puestos de avanzada entre los primeros violines. Se mantuvieron en esas posiciones durante la gira que hicieron para representar las óperas de Giuseppe Verdi en Parma, Turín, Bolonia y fuera de Italia. Nunca se sabía si quien tocaba el Stradivarius era Pietro o Paolo, pues tenían la costumbre de intercalarse los lugares, y al propio Verdi se le confundían sus nombres cuando, después de cada espectáculo, se acercaba a felicitarlos:

—Hoy has estado espléndido, Paolo —decía—. *Bello, più che bello!* Porque... Eres Paolo, ¿verdad? ¿O Pietro?

—Por supuesto, maestro.

—*¡Cómo* «por supuesto»! ¿Paolo o Pietro?

—Paolo, maestro.

—Pero ¡¿cómo sé que eres realmente Paolo?!

—Porque Pietro es él, maestro. ¿A que sí, Pietro?

—Por supuesto, maestro.

Verdi se llevaba las manos a la cabeza.

—Son unos embusteros —tronaba—. ¿En qué estaría pensando yo cuando les entregué mi arte?

En realidad, a pesar de sus confusiones y su permanente gesto ensimismado, el maestro estaba encantado. Su *Quartetto in Mi minore*, la única composición de cámara que se le conocía, había alcanzado la plenitud gracias a la interpretación de los hermanos Pinto, en quienes tenía depositada toda su confianza.

Aunque los gemelos se alternaron por años el primer violín, Verdi nunca pudo distinguirlos. Fue por sugerencia de ellos que compuso *Otelo* cuando ya daba por hecho que su *Réquiem* iba a ser su último trabajo, y nunca dejó de agradecerles que le dieran a leer un libreto delicioso, *Las alegres comadres de Windsor*, en el que basó *Falstaff*, la ópera con la que cerró su prolífica carrera.

Los hermanos Pinto se habían establecido en Nápoles poco después de que el maestro Verdi anunciara que dejaba de componer. Hermosa y desprolija, de fachadas formidables y barrios insalubres, muchos consideraban que aquella ciudad en el empeine de la bota italiana era la corona del Mediterráneo. En ella había prosperado un singular humanismo, basado en el culto a la tradición y la pasión por la música, tanto el *bel canto* y las composiciones religiosas como la sentida y desbordante *canzone napoletana*. Hasta un perfeccionista como Verdi se había enamorado de ella y la consideraba el encuentro natural entre dos sabidurías: el excelso lenguaje de la música y la lucidez del pueblo llano. Fue él quien abrió camino para que gigantes de la lírica como Enrico Caruso se animaran a cantar piezas como *Core 'ngrato* o *Mamma mia, che vo'sapè?*

La misma escena se repetía en todos los barrios. No había lugar donde, al caer la tarde, los napolitanos dejaran de reunirse alrededor de una melodía. Podía ser un oratorio en una iglesia, una ópera en el teatro o alguna tonada popular en una plaza o callejón, donde, a la par que las últimas luces, la vida se apagaba al ritmo de las alegres voces de los vecinos. En ese ambiente, los hermanos Pinto se sentían a sus anchas. Asociaban su vida en Nápoles a la diversión de los primeros años, cuando frecuentaban los grandes salones pero también los animados callejones del puerto, a cuyas fiestas gustaban asistir, y luego, cuando sentaron cabeza, a la no menos bulliciosa vida familiar de la casa de varias plantas que compartían en el centro. Por eso les resultó tan estremecedor el silencio que, como un oscuro manto de miedo, cubrió la ciudad aquel mes de septiembre cuando, acompañado de una tempestad que anunció el final del verano, el cólera llegó a la ciudad.

Los pobres fueron los primeros en darse cuenta. Sin sistemas de desagüe adecuados, viviendo en las peores condiciones de promiscuidad y comiendo lo que hubiera, los barrios humildes fueron atacados de inmediato por aquella enfermedad silenciosa, que mataba a las personas entre aparatosos accesos de diarrea y vómitos. Expandiéndose con la voracidad de una plaga bíblica, pronto llegó a los suburbios acomodados.

Pese a que había brotado en la ciudad tres veces en los últimos treinta años, con los proyectos para renovar sus redes de agua potable y alcantarillado apolillándose en los despachos oficiales, la cuarta vez que el cólera atacó el golfo de Nápoles fue devastadora. En poco tiempo mató a ocho mil personas, muchas más que en otras ciudades italianas que también sucumbieron a la epidemia. Fue el pretexto perfecto para que algunos políticos radicales se inventaran un neologismo y exigieran *sventrare Napoli*, es decir, destripar Nápoles, empezando por el foco infeccioso de sus barrios más miserables e insalubres.

En uno de esos rincones, una de las húmedas callejuelas que rodeaban el puerto, había nacido un niño pelirrojo y sin padre que respondía al nombre de Domenico. Su madre era una mujer rotunda y decidida llamada Renata, que solía dejarlo al cuidado de sus vecinas todas las mañanas antes de marchar a la fábrica de géneros donde se empleaba a destajo, y que, cuando no tenía trabajo, deambulaba por la lonja, con la esperanza de que algún pescador se apiadara de ella, le permitiera estibar algunas cajas o se dejara seducir a cambio de un par de bolsas de merma. Cuando esto ocurría, su casa se llenaba de vecinos, con quienes Renata compartía un festín donde no faltaban el *tortano*, la *frittatine* y el *casatiello*, versiones pobres hechas con pescado y sobras de marisco, que parecían discordar con la tradición culinaria napolitana, pero sabían a gloria bendita por el hambre que rugía en los estómagos.

Quien mejor la pasaba en aquellas ocasiones era Domenico. Desde pequeño había aprendido a disfrutar con los platos de su madre, a los que las vecinas sumaban cortezas de queso, cuscurros de pan con ajo y orégano, tomates solitarios y ramitas de albahaca con las que preparaba *montanare* para todos; con las bromas subidas de tono de los hombres, que se sentaban a conversar alrededor de una botella de vino peleón; con los chismes y ocurrencias de las mujeres. Su momento favorito llegaba cuando, avanzada la noche y elevados los ánimos por la comida y la bebida, uno de los comensales se hacía con una mandolina, otros cogían panderetas, otro empuñaba un violín y, cantando a gritos, todos juntos se echaban a bailar una tarantela. Tanto le gustaba aquella tradición a Domenico que, en cuanto pudo, comenzó a ensayar con el violín, hasta que le permitieron tocar en aquellas animadas jornadas del puerto.

Domenico creció en ese ambiente hasta convertirse en un muchacho de mirada intensa, músculo firme y cabellera flamígera. Solía ir desgreñado y mal vestido, pero tenía la fresca y sugestiva belleza de su madre, y las mismas vecinas que en el pasado lo habían prohijado ahora suspiraban por él. Incluso, cuando sus maridos estaban fuera, lo invitaban a pasar a sus casas y colarse en sus habitaciones. Se ganaba la vida tocando el violín en las calles o, si tenía suerte, amenizando los cumpleaños del vecindario y las fiestas del puerto. Era un pícaro listo y simpático.

Una tarde que tocaba junto a la columnata de la Basílica de San Francesco di Paola, en plena Piazza del Plebiscito, algo llamó su atención. Entre la nube de curiosos que aplaudían sus interpretaciones de *Te voglio bene assaje* o *Lo guarracino* y dejaban alguna propina en su sombrero, una persona captó su interés. Era un anciano de barba de profeta y mirada luciferina, que lo contempló con los brazos cruzados el tiempo que duró su número y se le acercó mientras recogía sus cosas.

—¿Dónde has estudiado, muchacho?

—¿Estudiar? ¿Estudiar qué?

—Música. ¿Quién te enseñó a tocar así el violín?

—Pero ¿acaso esto se estudia?

—No puede ser. ¿Tocas así sin haber tomado lecciones?

El hombre se acercó a Domenico y le pidió el violín. El muchacho se lo entregó, divertido, y vio cómo lo empuñaba, pulsaba las cuerdas, lo afinaba.

—Vamos a hacer una cosa —dijo el anciano—. Presta atención...

Comenzó a tocar una pieza y, cuando la terminó, devolvió el violín a Domenico.

—Ahora tú —le dijo.

—¿Lo mismo?

—Sí.

Domenico se encogió de hombros y lo hizo. Nota por nota, reprodujo aquella melodía a la perfección.

—¿La conocías? —preguntó el hombre, que no parecía salir de su asombro.

—No, señor.

—¿Nunca antes la había escuchado?

—No.

—¿Me estás diciendo que eres capaz de tocar el *Tancredi* de Rossini de oídas, con una sola pasada?

—¿Así se llama esta canción?

El anciano se presentó. Su nombre era Attilio y era un viejo profesor de música, un *insegnante* al que ninguna escuela empleaba por sus públicas simpatías anarquistas. A pedido suyo, Domenico lo llevó hasta su casa y le presentó a su madre.

—Debería llevarlo a un conservatorio, señora —dijo con pasión en cuanto conoció a Renata—. ¡Mudarse a Milán!...

—Eso es imposible, una locura. ¿Con qué dinero quiere que le pague viajes y clases? ¿No ve que apenas tenemos para vivir?

—Déjeme decirle que su hijo es especial, uno en un millón —imploró el anciano—. No podemos permitir que un talento así se desperdicie tocando en las calles y los burdeles de Nápoles.

—¿No podría usted ser su profesor?

—¿Cómo puedo enseñarle lo que ya sabe? —respondió Attilio—. ¡Él tendría que enseñarme a mí!

Tanta fue la insistencia del anciano, tan convencido parecía estar de las posibilidades de Domenico, que Renata consintió en llegar a un acuerdo con su hijo. No tenía los recursos para cumplir su sueño, pero tampoco sería un obstáculo. Si era lo que realmente quería, el joven tendría que ser capaz de solventar los gastos del viaje, la estadía y los estudios en Milán, sin dejar de contribuir, como hasta ese momento, con los magros ingresos que mantenían a flote la casa. Cerró la conversación con una frase enigmática:

—Al final, la sangre siempre tiene la última palabra...

Domenico puso manos a la obra. Desde ese día, él y el profesor Attilio se hicieron inseparables. En vez de «clases», llamaron a sus encuentros «ensayos». Allí, el joven aprendió a leer una partitura y comenzó a familiarizarse con la música de los mejores compositores. Juntos formaron un dúo, que pronto se hizo conocido en bodas, bautismos, defunciones y asambleas sindicales. Con diecisiete años, sentía que había encontrado su propósito en la vida y nada lo detendría hasta lograrlo. Los primeros resultados de sus esfuerzos fueron tan positivos que calculó que, si mantenía ese ritmo de trabajo y era austero, en seis meses reuniría el dinero justo para trasladarse a Milán. Estaba seguro de que, una vez allá, sabría arreglárselas para vivir.

La epidemia de cólera aplastó los sueños de Domenico. Fue como el inicio de una guerra. De pronto, los problemas cotidianos (el hambre, la escasez, la falta de opciones) pasaron a ser secundarios y parecieron puros caprichos. Antes de que septiembre llegara a su fin, vio cómo la enfermedad se llevaba a la tumba a su querido profesor Attilio. Pero el duelo por la muerte de ese hombre anciano y un poco cascarrabias, el único que había sido capaz de identificar su talento, apostar por él y hacerlo soñar con un porvenir distinto, fue eclipsada cuatro días más tarde, cuando el cólera le arrebató a su madre.

En las semanas que siguieron, como si fuera una maldición, la epidemia se encargó de borrar a todos sus seres queridos. Jóvenes del puerto, con quienes había jugado, practicado travesuras y cometido fechorías. Mujeres a las que había querido como madres, pero también como amantes. Ancianos con los que había jugado al dominó en las largas tardes de verano. Vecinos con quienes había pasado las noches más felices de su vida, comiendo lo que había y bailando la frenética tarantela.

Para controlar la expansión de aquella peste, las autoridades dieron la orden de cerrar los comercios del centro, incluidos la lonja, el mercado y las tiendas de ultramarinos dependientes del puerto. Fueron prohibidas las reuniones y actividades que incitaran a la aglomeración, como las misas, la ópera y las representaciones teatrales. También se establecieron cordones sanitarios que separaron los barrios ricos de los pobres.

Pero nada funcionó. La muerte corrió con tanta prisa ese otoño que Domenico terminó por perder la capacidad de sufrir. Como otros jóvenes, se apuntó para recoger e incinerar cuerpos en las fosas comunes. Era tal la cantidad de cadáveres que amanecían en las calles secos por el cólera que las cuadrillas de voluntarios apenas daban abasto para cumplir con su macabra tarea.

Cuando no estaba enfrentándose a la muerte, Domenico deambulaba por su casa mudo, ciego de rabia, loco de desesperación y hambre. Sin provisiones que preparar ni lugares donde conseguirlas, su principal preocupación era alimentarse. A veces tenía suerte y cazaba un ratón, pero la mayor parte del tiempo erraba por la casa como un sonámbulo, abriendo y cerrando cajones, rebuscando el fondo de los baúles y armarios, levantando los muebles y hurgando las alacenas, una y mil veces, siempre en vano.

Una mañana entró a la habitación de su madre y repitió aquella rutina. Como un enajenado, levantó el colchón de paja que cubría el catre, sacudió la alfombra y abrió los cajones de la cómoda que contenían su ropa. Estaba por cerrar el último, cuando algo atrajo su atención. Metida en el bolsillo de uno de los pocos vestidos de la infortunada Renata, descubrió una carta que no había llegado a ser enviada. El joven recogió el sobre, lo rasgó, extrajo la carta y, al descubrir que estaba escrita de puño y letra por su madre, sintió una emoción que le hizo olvidar el hambre. La leyó sentado en el suelo, con angustia y el corazón acelerado.

Era un mensaje desesperado, donde su madre informaba la existencia de Domenico, describía la vida que había llevado, los intereses que albergaba y relataba la situación que atravesaban, admitiendo que era por esas circunstancias extremas que se atrevía, por primera vez, a pedir un favor. ¿A quién? El joven no tenía cómo saberlo, pues el nombre del destinatario no se incluía. Lo que sí encontró fue una dirección.

Cuando se asomó por la ventana de su casa, el gemelo Pinto supo que no tenía nada que decir. Llamó a su hermano, que vivía en la planta superior, y los dos se detuvieron largo rato a contemplar a ese recién llegado: un muchacho pelirrojo de ojos asustados, que se acercó y se retiró varias veces de la casa, sin atreverse a volver a llamar a la puerta.

Ni Pietro ni Paolo habían tenido hijos varones. Paolo era padre de cuatro mujeres, la mayor casada, la segunda monja, las dos últimas en edad de merecer, y Pietro de tres, todas comprometidas con hombres de provecho de la burguesía napolitana. Durante años, habían lamentado esa falta de fortuna, que les impedía perpetuar el apellido Pinto y convertirlo en una estirpe, un título, un sello de calidad en el mundo de la música.

Pero ahora llegaba este muchacho, quien, si no fuera por la diferencia de edad, la calidad de su ropa y la falta de barba, podría haber sido su hermano trillizo. Encima, bajo el brazo sostenía el estuche de un viejo violín. Debían reconocer que sus facciones habían sido suavizadas y embellecidas, sin duda por herencia de su madre, quien no podía ser otra que Renata, la muchacha del puerto de la que ambos se habían enamorado a su llegada a Nápoles y que los había correspondido, hasta que descubrió que el músico con quien compartía su lecho eran en realidad dos gemelos idénticos, confabulados para disfrutar de sus favores.

Una duda vino a ensombrecer la felicidad que los hermanos Pinto sintieron al descubrir este regalo caído del cielo. ¿Quién era su padre biológico? ¿Pietro o Paolo? Ambos bajaron las escaleras con dudas, haciendo cálculos. Pero cuando abrieron la puerta y se encontraron al joven, que seguía sin animarse a golpear la aldaba con forma de león y cuyo rostro se iluminó de pronto con una sonrisa, reaccionaron al unísono. Avanzaron hasta él ignorando las restricciones impuestas para frenar la epidemia, lo abrazaron, lo besaron y, casi al mismo tiempo, dejaron escapar de sus bocas la palabra *hijo*.

Lo hicieron pasar, lo llevaron a los salones de la casa, pidieron al servicio que le trajeran lo que él quisiera y lo presentaron a sus esposas, que solo acertaron a persignarse. Entonces las preguntas se atropellaron en los labios de los gemelos Pinto, que, perturbados ante la visión de ese ser salido de otra dimensión, por una vez hablaron en desorden, saltándose el turno, robándose la palabra. Quisieron saber cómo se llamaba, cómo estaba su madre, cómo los había encontrado, a qué se dedicaba, dónde vivía.

—En el puerto —respondió Domenico, con mucha paciencia.

—Ah, claro, el barrio de tu madre. Pero...

—¿No está prohibido salir de allí?

—Sí.

—¡Eso te convierte en fugitivo de la justicia!

—¡Casi un criminal!

—Y hace más peligroso el abrazo que te dimos en la puerta...

—Peligrosísimo, casi un suicidio...

—Descuiden, no estoy enfermo —les dijo Domenico—. Después de tanto tiempo levantando cadáveres de apestados y trabajando en los crematorios de las fosas comunes, lo más probable es que me haya vuelto inmune.

—¿A eso te has dedicado? Pobre criatura...

—En mi barrio queda muy poca gente —explicó Domenico—. Al estar todo cerrado, no tengo adónde ir, ni si quiera puedo comprar comida...

—Entonces vienes a pedir algo.

—¡Evidentemente! El muchacho quiere un poco de comida.

—¡No!

—Pero entonces, ¿qué haces aquí?

—Eso mismo digo. *Perché siete qui?*

—En su carta, mi madre dice que ustedes conocen al maestro Verdi...

—Así es. ¿Qué tiene eso que ver contigo?

—Cuando la epidemia pase, el maestro tendrá que hacer una audición para reponer los puestos que han quedado vacantes en su orquesta —dijo Domenico—. Simplemente, me gustaría estar allí.

De golpe, se hizo un océano de silencio. Los hermanos Pinto se miraron como si empezaran a cambiar de parecer. El joven podía ser hijo de Renata y de alguno de los dos, pero había tenido una vida difícil, y nada impedía que fuera un truhan o que estuviera mal de la cabeza.

—Lo dices como si fuera *facile* —dijo uno de ellos.

—El maestro solo quiere a los mejores —completó el otro.

Sin darles tiempo a decir nada más, Domenico sacó del estuche su maltrecho violín, se lo acomodó en el hombro, levantó el arco y tocó. Eligió nada menos que el último movimiento del *Quartetto in Mi minore* de Verdi, la «Scherzo Fuga» que el maestro había marcado en *allegro assai mosso*, un tempo a la vez nítido, profundo y ligero, y que los propios hermanos Pinto habían redondeado con sus comentarios y propuestas pero, sobre todo, cumpliendo aquellas órdenes del maestro, que los había hecho viajar a Venecia para conseguir, como fuera, el último violín fabricado por el taller Stradivarius.

Una vez que terminó, Pietro y Paolo volvieron a abrazar a Domenico. Aunque quedaban detalles por pulir, como era de esperarse en un violinista sin formación académica, lo que acababan de escuchar era un portento. Sin dudarlo, le propusieron al joven que se instalara en la casa, donde nunca más pasaría angustias económicas y podría ensayar todos los días con ellos, «tus padres».

Esa noche, los gemelos tuvieron el mismo sueño. Pasada la epidemia y reconstruida la ciudad con nuevas y relucientes calles, con teatros a rebosar y flamantes redes de agua y alcantarillado, Nápoles hacía su entrada triunfal en el siglo XX recuperando su lugar como joya del Mediterráneo. Pero lo más impresionante era que, junto con la Basílica de San Francesco y el Castel dell'Ovo, tenía un nuevo atractivo: ahora era la ciudad de los Pinto. *«I tre più grandi violinisti di tutti i tempi»*, se leía en el cartel que recibía al público en el Teatro di San Carlo, dentro de la fantasía compartida por los gemelos.

A su manera, los hechos les dieron la razón. Poco a poco la epidemia fue quedando atrás. Un año después, se puso en marcha una de las mayores intervenciones urbanísticas de todos los tiempos: *il risanamento di Napoli*. Se elevó el terreno de las calles aledañas al puerto para que ninguna quedara por debajo del nivel del mar y se demolieron los barrios más hacinados para remplazarlos por plazas abiertas, anchas avenidas y edificios más altos.

Asimismo, como había predicho Domenico, Verdi se puso en contacto con los Pinto. El maestro necesitaba ocupar varias posiciones de su orquesta, mermada por las bajas a causa de la epidemia. Tenía setenta y seis años, se sentía cansado y había decidido moverse lo menos posible de Milán. Por eso pidió a los Pinto que viajaran a entrevistar y evaluar a los mejores candidatos de Pescara, Calabria, Bari, Capri, Cerdeña, Sicilia y, naturalmente, Nápoles. Fueron meses de un trabajo extenuante, que concluyeron en diciembre de 1889 cuando, tras varias rondas dc audicioncs, particron dos finalistas por cada puesto vacante para presentarse ante el propio Verdi en Milán.

Por el primer violín, debieron competir Domenico Pinto y otro intérprete, nacido en la ciudad molisana de Campobasso. El molisano llegó el día previsto, tocó para Verdi y, aunque no lo terminó de convencer, se quedó con el puesto, porque Domenico Pinto faltó a la cita y no tuvo competencia. Tampoco llegó el Stradivarius que, al cabo de cinco años de extenuantes ensayos, sus padres habían decidido confiar al joven napolitano. Ambos se perdieron en algún punto del camino entre Nápoles y Milán, en circunstancias que, por más que investigaron, los gemelos Pietro y Paolo Pinto jamás lograron esclarecer.

7.

Valioso violín encontrado en escenario del crimen

Ayer, dio un nuevo giro el misterioso asesinato del anticuario Johann von Bulow y su hija Diana. La policía halló en un escondite de su domicilio el posible móvil del delito, un violín fabricado en el siglo XVII por el mejor lutier de la historia: Antoni Stradivari.

El cuerpo de Von Bulow fue hallado el mes pasado en su vivienda del barrio de Patiño, en Areguá, con señales de tortura y una bala en la cabeza. Otro disparo, en el vientre, terminó con la vida de su joven hija Diana. Las razones del crimen han sido difíciles de determinar, toda vez que su valiosa colección de antigüedades se mantenía en perfecto orden, sin evidencia de sustracciones ni latrocinios. Sin embargo, según fuentes policiales, la presencia del valioso instrumento en un compartimento secreto podría sugerir que los asaltantes no encontraron lo que iban a buscar y que, a pesar de las torturas, el occiso se negó a entregarlo.

Los violines Stradivarius, de los que solo se conservan unos quinientos en el mundo, emiten un sonido prodigioso que los hace únicos. En circunstancias normales, pueden alcanzar un precio de entre 2 y 3 millones de dólares. Pero en 2011, la casa Tarisio subastó un ejemplar conocido como Lady Blunt, que había pertenecido a la nieta del poeta inglés Lord Byron, cuyo precio alcanzó los 16 millones de dólares.

A pesar del valor de los hallazgos en la casa del anticuario, nadie ha reclamado la herencia familiar ni se ha ocupado de dar sepultura a las víctimas. La colección de arte y objetos antiguos permanece abandonada en la vivienda Von Bulow, esperando el momento de pasar legalmente al patrimonio del Estado.

De noche, la casa de Areguá tenía un aire tétrico. Recortada contra la luz de la luna, tocada con la corona de espinas del alambre de púas y envuelta por los chillidos de los insectos y pájaros nocturnos, parecía un castillo sombrío salido de un cuento de fantasmas.

Dos puntitos luminosos se asomaron en la lejanía. Eran dos faros. Un jeep se acercaba lentamente, con el motor ronroneando en primera.

El vehículo se detuvo frente a la casa sin apagar las luces. El conductor examinó los alrededores vacíos y, cuando se sintió seguro, apagó el motor y bajó. Llevaba una linterna en la mano, que apuntó en todas direcciones antes de enfocar su destino final: el portón.

Un afiche pegado en la fachada prohibía la entrada por orden policial. El visitante ni siquiera se tomó el trabajo de mirarlo. Pasó directamente a la pequeña puerta anexa al portón. Llevaba un chaleco de técnico de teléfonos, con grandes bolsillos. De uno de ellos extrajo un llavero con múltiples llaves, que comenzó a probar, una tras otra.

En otros tiempos, lo habría delatado la alarma que el alemán había hecho instalar para proteger los tesoros que guardaba. Pero él sospechaba que la encontraría desactivada.

Efectivamente, la cuarta llave abrió la puerta. Habría podido avanzar incluso sin la linterna. Conocía ese camino de memoria, lo había recorrido decenas de veces. Cruzó el garaje esquivando el Porsche y la pick-up del anticuario. Donde comenzaba el almacén, dobló a la izquierda. Subió las escaleras.

Los muebles no estaban distribuidos como los recordaba y pensó que la policía los habría revuelto durante sus pesquisas. Tranquilamente, examinó las posiciones de los objetos y los esquivó. Lo último que necesitaba era romper una ventana o tirar algo.

Avanzó hacia los dormitorios. Se detuvo en el umbral del principal, que recorrió con la linterna.

De golpe, en vez del violín de cuatro siglos que había ido a buscar, se encontró con dos hombres, que parecían estar esperándolo. Uno era joven, de poco más de treinta años. El otro tenía lentes, chaqueta formal y aspecto de cuarentón.

—Bienvenido —dijo este último—. Queda usted detenido por allanamiento de morada y robo en grado de tentativa. No intente resistirse o se sumará un cargo a su...

El disparo retumbó en la habitación cerrada, interrumpiendo de golpe al comisario Tobosa e iluminando con un fogonazo los rostros de susto de este y del sargento Gutiérrez. El ladrón no había disparado a matar, solo pretendía distraerlos mientras huía escaleras abajo.

—Pero ¿a dónde va? —preguntó Tobosa, más cansado que sorprendido.

—La esperanza es lo último que se pierde, comisario —replicó un Gutiérrez súbitamente embargado por la sabiduría.

Echaron a andar hacia las escaleras con tranquilidad. Como estaba oscuro, se sostuvieron mutuamente en la escalera sin baranda, como una pareja de ancianos.

—Tenía usted razón, comisario —admitió Gutiérrez—. Era buena idea lo de la nota de prensa. Cómo se nota que es un intelectual.

—Fue trabajo de escritor, porque casi le redacté yo la nota al periodista.

—¿No le decía? La prensa está cada día peor.

—Le tuve que insistir tres veces para que ponga que la colección estaba abandonada en la casa. No se lo podía creer.

El ladrón ya había encendido el motor de su jeep y se lanzaba hacia la trocha cuando Gutiérrez subió a su vehículo, que había dejado a espaldas de la casa. Partían con mucha desventaja, pero ninguno de los dos policías se mostró ansioso. En ese camino pedregoso, lleno de huecos, curvas y completamente a oscuras, no se podía conducir a más de veinte por hora... a menos que se siguiese la pista de las luces traseras de otro vehículo.

—¿Es un Land Rover eso, comisario? Parece bonito.

—Creo que es uno de esos que se llaman Jeep nomás. Un jeep que se llama Jeep.

—Así es más fácil llamarlo. Como mi perro, que se llama Perro.

Se internaron entre los árboles siguiendo las dos equis rojas de los faros traseros. Gutiérrez parecía divertido, como si fuera un juego. A Tobosa le costaba más aguantar los saltos y tumbos que daba el coche.

—Apriétalo un poco, Gutiérrez, que no se confíe.

Gutiérrez aceleró, tocó la bocina y puso las luces largas para cegar al ladrón. La táctica surtió efecto. En cuestión de minutos, en una curva inesperada, el jeep se salió del camino, atravesó los arbustos que lo flanqueaban y terminó estrellándose contra un árbol.

Tobosa y Gutiérrez se detuvieron sin bajar las luces. Esperaron unos instantes, hasta que el asaltante abrió la puerta del jeep e hizo otro par de disparos, esta vez al aire.

—¿Le dices tú o le digo yo, Gutiérrez?

—Dígale usted, comisario. Vamos a respetar su autoridad.

El comisario bajó la ventanilla. No sacó la cabeza, por si el ladrón cambiaba de opinión y comenzaba a tirar a matar, pero alzó la voz:

—¡Buenas noches, señor!

Solo le contestaron las lechuzas y los escarabajos. Tobosa suspiró y continuó:

—Óigame, hasta ahora, usted solo se ha metido en una casa ajena. Todavía puede decir que se emborrachó y se equivocó, pues. Incluso que pensó que nosotros éramos los ladrones y por eso salió corriendo. Esas tonterías y otras peores dicen los detenidos y a veces les funcionan. En cambio, si dispara contra dos policías, ya son palabras mayores,

¿me entiende? Mis compañeros lo localizarán por la matrícula de su vehículo. Y ahí sí que tendrá problemas.

Ante el silencio, Gutiérrez se encendió un cigarrillo. Los dos policías aprovecharon la llama para mirarse a los ojos y estudiar la situación. Tobosa sintió que su subalterno aprobaba su tono, su estrategia y sus métodos, lo cual, aunque carecía de importancia, lo animó a seguir adelante:

—En cambio, si ahora sale con las manos en alto, hasta lo vamos a llevar gratis a la ciudad, mire qué suerte, porque no sé dónde va a conseguir un taxi acá, la verdad.

Tuvieron que esperar un rato más. Temieron que el ladrón hubiese huido entre los arbustos, más dispuesto a exponerse a los peligros que se escondían en esos lugares y a sufrir persecución posterior que a rendirse. En la experiencia del comisario, los delincuentes descubiertos mostraban una enorme escasez de sentido común.

Estaban por bajar cuando una silueta remontó el tramo que los separaba del jeep siniestrado, saltó los arbustos con la agilidad de un gato espantado y aterrizó en la trocha, delante de las luces del auto. Por un segundo, el comisario Tobosa temió que el hombre fuera a dispararles a bocajarro y los alcanzara con dos tiros como los que habían acabado con Von Bulow y su hija, pero constató con alivio que tenía las manos en alto. En una de ellas llevaba la pistola, que dejó caer al suelo y pateó hacia adelante.

—Suba, pues —le ordenó Gutiérrez, al mismo tiempo que bajaba y abría la puerta trasera.

El detenido era un hombre fofo, con unos pocos pelos erizados como una cama de clavos. Tobosa y Gutiérrez lo llevaron esposado a Asunción, lo registraron en la comisaría, le permitieron hacer una llamada y lo encerraron en el calabozo, donde pasó el resto de la noche. A la mañana siguiente, se sentaron delante de él y de su abogado, que había llegado muy temprano a asistirlo. Les habían asignado una sala gris y húmeda, con una mesa de metal y un par de sillas a cada lado.

—¿Es usted Vicente Ruiz Donoso, de sesenta y un años y nacionalidad española? —preguntó el comisario.

—Pero si ya sabe usted quién soy —respondió el sospechoso.

—Se lo puedo seguir preguntando durante horas, hasta que me responda sí o no.

El abogado negó con la cabeza y habló al oído de su cliente, quien, por fin, respondió:

—Sí.

—¿Ocupación?

—Comercio con arte, muebles, antigüedades...

—¿Por eso mató usted a Johann von Bulow? ¿Porque era su competidor?

Tobosa se había guardado esa pregunta para ese momento, porque sabía que sacudiría al interrogado. Quería emplearla sin advertencia, de improviso, para ver su reacción. Imaginaba que Ruiz Donoso se pondría nervioso, incluso se vendría abajo. En cambio, solo puso los ojos en blanco.

—Venga ya, hombre...

El abogado intervino:

—Si empezamos así, este interrogatorio va a ser muy corto.

Tobosa no hizo caso e insistió:

—Lo mató por el Stradivarius, ¿cierto? Y cuando leyó en la prensa que el violín había aparecido, regresó a buscarlo.

—Joder con el madero —se quejó Ruiz—. Usted es más terco que una mula, macho.

—Entonces, ¿qué hacía en esa casa, a esa hora?

—Fui a buscar unas cosas mías. Dos pinturas que Von Bulow tenía en su cuarto. Se las había dado para que las vendiese, porque tenía un cliente interesado en la pintura religiosa, y me había firmado un resguardo. Por cómo es la policía de aquí, pensé que el papel no me serviría de nada y las terminaría perdiendo.

Tobosa decidió ignorar el comentario eminentemente ofensivo hacia su institución:

—¿Y para eso llevó un revólver?

—Si ustedes han sido tan gilipollas como para dejar que un periódico publique que ahí sigue toda la mercancía de Von Bulow, no quiero ni pensar a quién cojones me podía encontrar dentro.

A Tobosa le impresionó la cantidad de groserías que un español podía intercalar en una sola oración. Había ahí un talento nacional importante, pensó. Se concentró y volvió a lo suyo:

—No sería de usted el cuadro del diablo, ¿no?

—¿Qué diablo? ¿El tío con cuernos? Ese no es el diablo, hombre. Es el dios Pan. Un tío travieso, pero no tanto. Aclarado esto, mis cuadros eran otros: un ángel de la escuela cusqueña y una virgen barroca. Como le digo, en casa tengo los resguardos. Se los puedo traer. Pero, claro, antes me tiene que dejar salir.

—De hecho, ya estamos tardando —intervino el abogado, un hombre de pelo engominado y corbata rosa chillón—. Mi cliente ha pasado una noche en la comisaría sin haber sustraído nada ni haber cometido más falta que una transgresión de propiedad privada sin consecuencias.

—¿Le recuerdo que su cliente nos disparó?

—No les disparó a dos policías debidamente identificados, sino a dos desconocidos aparecidos en medio de la noche que, probablemente, también estaban transgrediendo la propiedad privada. Sus métodos de detención son un escándalo, comisario. Y sus superiores lo sabrán. La policía tendrá que indemnizar al señor Ruiz Donoso por el valor del vehículo que destrozaron mientras actuaban con alevosía y nocturnidad. Ustedes amedrentan a ciudadanos honestos y cargan los costos al erario público. Su falta de vergüenza no tiene límites.

Tobosa volvió la vista a Gutiérrez. El silencio que mantenía solo podía significar una de dos cosas: o veía que el caso estaba entrando en un callejón sin salida o había vuelto a tomarse unas cervezas con el desayuno. En un último esfuerzo por aprovechar la detención de Ruiz, el comisario cambió de tono:

—¿Usted era amigo del fallecido?

—¿Amigo? —La carcajada del español hizo temblar la mesa—. Ese gilipollas no tenía amigos.

—Pero usted confiaba en él como para dejarle las pinturas...

Ruiz miró a su abogado, que se encogió de hombros. En la sala, todos asumieron que ese gesto lo autorizaba a hablar.

—En los negocios era absolutamente confiable. —Ruiz parecía haberse relajado—. Si te quedaba debiendo un centavo de dólar, podía pagar un billete a Australia para llevártelo. Daba gusto. Cómo son los alemanes, ¿eh?

Tobosa recordó las teorías de Gutiérrez sobre los ciudadanos de ese país. Para no haber estado nunca en Alemania, todo el mundo parecía tener ideas bastante claras sobre el comportamiento y la moralidad de sus habitantes.

—Entonces, usted confiaba en Von Bulow...

—Pero no sabía nada de él. Ni yo ni nadie, vamos. A nivel personal, el tío era un misterio. Ni siquiera podíamos hablar con su hija. La mandaba a su cuarto en cuanto llegábamos. Un lince para los negocios, pero solo hablaba de ellos. Mire que ni siquiera le interesaba el fútbol. Y siendo alemán, joder. Qué desperdicio. Eso es como ser argentino y vegetariano.

—¿A qué se refiere cuando dice que era «un lince»?

—Era la hostia, el tío. Tenía una red global de compradores que le permitía conseguir todo tipo de material: medieval, renacentista, vanguardias... Los comerciantes de este ramo suelen especializarse en un período, generalmente relacionado con su lugar de origen o con una colección familiar. En cambio, Von Bulow parecía haber vivido toda la puta historia de la humanidad.

El abogado carraspeó y se ajustó el nudo de la corbata:

—Comisario, mi cliente está exhausto después de una noche en la comisaría —dijo—. ¿Esta parte de la conversación es necesaria?

Tobosa decidió no seguir tensando las cosas. Mantener las buenas relaciones. Todo indicaba que podía conseguir más por esa vía.

—Solo una última pregunta. ¿Cómo es que Von Bulow tenía todas esas cosas tan valiosas si vivía en Areguá? Me parecería normal que tenga esa colección alguien en París o Londres... pero ¿él? ¿De dónde la sacó?

El español alzó las cejas, frunció los labios y respiró hondo. Esta vez, no tuvo que mirar al letrado para responder:

—Es lo que todos en este negocio nos hemos preguntado durante años, comisario Tobosa.

8.

—¿Este es?

—Vamos, antes de que nos vean.

Las sombras doblaron la esquina, avanzaron pegadas al muro y se detuvieron a mitad del callejón, donde se prepararon. Del maletín sacaron las sogas, las ganzúas, la pata de cabra y el garrote. Se enfundaron las máscaras, se levantaron el cuello de los abrigos y se ciñeron los cinturones. Uno de los hombres trepó el muro ayudado por el otro, saltó y aterrizó limpiamente en un claro entre los arbustos. Sujetó la soga a un árbol y le lanzó el cabo a su compañero, que pronto estuvo a su lado.

El palacete estaba construido con los sobrios trazos de la arquitectura otomana. Tenía dos plantas, techos de teja y lo rodeaba un jardín con fresnos y tilos. Lo cruzaron buscando las sombras, ocultándose tras los matorrales, hasta llegar a la enorme puerta de madera. Tardaron media hora en forzar el cerrojo y entraron a un salón rectangular, en penumbras, con esculturas y cuadros neoclásicos, donde se detuvieron.

—¿Estás seguro? —susurró uno.

—Por las escaleras —respondió el otro.

Subieron a la segunda planta, donde había una hilera de puertas repartidas a lo largo de un pasillo. Avanzaron en puntas de pie, sufriendo con cada chirrido del piso, temiendo que la casa no estuviera vacía.

—Esta es. La biblioteca.

Entraron a una habitación grande, con los techos altos. La luz de la luna que se filtraba por las ventanas les permitió ver las paredes forradas de libros empastados en cuero, una mesa de té con varios sillones y, al fondo, un sólido escritorio de roble.

—Ahí mismo.

Cruzaron la estancia y sobre el escritorio encontraron varios daguerrotipos del dueño de la casa: tocando el violín mientras miraba a la cámara, rodeado por los miembros de su orquesta y, en la última, al lado de un anciano con el pelo, las cejas, los bigotes y la barba abundantes, una nariz alargada y retorcida como un pimiento, y unos ojos celestes y adormilados, en quien cualquier amante de la música habría sabido reconocer al mismísimo maestro Giuseppe Verdi.

—¿Es este? —preguntó uno de los hombres.

—Ese mismo —respondió el otro—. El violinista molisano.

Los dos individuos habían entrado en la casa a tientas. La hija del maestro les había dado todas las indicaciones necesarias. Llegaron sin problemas hasta el estudio del músico, las pinturas que colgaban de las paredes lo retrataban en varios momentos de su vida. Se veía a un Giuseppe Verdi de mirada encendida y al anciano reflexivo de cabello y barba plateados. Los intrusos sabían bien qué habían ido a buscar. Rodearon el escritorio, abrieron los cajones, vaciaron su contenido en el suelo y lo rebuscaron. Encontraron un poco de dinero, un par de relojes con leontina, facturas, documentos, partituras y otros objetos personales.

—No está.

—No puede ser.

—¿No te dijo nada más la hija?

—Solo que... Dame un segundo.

El hombre levantó el cajón superior y lo revisó por los cuatro costados. Hizo lo mismo con el segundo, con igual suerte. Pero, cuando empezó a revisar el cajón inferior, su gesto cambió. Se lo llevó al oído, lo sacudió un par de veces, sonrió. Lo dejó sobre el escritorio y comenzó a recorrer su interior con los dedos. Finalmente, hizo saltar el fondo, golpeándolo con suavidad.

Un reflejo lunar iluminó el estuche nacarado, que extrajo y abrió. El violín estaba adentro, protegido por un delicado paño de Damasco. Los dos hombres se detuvieron a contemplarlo, hechizados. Metieron el estuche en el maletín, deshicieron sus pasos a través de la casa y el jardín, libraron el muro, se alejaron corriendo de la casa y, más tranquilos, se adentraron en la ciudad. Cruzaron el centro y caminaron en la dirección convenida, hacia el piso franco donde los demás los esperaban. Solo se atrevieron a hablar cuando les quedó claro que estaban solos:

—Todo como te dijo. La casa, la biblioteca, el escritorio...

—Cada cosa en su sitio.

—¿Y la conociste en esa fiesta?

—Siempre está dispuesta a contar su historia. Ser la hija de Verdi es una carga insoportable para ella. A pesar de haber hecho fortuna como primer violín de la orquesta de su padre, él nunca le permitió ser libre.

—Y menos que frecuentara esos ambientes...

—Hubiera preferido una hija ama de casa. O una hija música pero que, al menos, le diera nietos...

—Criar resentimientos es un mal negocio. Si no lo sabía, ahora que vuelva de Campobasso se enterará...

Habían salido de la mansión tal como habían entrado y con el botín bien al resguardo. La ciudad se iba desluciendo mientras avanzaban. Calles angostas, enroscadas y sórdidas remplazaban a las anchas avenidas del centro de Sarajevo. Ancianos menesterosos anidaban bajo los aleros, hordas de huérfanos correteaban buscando incautos a quienes robar, mujeres ligeras de ropa aguardaban en las esquinas. Los hombres se perdieron un par de veces, pero terminaron por encontrar el camino. Cuando estaban a un par de calles, uno de ellos se detuvo:

—¿Adónde estamos yendo? Solo alguien entendido sabrá apreciar un objeto tan raro y valioso.

—Descuida, tengo al cliente perfecto...

La luz entraba tenue por las ventanas del Caffè Viennese. Sentados en la mesita de siempre, en un extremo del salón, Giuseppe Maria Bonucci y Gabriele recibieron sus desayunos. El camarero de pelo tieso y bigote de lápiz ya conocía sus gustos y, como de costumbre, no habían tenido que pedirlos. Café con crema y *sfogliatella* para los dos. Agua sucia y mazacote sin gracia, pensó Bonucci, también como de costumbre, pero no dijo nada.

Mientras el camarero se tomaba su tiempo para servir la mesa, Bonucci se distrajo mirando por la ventana. Los transeúntes pasaban por la calle bajo un sol amarillento que prolongaba las sombras y anunciaba la llegada del verano. Acompañó con la vista a una pareja que cruzó del brazo, con paso sosegado, pero terminó encontrándose con la mirada de su amigo, que le sonrió con timidez. Sintió un calor en el cuerpo: la felicidad. En unos días, cumpliría su segundo aniversario como violín solista de la orquesta del Kärntnertortheater, que se había instalado en Sarajevo para presentar una selección de óperas de Verdi. Dos años a cuerpo de rey en el Hotel Europa, se dijo. La vida, al fin, le sonreía.

Alguien abrió la puerta y entró seguido por una espesa bocanada de aire caliente que invadió el local e hizo crujir los muebles de madera. Los hombres de negocios que a esa hora leían los diarios o discutían junto a la barra se aflojaron las corbatas, se desabotonaron los chalecos y soltaron los puños de sus camisas. Una leve sinfonía de roces de tela y cuerpos en movimiento se apoderó del local, mientras las contadas mujeres que allí desayunaban sacaban sus abanicos y comenzaban a agitarlos. Bonucci hizo lo propio con su servilleta de tela.

—Son los aires del cambio —sonrió Gabriele de buena gana, acariciando su triste *sfogliatella*. Era un joven bosnio de cara larga y orejas separadas. Todos en Sarajevo lo conocían como el animador de las tertulias políticas que solían improvisarse en el Caffè Viennese. Además de interesante, a Bonucci le parecía guapísimo. Era una suerte que se le hubiera acercado a la salida de una función, con esa apariencia traviesa y ese gesto ingenuo, para presentarse como su incondicional admirador. Recordaba esa noche con especial cariño (la caminata junto al río Miljacka, las copas en la taberna cercana a los baños turcos de Isa Bey) y, aunque hubiera querido algo más íntimo, había terminado por convertirse en su mejor amigo. Quizá el único, porque no era un hombre especialmente sociable. Ni allí, en la capital del Imperio austrohúngaro, ni en su Verona natal.

—No sea usted solemne, Gabriele —contestó Bonucci—. Esos «aires del cambio», como usted los llama, no son sino los vientos del Levante, que llegan con el verano y nos harán desempolvar los trajes de lino antes de tiempo.

Gabriele volvió a sonreír, un gesto que a Bonucci siempre le parecía triste y que, sin embargo, le encantaba.

—Nada es tan simple como parece, amigo Beppe. —El joven le hizo un guiño y encendió un cigarrillo—. El calor estimula hasta a los espíritus más indolentes. Creo que tendría que volver a escuchar *Le quattro stagioni* de su compatriota Vivaldi. O, si me permite el atrevimiento, la fantasía *Francesca da Rimini* de Tchaikovsky.

Dio una calada a su cigarrillo y permaneció en silencio, la sonrisa dibujada en su rostro. Bonucci pudo ver en sus ojos ese gesto grave y enfático que solo le había visto cuando hablaba de su verdadera pasión: la política.

—Tengo algo que proponerle, amigo —dijo Gabriele de pronto, mientras aplastaba su cigarrillo a medio fumar contra el cenicero de cristal—. Algo que estaré encantado de hacer por usted y que, no tengo duda, sabrá retribuirme.

—Solo le pido que no me involucre en sus conspiraciones —dijo Bonucci—. Recuerde que no soy más que un simple violinista.

—Exactamente, de eso se trata —dijo Gabriele, misterioso.

Recorrió los amplios salones del Caffè Viennese con la mirada. Cuando comprobó que nadie les prestaba atención, inclinó el cuerpo hacia Bonucci.

—Supe que usted era el indicado cuando me habló de su enorme pasión por Verdi.

Bonucci recordaba esa conversación. Había ocurrido una tarde de su primer invierno en Sarajevo y, para él, había sellado su amistad. Poco dado a las confidencias, se había animado a hablarle a Gabriele de la intensa relación que tenía con la música del maestro, a quien siempre había querido conocer. El impacto de sus composiciones había sido tan profundo que Bonucci había crecido sabiendo con absoluta certeza que quería dedicar su vida a interpretarlas, por lo que se había formado como violinista desde muy temprana edad.

—A ver si lo entiendo —dijo Bonucci—. ¿Lo que me quiere proponer tiene algo que ver con mi profesión?

—En efecto, Beppe —dijo Gabriele—. Sucede que ha llegado a mis manos un objeto que, creo, estaba predestinado para usted, amigo.

—¿Podría tratarse de un violín? —preguntó Bonucci, incapaz de ocultar el repentino interés que lo había asaltado.

—No un violín —dijo Gabriele—. *El* violín.

Y, acercándose mucho al rostro de Bonucci, le susurró:

—El Stradivarius de Verdi.

Bonucci abrió mucho los ojos e intentó hablar, pero sus labios se movieron sin emitir ningún sonido. Gabriele iba a añadir algo cuando, de pronto, la puerta del café se abrió y un grupo de oficiales de la Österreichisch-Ungarische Monarchie irrumpió en el local a los gritos y haciendo mucho ruido con sus botas de montar.

Bonucci pegó un brinco, pero Gabriele ni se inmutó. Al contrario, en su cara pareció desaparecer cualquier atisbo de tensión. Como si hubiera ingerido un sedante, siguió los movimientos de los guardias imperiales con atención, casi sin parpadear. Estos eligieron la mesa más grande y céntrica. Tiraron sus cascos emplumados sobre los sillones, sus fusiles Mannlicher sobre el mantel y pidieron vasos de medio litro de cerveza.

Su presencia provocó una reacción en cadena, que ignoraron. Primero, los demás clientes callaron. Luego, varias manos se levantaron para pedir la cuenta. Finalmente, Gabriele dijo a Bonucci:

—Vámonos, amigo. A la hora de los lobos, los animales de la granja se retiran...

La calle recibió a Gabriele y Bonucci con una bocanada de calor húmedo y sofocante. Delante de ellos pasaron dos policías montados, como aquellos que patrullaban por decenas la ciudad, llenándola con la reverberación de sus cascos contra el pavimento adoquinado y el olor a bosta de sus caballos.

—Algo pasa, ¿no? —dijo Bonucci—. En todo el tiempo que llevo aquí, nunca vi este despliegue de uniformes.

—Ah, amigo Beppe —dijo Gabriele—. Se nota que es usted músico. En unos días tendremos andando por aquí a un tal Erzherzog Franz Ferdinand Carl Ludwig Joseph Maria von Österreich-Este. No sé si le suena.

—No me diga.

—El mismo.

Se rieron con ganas. Poco a poco, en silencio, se fueron alejando del centro de Sarajevo, internándose en una maraña de barrios que Bonucci desconocía. En poco tiempo, comenzó a abundar la gente mal vestida, con ropas descoloridas y remendadas, y que hablaba en idiomas distintos al alemán o al francés, lenguas que dominaban los salones del Hotel Europa, o incluso el húngaro, el inglés o el italiano, frecuentes en el Teatro de la Ópera y el Caffè Viennese. Eran barrios que parecían de otra ciudad.

—¿Cuánto más nos falta?

—Estamos cerca.

—Dos años viviendo en Sarajevo e ignoraba la existencia de estos lugares. —Sofocado por el calor, Bonucci se quitó la chaqueta y la corbata.

—Sepa usted que en estos barrios no llaman Sarajevo a la ciudad, sino Bosna-Saraj, como en los tiempos del Sublime Estado Otomano.

—¿Entonces es turco el idioma que hemos estado escuchando?

—Junto con el bosnio y el serbocroata —dijo Gabriele, quien se detuvo de pronto—: Aquí estamos.

Se encontraban frente a un portón de madera con los bajos carcomidos. Gabriele sacó una llave, liberó el candado y abrió con un lamento de goznes oxidados. Cuando entraron, a Bonucci lo recibió un ambiente cargado de polvo y olores cáusticos. El lugar parecía haber sido un taller de zapatería o carpintería, que alguien había transformado malamente en un espacio de vivienda. Repartidos por el suelo había catres y colchones, junto a sillas y pupitres viejos y desiguales. Como era evidente, todo había sido recogido de la calle. Varias bolsas de legumbres secas se apilaban contra un muro y al fondo habían instalado una cocina con sartenes y cafeteras, además de un fregadero rebosante de platos y tazas sucios. Pero lo que más llamó la atención de Bonucci fueron los libros, la mayoría con los lomos gastados y las páginas dobladas por la humedad, que formaban pilas en todos los lugares imaginables. No recordaba haber visto tantos juntos.

—Perdone el desorden —le dijo Gabriele—. Es como una segunda casa que comparto con algunos amigos. Nos gustaría pagar algo mejor, aunque nada justifica que la tengamos tan sucia y descuidada.

—Por mí no se preocupe —le contestó Bonucci—. Mientras lo que me quiera mostrar sea tan especial como dice...

Gabriele pareció recordar de pronto qué los había llevado hasta ahí. Pidió a Bonucci que no se moviera y se dirigió a un rincón, donde removió varios trastos y libros, hasta dejar al descubierto un arcón, que abrió. Dentro, entre ropas y papeles, guardaba un estuche nacarado, que extrajo. Volvió sobre sus pasos y lo abrió delante de Bonucci.

—Hace tiempo llegó a mis manos este tesoro —le dijo—. Quien me lo entregó me aseguró que era el instrumento más apreciado por el maestro Verdi. Curiosamente, no era suyo. Como me aclaró, pertenecía al primer violín de su orquesta.

Gabriele hizo una pausa. Parecía tranquilo, como si la historia de aquel instrumento no le ocasionara especial entusiasmo. En cambio, Bonucci temblaba y, cuando su amigo puso el instrumento en sus manos, llegó a pensar que no resistiría la impresión.

—Por eso creo que debería usted quedárselo, Beppe —añadió Gabriele—. Uno de los mejores violinistas del mundo, si no el mejor, se merece uno de los mejores violines jamás fabricados.

—¿Cuánto espera que le dé por él? —preguntó Bonucci.

—Estoy seguro de que usted sabrá valorarlo y ponerle el precio más justo.

—De acuerdo.

Sellaron el pacto dándose la mano, entrelazando los brazos por encima de los dorsos. Volvieron a la calle y recompusieron el camino desde aquellos arrabales hasta el centro de la ciudad. Una vez en el Hotel Europa, Bonucci subió a su habitación, donde escogió un maletín que llenó con todos los ahorros que había traído a Sarajevo, más los dos años de sueldos que había ganado por tocar con la orquesta del Kärntnertortheater. Cuando volvió a la recepción, Gabriele lo esperaba. Recibió el maletín con el dinero y, a cambio, entregó el violín. Su despedida, pronunciada en perfecto italiano, resultó enigmática para Bonucci:

—El curso de la historia es misterioso, querido amigo.

—¿Qué quiere decir, Gabriele?

—Espero que disfrute los años que le quedan por delante, tocando este soberbio violín. Ojalá, en el futuro, pueda seguir atendiendo a sus presentaciones, en un mundo mejor. Las disfruto mucho, ¿sabe?

Bonucci no tenía cómo saber que ese abrazo de despedida sería el último. Vio a Gabriele perderse por la calle que, por órdenes del ayuntamiento, comenzaba a ser limpiada y adornada para recibir al ilustre visitante que llegaría una semana más tarde.

Vio a Gabriele salir por la puerta del Hotel Europa y de inmediato subió a su habitación, donde abrió el estuche y, adormecido sobre un paño de Damasco, encontró el violín. Lo extrajo con delicadeza, lo acarició y sopesó. Con un sentimiento parecido al temor, la expectativa y la veneración, acomodó la caja entre su clavícula y su mandíbula, recogió el arco y lo acercó a las cuerdas.

En esos días no volvió a tener noticias de Gabriele, pero apenas prestó atención a su ausencia, porque la novedad del Stradivarius acaparó su mente. En las noches siguientes, se presentó al frente de la orquesta del Kärntnertortheater armado con el Stradivarius de Verdi y el impacto que causó fue inmediato. Desde sus primeras notas, las interpretaciones de Bonucci conmocionaron al público, sumiéndolo en un trance, un arrebato místico que se esfumaba como un sueño cuando el concierto concluía. El éxito fue tan descomunal, las representaciones despertaron comentarios tan elogiosos, que las reseñas desbordaron Sarajevo y el resto del Imperio austrohúngaro, y aparecieron en algunos países vecinos como Italia, Rusia o el Imperio alemán.

Bonucci seguía estando en las nubes el mediodía de ese 28 de junio de 1914 cuando, como era su costumbre después de una noche de concierto, bajó al mediodía a desayunar en la cafetería del Hotel Europa y oyó la noticia que llevaba una hora recorriendo la ciudad.

Alguien había disparado contra el archiduque Franz Ferdinand, príncipe imperial de Austria y príncipe real de

Hungría y Bohemia. Junto con él, habían matado a su esposa, la duquesa de Hohenberg, Sofía Chotek. El autor del asesinato era un joven de diecinueve años, de cara alargada, orejas de abanico y ojos hundidos. Bonucci sintió que las piernas le flaqueaban cuando oyó su nombre: Gavrilo Princip o, tal como se le había presentado varios meses atrás, a la salida de aquel concierto, en un italiano esforzado, Gabriele Principe.

En cuanto escuchó el nombre de su amigo, Bonucci supo lo que pasaría. Barajó la posibilidad de escaparse, pero la descartó de inmediato, porque tarde o temprano lo encontrarían, y solo lograría agravar su situación, haciendo que su huida convirtiera la sospecha en certeza. Finalmente, hizo lo único que le pareció sensato: sentarse a esperar en la recepción del hotel.

Ahí lo encontró la cuadrilla de oficiales con cascos emplumados y botas de montar que fue a buscarlo. Había pasado buena parte del día desde el asesinato, y todo ese tiempo habían investigado a Gabriele y a todas sus conexiones en Sarajevo, bajo la suposición de que eran sus cómplices y formaban parte de la Mano Negra, la organización nacionalista que había planificado el atentado. Entre otras personas, habían intervenido al camarero del Caffè Viennese, a quien habían apaleado, obligándolo a hablar de todos los clientes que frecuentaban a Princip en su salón. Lo traían esposado, con el cuerpo cubierto de cortes y moretones, y cuando le pidieron que identificara a Bonucci, se limitó a asentir con la cabeza.

—Con el debido respeto, señores, debo informarles que soy el primer violinista de la principal orquesta del país

—dijo Bonucci cuando le informaron que estaba detenido—. Si me llevan, no habrá función esta noche.

Bonucci se equivocaba. Era verdad que, ese día, la orquesta del Kärntnertortheater de Viena presentaba *Macbeth*, en la versión de Verdi, en el Teatro de la Ópera de Sarajevo. Pero la muerte de sus majestades imperiales, quienes, por cierto, eran los invitados especiales de la velada, obligó a cancelar la ópera y decretar un toque de queda en toda la región. Así se lo hizo saber el oficial que lideraba la patrulla, que respondió a la arrogancia del músico con un sólido bofetón.

Esa noche, Giuseppe Maria Bonucci fue encerrado en una celda sin ventanas del cuartel militar de Sarajevo que apestaba a orina, heces y col hervida. Aunque no llegó a verlo, a unos metros de distancia se encontraba Gabriele, quien había intentado suicidarse de un tiro luego del atentado. Sin embargo, había fracasado, porque, en el último instante, la multitud lo había cercado y alguien le había arrebatado la pistola. Pronto sería llevado a juicio, encontrado culpable y trasladado a la lejana fortaleza de Terezín, donde pasaría los próximos años en confinamiento solitario, encadenado a una pared, hasta que la tuberculosis acabaría matándolo.

Ese día en el cuartel, a Bonucci lo desnudaron y azotaron. Lo sacudieron a patadas y puñetazos. Sumergieron su cabeza en un cubo de aguas inmundas hasta que perdió el conocimiento. Lo despertaron y repitieron el procedimiento. Una y otra vez, los agentes imperiales le preguntaron por sus implicancias en la conspiración para asesinar a sus altezas y por la lista completa de sus cómplices, pero no pudieron sacarle ninguna información porque, salvo el nombre de Gabriele, el violinista ignoraba todo de aquella conjura.

Tras dejarlo descansar unos minutos con la esperanza de que su memoria se avivara, uno de los guardias llegó a esposarlo y, sin decirle una palabra, lo sacó de la celda de castigo. Lo llevó a un calabozo más amplio, donde lo dejó a cargo de su subordinado. Antes de marcharse, le ordenó que lo preparara. Desde afuera llegaban gritos y el inconfundible eco de los disparos. No bien el guardia salió, Bonucci habló al joven:

—¿Qué me va a pasar? ¿Qué estamos esperando?

—Las autoridades están desesperadas y han ordenado el fusilamiento de todos los sospechosos de participar en la muerte del archiduque y su esposa. Ahora que vuelva, el guardia lo llevará al paredón, señor Bonucci.

La consciencia de Bonucci comenzó a parpadear, tuvo que apoyarse en el muro para no derrumbarse y, como había hecho desde el momento de su detención, solo acertó a decir con la voz quebrada:

—Apenas soy un músico, llevo dos años tocando para la orquesta del Kärntnertortheater que presenta la obra de Verdi en Sarajevo, pregúntele a cualquiera. —Pero entonces reparó en un detalle que le había pasado desapercibido y dijo—: Un momento, ¿cómo sabe mi nombre?

—Porque yo a usted lo conozco, señor Bonucci. —Desde afuera llegó el estruendo de una nueva salva de disparos y el ruido sordo de un cuerpo al golpear contra el suelo—. Mi familia es aficionada a la ópera y llevamos dos años sin perdernos sus presentaciones.

—Entonces sabe que soy inocente, que digo la verdad y me gano la vida tocando el violín, no conspirando para derrocar el régimen del archiduque.

—Nunca se sabe, señor Bonucci. Si le contara las coartadas de algunos de los terroristas que participaron en el atentado, se sorprendería. Muchas son más sólidas y verosímiles que la suya.

—Pero, joven...

—¿Sabe cómo sé que usted no tuvo que ver con el asesinato? ¿Que su vínculo con la Mano Negra es circunstancial, si acaso existe? ¿Que tuvo la inmensa mala suerte de estar en el lugar indebido, a la hora incorrecta, en compañía de la peor persona posible?

—Le juro que nunca supe de las inclinaciones revolucionarias del señor Principe —dijo Bonucci—. A lo más, conocía su pensamiento político y me parecía un poco radical, pero nunca sospeché que era un revolucionario, un extremista...

—*Rigoletto*, *Il Trovatore*, *La Traviata*, me conozco de memoria las versiones que el Kärntnertortheater ha puesto en escena, con usted como primer violín —dijo el joven—. Debo haber asistido al menos a treinta presentaciones suyas y tengo que reconocer que todas han sido impecables, soberbias, un placer para los sentidos. Pero hace un par de días ofreció una función donde ocurrió algo nuevo. Fue como si, de repente, hubiera encontrado una clave perdida, señor Bonucci, que nos llevó, a quienes ocupábamos las graderías del Teatro de la Ópera, a un lugar nuevo, desconocido. Usted y su violín nos descubrieron una dimensión paralela, hecha de belleza y placer. Nadie que sea capaz de producir semejante fenómeno puede haber intervenido en un crimen como el que acabó con las vidas del archiduque Franz Ferdinand y la duquesa Chotek. Le digo más: incluso si fuera culpable, merecería el perdón de Dios y los hombres.

—Gracias —le dijo Bonucci, que, sin darse cuenta, había comenzado a llorar.

—Todavía no me dé las gracias —le dijo el joven—. Guárdeselas para cuando consiga sacarlo de aquí.

9.

—Mi mujer es una borracha, comisario.

Tobosa hizo un enorme esfuerzo para comprender bajo qué circunstancias y en qué medida esa información era de su incumbencia. Mientras lo decidía, intentó mostrar interés o, por lo menos, amabilidad:

—Ajá.

—Descuida la casa, a sus hijos, me trata mal. Llega ebria a medianoche y, si protesto, me pega.

El hombre parecía compungido por su historia, que Tobosa encontraba triste, sin duda, pero en ningún caso constitutiva de delito. De hecho, si se ponía a comparar, sus propias circunstancias eran mucho peores. Al comisario no le habría importado que Rosario llegase al domicilio conyugal borracha alguna vez y mostrara alguna emoción, aunque fuese desagradable, en vez de castigarlo cada día con su silencio. Como no podía traslucir estas reflexiones, se limitó a responder con el mayor profesionalismo posible:

—Lo que no termino de entender es qué podría hacer yo por usted, señor.

—Quiero que la arreste, comisario.

Por la chaqueta y el pantalón negros, el denunciante debía ser valet del estacionamiento de algún casino. La combinación de su atuendo y su contextura lo hacía sudar copiosamente, obligándolo a pasarse un pañuelo por la cara todo el tiempo. El comisario tuvo que insistir en su línea de razonamiento:

—Hasta donde entiendo, a menos que lo haya lesionado a usted, la señora no ha violado ninguna ley...

—Ha violado la más importante de todas. —Se llevó las manos a la cara—: la ley de Dios.

El sargento Gutiérrez, que mecanografiaba todo a un costado, intentó contener la risa, pero no pudo.

—¿De qué se ríe usted? —se indignó el denunciante, y se volvió hacia el comisario—: ¡Arréstelo a él también, comisario!

Lejos de arrepentirse, Gutiérrez tomó en sus manos el caso:

—Hermanito —comenzó inapropiadamente, empleando un tuteo cargado de confianza, que Tobosa dejó pasar porque el caso no le importaba en lo más mínimo—: ¿tú sabes cómo se arregla tu problema?

El hombre negó con la cabeza y prestó atención. Cuando consideró que ya había creado suficiente suspenso, el sargento se respondió a sí mismo:

—Tienes que darle amor, compañero. Ya tú sabes: sacarla a bailar. Comprarle unas flores. Decirle piropos sobre cómo va vestida, qué bien le queda ese peinado. Un esposo, cómo te lo explico, tiene ciertas obligaciones...

—Yo a mi señora la respeto, oiga usted.

—Sí, me parece bien, pero dime una cosa: ¿tú estás con ella por amor o por interés?

—¿Cómo me va a preguntar eso, insolente? Claro que por amor.

—Pues ponle un poco de interés, gordito. Te lo está pidiendo a gritos, por favor...

El denunciante alzó el mentón con dignidad y, sin ocultar su desprecio, soltó una queja:

—Comisario, ¿va a permitir que su secretario me diga semejantes cosas?

Ahora sí, Gutiérrez cambió de tono:

—Yo no soy su secretario, bobo. Y como lo repitas, tu esposa no será la única que te pegue, te advierto...

—Bueno, ya está bien —interrumpió Tobosa—. Gutiérrez, te has pasado aquí con el señor.

Pero el sargento ya estaba soliviantado:

—No pienso disculparme con un tipo al que no lo respeta ni su mujer.

—¡Comisario! —se retorció el denunciante.

Tobosa concluyó:

—Y ahora te has pasado también con la señora, Gutiérrez. Así que no tienes que disculparte si no quieres, pero esta medianoche te plantas en la puerta de este caballero. Esperas a su esposa y, cuando llegue, aunque sea a las cuatro de la mañana... sobre todo si llega a las cuatro de la mañana, tú miras qué pasa desde afuerita. Y, si la señora le pega aquí al señor, te apersonas y la amonestas por su mal comportamiento. A lo mejor, hasta le pones las esposas, pero sin violencia y por poco tiempo.

Al denunciante la propuesta le pareció claramente insuficiente, pero también, dada la actitud de las autoridades, la mejor que iba a obtener de esa visita a la comisaría. Tras una breve reflexión, hizo un puñito con los labios, alzó las manos y extendió las palmas. El comisario temió que estuviese por echarse a rezar, pero simplemente dijo:

—Amén.

Cuando se marchó, el que protestó fue el sargento Gutiérrez:

—Noooo, comisario. ¿Cómo me manda a hacer esa tontería?

—¿Prefieres venir conmigo? Yo tengo un caso mejor, ya sabes.

—Es que lo suyo está muy lejos.

—Entonces te vas donde la borracha. Y cuando seas millonario y no trabajes, ya harás lo que quieras con tus madrugadas. ¿Está bien?

—Últimamente, está usted un poco amargado, comisario.

—¿Está bien? Es lo único que he preguntado.

—Está bien... Comisario...

—¿Ahora qué quieres?

—Yo nada. Pero el comandante preguntó por usted.

Llevaba veneno ese anuncio. Hacía varios días que Tobosa intentaba evitar al comandante, pero comenzaba a quedarse sin excusas y, ahora que Gutiérrez le había transmitido el mensaje, no tenía más remedio que dar la cara. Fastidiado, antes de salir de la sala de interrogatorios, dijo al sargento:

—Quiero que el reporte de tu vigilancia a la casa del gordito esté a las ocho de la mañana encima de mi escritorio. Y lo quiero por triplicado.

Se marchó sin ver la reacción de Gutiérrez. Ambos estaban hartos de lidiar con ese tipo de casos. Una ancianita que creía que su vecina había envenenado a sus gatos. Un padre con un hijo marihuanero. Una pelea en un bar. Una fiesta ruidosa en el vecindario. De joven, al entrar en la escuela de policía, Tobosa se imaginaba resolviendo grandes misterios, pero a su escritorio solo llegaban los casos más banales y enojosos del benemérito cuerpo de seguridad. ¿Cambiaría su suerte el crimen del alemán, que parecía romper esa lógica?

Arrastró los pies entre dependencias atestadas de papeles, pasillos con linóleo agrietado, y subió las escaleras hasta el despacho de su superior. Se detuvo delante de la puerta y reunió fuerzas antes de golpearla y entrar:

—Mi comandante... —saludó.

Sentado entre un escritorio y una bandera del Paraguay bordada con orlas de oro, un hombre calvo con el uniforme bien planchado levantó la mirada en su dirección. Tres medallas indescifrables y lustrosas como faros colgaban de su pecho. En sus ojos vibró una mirada de duda, hasta que dedujo quién podía ser el hombre que entraba a verlo:

—¿Tobosa?

—A sus órdenes, mi comandante.

—Pase, comisario. Tome asiento.

El anfitrión rebuscó entre sus papeles hasta encontrar un legajo, mientras el recién llegado se adelantaba hacia un sillón que rechinó al recibirlo.

Solo entonces, Tobosa percibió que el comandante tenía un porte bastante compacto, una manera amable de decir que era un enano de caricatura. Para compensar ese desequilibrio, su asiento se elevaba dos palmos más que el de sus visitas, de modo que el comisario tuvo que alzar la vista para encontrar la de su superior.

—Lleva usted tres semanas llegando tarde al trabajo —disparó el comandante, sin dejar de revisar sus papeles.

—Con todo respeto, mi comandante, eso es inexacto. Lo que pasa es que en este tiempo he venido haciendo horas extras por las noches. Y, a veces, se me complica la entrada en la ciudad por el tráfico de la mañana. Como me vengo en autobús...

Las pupilas del comandante abandonaron sus documentos, rodaron hacia arriba y se fijaron en Tobosa. Eran mustias, de perro triste.

—Viene desde Areguá —exclamó.

—Positivo, mi comandante. Veo que está usted al corriente de este misterio que corroe las entrañas mismas de la paz social.

El comandante resopló:

—¿Y usted cree que va a resolver el misterio durmiendo en la casa del muerto?

—Lo que ocurre es que tendí un cebo para el asesino. Pero, si pudiéramos asignar turnos, la vigilancia sería más eficiente...

—Mire, Tobosa, yo lo que quiero es que me llegue a la hora y me atienda bien a la gente que viene. Nos falta personal. Y a esos muertos de usted, no los reclama nadie. Si ni siquiera son de aquí...

—Los dos nacieron en el país, señor, y tienen la ciudadanía de...

—Tobosa...

—¿Mi comandante?

—Ya le dije lo que quiero, ¿no?

—Sí, mi comandante.

—Que esté durmiendo en esa casa es profundamente irregular. ¿Acaso el cuerpo no le paga puntualmente su salario?

—Claro, mi comandante.

—Entonces, ya puede irse.

El comisario Tobosa hubiera querido que, en lugar de reprenderlo por sus métodos poco convencionales, el comandante valorara su inventiva y alabara su dedicación al trabajo. Si al menos hubiese escuchado sus deducciones, sus hipótesis, se habría sentido reconocido. Pero durante el resto de la jornada, mientras iba a su casa en un autobús atestado y, más tarde, cuando Rosario aún no había vuelto, se fue la luz y dejó de funcionar el televisor, le resultó inevitable la sensación de vivir en vano, de ser un borrón en una esquina de la vida. Si en ese instante hubiera desaparecido de la faz de la tierra, ¿quién lo habría notado?

Curiosamente, fue la misma razón que lo había sumido en esa tristeza la que lo rescató. El caso de Von Bulow. A oscuras, la mente de Tobosa fantaseó, se movió con libertad y, como le ocurría cada vez con mayor frecuencia, comenzó a repasar las interrogantes que rodeaban a esos asesinatos.

¿Acaso alguna vez había llegado un misterio más interesante a esa comisaría abandonada de la mano de Dios? Porque ¿de dónde había sacado su colección Von Bulow? ¿De qué manantial maravilloso habían brotado esas pinturas de otros siglos y esos objetos llenos de belleza? Tan solo con mirar la colección, como Tobosa hacía cada amanecer en esa casa, su corazón se bañaba con una luz que ninguna otra experiencia le había ofrecido. El verdadero misterio era por qué a nadie le importaba.

Cuando pasó el apagón, a Tobosa su casa le pareció tan silenciosa, anodina y fría como de costumbre. Sabía que, si no se mantenía ocupado, volverían a su cabeza los pensamientos negativos, de modo que cogió la escoba y se entretuvo barriendo.

Terminó pronto y comenzó a arreglar su habitación. Sacó las sábanas y buscó unas nuevas. Cuando las plegaba por debajo del colchón, algo llamó su atención. En una esquina del somier encontró un pedazo de tela roja, quizá una funda de almohada tirada junto a la pared. Tobosa se agachó a recogerlo. Aunque lo reconoció al levantarlo, pasó varios minutos intentando convencerse de que estaba equivocado y que en las manos tenía una toalla o un pañuelo, y no lo que en realidad era: un calzoncillo de hombre.

Conforme asumía las implicancias de su hallazgo, Tobosa sintió que la indignación lo quemaba. Se apostó frente a la puerta, con el calzoncillo en la mano, a esperar la llegada de Rosario. Ensayó distintos tonos de rabia para recibirla. En el más iracundo, le arrojaba el calzoncillo a la cara y le preguntaba: «¿Qué es esto? ¿Cómo has podido?». En la alternativa con más aplomo, dejaba la prenda sobre la mesa para que ella la viese y no decía una palabra, mostrándose demasiado digno para rebajarse a una discusión. Otra posibilidad era preguntarle a Rosario por el calzoncillo con actitud inocente: «¿Cuándo me compré esto? ¿O me lo has comprado tú?», para dejar que su mujer se hundiese en el pantano de sus mentiras y contradicciones, lo que la dejaría en evidencia, pero también, sin duda, arrasaría con los nervios del propio comisario.

Finalmente, Tobosa optó por la salida más sencilla: huir. Buscó en el armario de la sala hasta encontrar una botella de ron, se guardó el calzoncillo y salió de la casa. Erró durante horas, tomando sorbos de ron y evaluando la situación. Cuando la botella estuvo vacía, comprendió que solo le quedaba un lugar donde pasar la noche.

Estaba bastante borracho cuando alcanzó el último autobús. Rumió su rabia durante todo el camino y siguió haciéndolo mientras bajaba, andaba a oscuras por las calles de Areguá, entraba en la casa y buscaba la alfombra donde había cogido la costumbre de dormir. Si esa noche se mantuvo despierto, no fue por el frío o la humedad que bailaba en el aire, sino por el zumbido de su mente que —incendiada por el alcohol— producía todo tipo de imágenes y conversaciones, cada cual más explícita e hiriente.

De madrugada, incapaz de pegar un ojo y completamente borracho, Tobosa comenzó a deambular por la casa. Primero recorrió el segundo piso y, luego, el depósito de la planta baja. Llevaba la botella en una mano y, aunque no quedaba ron, a cada paso se la llevaba a la boca, creyendo que bebía. Avanzaba hablando solo, llorando y fantaseando discusiones que se convirtieron en peleas. Gritó, lanzó patadas al aire y puñetazos a las paredes del depósito. Imaginó al amante de Rosario, a quien golpeaba en la mandíbula y el hígado. Cuando lo tuvo en el suelo, en una esquina de la habitación, decidió rematarlo. Escupió a un lado, soltó un par de insultos, tomó carrera y saltó sobre él con los pies por delante...

Cuando volvió en sí, era de mañana. El comisario intentó recordar qué le había pasado, mientras se frotaba todo el cuerpo, que le dolía como nunca. Tenía la cabeza congestionada por la resaca, pero poco a poco vinieron a ella algunas imágenes: la reunión con el comandante, la vuelta a su casa, el descubrimiento del calzoncillo rojo, los celos abrasadores, el viaje cargado de despecho a Areguá, parte de la noche en vela. Fue incapaz de reconocer la habitación en la que se encontraba, pero estaba junto a una escalera que, en su parte más alta, daba a una trampilla quebrada. Comprendió que él la había roto con el último salto de su combate imaginario y que había rodado por los escalones golpeándose la cabeza, los brazos, las piernas, la espalda (¿tendría algún hueso roto?), hasta que, por fin, había perdido el conocimiento.

No estaba preparado para el descubrimiento que hizo cuando, luego de comprobar que estaba magullado pero sin fracturas, comenzó a levantarse. Delante lo esperaba un uniformado (¿un soldado?, ¿un policía?), alto y silencioso, que lo miraba fijamente y le apuntaba con una pistola.

Tobosa alzó las manos por instinto y pidió piedad con la voz adelgazada por el miedo. No era para menos, porque el hombre que le apuntaba era tenebroso. Aún atontado por la conmoción y las experiencias de la noche pasada, el comisario reconoció aquel uniforme.

La calavera con las dos tibias. El águila. Las cruces. Las esvásticas. Había visto suficientes películas como para distinguir a un nazi.

10.

Las cosas en Nápoles no habían mejorado después de la guerra. La mayoría de sus ciudadanos aún vivía en la miseria y los productos de primera necesidad seguían escaseando. Para comer había que recurrir al ingenio y conformarse con los sucedáneos. Cualquier trozo de grasa se vendía como mantequilla, polvos de ceniza como jabón y hebras sueltas como lana, que, en vez de abrigar, producía eccemas y escozores.

Aurelio Padovani, por supuesto, era ajeno a esas pequeñeces. Como fundador del *fascio napoletano*, lo que le interesaba era la defensa de las grandes ideas del movimiento, resumidas en el lema «Dios, patria y familia». Solía participar en inflamados debates en plazas públicas y salones privados, donde enfrentaba a anarquistas, socialdemócratas y, sobre todo, bolcheviques. Era normal que esas discusiones a gritos escalasen hasta llegar al insulto y, muchas veces, al intercambio de golpes. Padovani era un experto peleador y, a pesar de su pierna de madera, siempre iba al frente de los suyos.

Toda su vida había sido así. Como obrero y sindicalista. Como sargento en la guerra con Turquía. Como sobreviviente de la masacre de Shar al-Shatt, donde solo habían quedado vivos diez combatientes italianos, de un total de cuatrocientos. Como subteniente en la Gran Guerra, donde perdería la pierna. Como capitán, distinguido con cinco medallas de honor. Como escritor de proclamas nacionalistas, consejero, embajador y hombre de la entera confianza del Duce Benito Mussolini.

Quien sí sufría por la escasez era su esposa. Se llamaba Ida y era una maestra de escuela con la que Padovani se había casado años antes de la guerra. Ante las ausencias de su marido, dedicado en cuerpo y alma al combate político, ella resolvía los asuntos prácticos del hogar. Era, también, una persona extraordinariamente perceptiva, que empezaba a preocuparse por Aurelio, ese hombre terco, aburrido y metódico al que creía conocer de memoria, pero que en los últimos tiempos estaba tan cambiado.

Ahora su marido se daba tiempo para la vida doméstica. Celebraba la comida que con tanto esfuerzo preparaba Ida, tomaba el café, fumaba un cigarrillo y conversaba sin mirar el reloj. Incluso se le acercaba más y guardaba energías para los encuentros de alcoba. Todo aquello era inimaginable unos meses atrás, cuando Padovani solo prestaba atención a los problemas de Italia y era tan previsible que, cuando pensaba en él, a Ida solía escapársele un bostezo. Aprovechando que debía visitarla para llevarle unos granos de café (un verdadero lujo por entonces), una tarde se sinceró con su suegra.

—¿Cómo diferente? —preguntó esta.

—Es como si se hubieran llevado al Aurelio que conocemos para cambiarlo por otro —dijo Ida.

—¿Otro mejor o peor?

—Solo diferente. Con decirle que ya casi nunca usa su camisa negra.

—¿La de gala?

—*Ecco.*

—¡Pero si ahí lleva sus medallas!

—Por eso le digo.

—Con lo orgulloso que se siente de haber luchado por Italia. —La mujer hizo una pausa y levantó el índice—. Y varias veces, ¿eh? Además, con lo guapo que se lo ve vestido de capitán...

—Eso no es todo —dijo Ida—. Hace unos días, se negó a participar en las celebraciones por el aniversario de la Marcha sobre Roma. Le mandó un telegrama a Mussolini para anunciárselo. Aquí guardo el texto. El Duce no se dignó a contestarle, supongo que eso le dolió.

—*Porco polentone, Duce dall'inferno.*

—Para que no se sintiera al margen de todo, lo invité a dar una conferencia a los niños de la escuela. Ya sabe cómo lo emociona el tema de la Marcha. Pero tampoco quiso. Me dio las gracias y un beso en la frente. Pasó a preguntarme por los tomates, si habían salido buenos este verano. ¿Se imagina, suegra?

—*Madre dell amore di Dio!*

—Pues ahí lo tiene: el nuevo Aurelio Padovani, amante de los tomates. Me imagino que no tardará en visitarla una de estas tardes, con lo hogareño que se ha vuelto...

Unos días después, la madre de Ida pasó a verla. Como era su costumbre, se sentaron a tomar el té y conversar. Ida sabía que su reacción sería distinta a la de su suegra, pero no estaba preparada para oír lo que le dijo cuando le descubrió la transformación que venía experimentando Aurelio.

—¿No te estará poniendo los cuernos?

—Ay, madre. Qué cosas se le ocurren.

—Tienes que saber de lo que son capaces los hombres. Un día amanecen con una sonrisa boba y piensas que es por ti. A la mañana siguiente, descubres que es por una *puttana*.

—¡Por favor! Aurelio nunca fue mujeriego.

La madre contempló a Ida con la ceja enarcada:

—Debo entender entonces que todo va bien entre ustedes...

—¿A qué se refiere?

—Hija, por favor...

Ida sintió que su rostro se encendía de vergüenza, pero decidió contestar a su madre con sinceridad:

—Mejor que nunca.

Se quedaron calladas hasta que, después de pensarlo mucho, la madre de Ida habló despacio, cuidando sus palabras:

—¿Y no será que...?

—¿Qué?

—Ya sabes. El incidente...

Ida bajó la mirada y lo recordó. Era el único episodio en el que había participado su marido que realmente la avergonzaba. Había ocurrido en 1919, unos meses antes de que Aurelio fundara el Fascio Napoletano di Combattimento junto con dos abogados y otro militar en retiro. Finalizada la guerra, Padovani había vuelto al sindicalismo obrero, decidido a defender los intereses del pueblo y aplastar a sus enemigos. Para ello, había fundado el Comando Nazionalista di Allerta, una columna dedicada a hacer justicia por mano propia, aplastando a anarquistas, socialistas, bolcheviques y otros inadaptados.

Al ritmo del repique de su pierna de madera, cada noche salía a patrullar los barrios obreros de Nápoles junto con una veintena de patriotas armados con manoplas, garrotes y martillos. En cuanto descubrían un foco de comunismo o algún grupúsculo de revoltosos colgando panfletos, pintarrajeando las paredes o introduciendo folletos subversivos en los buzones de las casas, corrían a escarmentarlos para el resto de sus vidas.

Un día, Padovani recibió noticias de un núcleo de marxistas de saco y corbata que venían reuniéndose en el puerto, en un establecimiento llamado el Hotel delle Crocelle. Llamaban a esos encuentros «veladas culturales», pero, según los informantes, en realidad eran un espacio de activismo político, dedicado a adoctrinar nuevos cuadros, en especial entre los jóvenes. Padovani se reunió con sus comandos en una cantina próxima a la Piazza San Gaetano y, bien pertrechados, fueron al puerto.

Tenían la intención de sorprender a los bolcheviques, pero fue imposible. Sus acciones habían recibido amplia difusión en los diarios y, a medida que avanzaban por las calles estrechas y brillantes, cada vez más próximos al mar, la presencia de estos hombres de apariencia uniforme, armados con toda clase de objetos contundentes, que coreaban los lemas y consignas del Comando, fue llamando la atención de los vecinos, que se asomaron por las ventanas y balcones a insultarlos, silbarles, lanzarles cosas y exigirles que se largaran. El griterío fue en aumento y llegó a oídos de quienes, en ese mismo momento, estaban reunidos en el Hotel delle Crocelle. La reacción fue inmediata y, entre voces de desesperación y empujones, la mayoría consiguió escapar y perderse en los callejones y recovecos del puerto. Pero los comandos también actuaron a prisa y lograron arrinconar dentro del hotel a un puñado de bolcheviques, a los que hicieron salir de uno en uno. El último en alcanzar la calle fue un hombre de pelo blanco y larga barba de candado. Pese a haber sido detenido en plena actividad proselitista, y a que alguno de los presentes lo identificó como el organizador de la velada, intentó negar su filiación política y, más bien, identificarse como músico.

—¿Y qué clase de músico eres? —le dijo Padovani.

—Violinista —dijo el hombre—. Especialista en Verdi.

—¿Violinista? ¿Verdi? —dijo Padovani con sarcasmo—. ¿Y pretendes que te creamos?

—Puedo probarlo —dijo el hombre—. Déjeme traer mi violín y tocarles algo. Quedó adentro, en el hotel.

Padovani chasqueó la lengua, avanzó unos pasos, llegó delante del hombre y, ante la atenta mirada de los demás comandos, lanzó un rugido y lo pateó en los testículos con su pierna de madera. El bolchevique cayó pesadamente y quedó tirado en el suelo, ovillado y gimiendo de dolor.

—Cuidado con lo que los comunistas llaman cultura —dijo Padovani para que todos lo oyeran, antes de volver a patear al caído, ahora en los riñones—. Es la herramienta que emplean para camuflar su ideología. Como verdaderos patriotas, nuestro deber es desenmascararlos. Porque son lobos disfrazados de ovejas.

Esa fue la versión que Aurelio Padovani contó a su esposa. No le dijo que la golpiza que propinó a ese hombre siguió, que fue tan brutal que provocó que llegara en coma al Hospital della Pace y que, a consecuencia de las lesiones, quedó inválido, atado a una silla de ruedas y con enormes dificultades para hablar. De todo eso se enteró Ida más tarde, por las habladurías que llegaron a oídos de su madre. También del nombre de aquel infortunado: Giuseppe Maria Bonucci.

¿Acaso la transformación de Aurelio se debía a un estallido de rabia reciente, que Ida ignoraba? ¿Su buen humor y talante cariñoso estaban asociados al placer y sosiego que solía producirle el ejercicio de la violencia, en la forma del castigo físico a quienes pensaban distinto? Para Ida era inevitable albergar estas dudas, pero prefirió descartarlas una tras otra. Para empezar, porque su esposo ya no pertenecía al Partido Nacional Fascista. Tras su expulsión en 1923 y una breve readmisión, llevaba casi dos años alejado de la política. Su distanciamiento de Benito Mussolini había comenzado poco después de la Marcha sobre Roma, que consolidó el poder del Duce, y se había profundizado a pasos agigantados. Padovani lo criticaba por aburguesar el partido, olvidar su origen obrero y por las cercanías que había entablado con la monarquía italiana. Cuando aceptó el encargo del rey Vittorio Emanuele III de ser primer ministro y formar gobierno, Aurelio comprendió que Mussolini lo había engañado, que se movía por la ambición como cualquier ser humano, y que sus anhelos personales estaban por delante de la nación.

En el fondo, a Ida la tenían sin cuidado las razones del cambio de su esposo. Como repetía a su madre y a su suegra, lo importante era que lo tenía en casa, dispuesto a compartir la vida conyugal.

Así vivieron durante un año. Aunque mantuvo su buen talante y permaneció alejado de la política activa, en esos meses Aurelio volvió a participar del debate público, aprovechando su prestigio, con cartas y artículos que enviaba a los diarios de todo el país para comentar el camino que venía siguiendo Italia a manos de su antiguo jefe. Eran textos furibundos, en los que no ahorraba adjetivos ni disimulaba su rechazo por el alejamiento cada vez más profundo que, en su opinión, el fascismo mostraba frente a los ideales sobre los que se había fundado.

Todo cambió un día de primavera, cuando a la casa llegó una carta con el sello inconfundible del *Capo del Governo Primo Ministro Segretario di Stato*, como había empezado a llamarse Benito Mussolini para reafirmar su poder absoluto. Padovani esperó a que Ida volviera de la escuela para abrir el sobre lacrado y leyó la carta en voz alta. Era una invitación de puño y letra del Duce al capitán Aurelio Padovani y a su señora esposa para viajar a Roma y participar de una jornada artística con las más ilustres figuras del Partido. «El fascismo es como una gran orquesta», cerraba la carta Mussolini, antes de garabatear esa sucesión de montañitas puntiagudas que era su firma.

—Es una broma, ¿verdad? —dijo Ida—. ¿El Duce, músico?

—No, va en serio —dijo Padovani, soltando una carcajada—. Le encanta la música. Toca el violín y, cuando se siente en confianza, dice que le habría gustado ser compositor.

—Cambió rápido de vocación...

—Romano, su hijo mayor, es un conocido pianista de jazz, y una de las pequeñas, Edda si no recuerdo mal, tiene una voz preciosa. No hay reunión familiar donde los Mussolini no acaben tocando y cantando *La vedova allegra*.

—Y entonces, ¿qué te da risa?

—La invitación.

—¿Por qué?

—Es la forma que tiene de seducirme y animarme a bajar el tono de las críticas. Quiere recuperarme para la causa fascista y sumarme al gobierno.

—¿Y qué vas a hacer?

—¿Sumarme al gobierno? —dijo Padovani—. Ni yo aguanto a los *leccaculi* del Partido que rodean a Mussolini ni ellos me aguantan a mí. En su momento, ya me trataron de persona difícil, intratable, intransigente...

—Me refiero a la jornada artística —le dijo Ida—. ¿Piensas ir?

Padovani esbozó una sonrisa infantil, llana, sin dobleces. Una sonrisa que a Ida ahora le resultaba familiar.

—Tenemos que aceptarla, mujer —dijo Padovani—. ¿Te imaginas lo que pasaría si rechazáramos una invitación de puño y letra de Mussolini?

—Lo tomaría como un insulto.

—Peor todavía. Un desacato, un desafío a su autoridad. Estaríamos poniendo en riesgo nuestra seguridad, incluso la de nuestras familias.

—¿Entonces?

—Tú tocas el violín y a mí siempre me ha gustado cantar —dijo Padovani—. ¿Podríamos formar un dúo?

—Estás loco, Aurelio —dijo Ida, poniendo los ojos en blanco—. Hace años que no practico.

—Tocas en la escuela.

—Son tonterías, canciones de niños...

—Pues yo ni eso —dijo Padovani—. Si me acuerdo bien, llevo sin cantar desde la campaña de Libia.

—Aurelio, ¿lo estás diciendo en serio?

—Bueno, la invitación es para junio. Tenemos tiempo.

—¿Para ensayar?

—Claro, en casa.

La noticia de la invitación corrió entre los vecinos del matrimonio. Convencidos de que la jornada artística no era más que un pretexto y que la verdadera razón del viaje a Roma era el inminente nombramiento de Padovani en uno de los principales cargos del gobierno fascista, la tarde de su partida una multitud se congregó frente a la dirección del matrimonio para despedirlo. Era miércoles, día de Sant'Aureliano di Arles y, además, cumpleaños de Aurelio. El ambiente vibraba de animación y la casa estaba llena de invitados, que lo animaron a que saliera a saludar y ofreciera un breve discurso a la gente.

Padovani accedió luego de mucha insistencia. Apareció en el balcón tomado de la mano de Ida, provocando el delirio de la muchedumbre, compuesta en su mayoría por hombres en camisa negra. Desde aquella cuarta planta, las vistas eran impresionantes. A la derecha, el Castel dell'Ovo, bañado por la luz rojiza del ocaso; a la izquierda, la mole oscura del Castel Nuovo con sus torreones almenados, y, delante de ellos, las decenas, quizá cientos de personas, que coreaban el nombre de Aurelio, a quien llamaban «el verdadero defensor del pueblo».

Ida estaba profundamente emocionada. Como contaría muchos años después, el momento le pareció tan perfecto que hubiera querido que durara para siempre. Por eso le incomodó que, mientras alzaba los brazos y agitaba las manos, Aurelio le hablara al oído para decirle que tenía una sorpresa y que fuera a buscarla a su habitación. Ida se opuso, pero su esposo insistió tanto que terminó por obedecer.

Eso la salvó. Ida salió del balcón, cruzó el salón y entró en su habitación. Encontró la sorpresa encima del equipaje que había armado para el viaje a Roma. A escondidas, su esposo había remplazado su violín de juguete por otro que, desde su estuche nacarado, parecía salido de un cuento de hadas. Ida lo sacó. Era estrecho y alargado, y, cuando observó la firma en el fondo de la caja de resonancia, no lo pudo creer. ¿De dónde había sacado su esposo esa joya?, se preguntó, y la respuesta vino de pronto a su mente, con la densidad de un mal presagio: el «incidente» con el pobre Giuseppe Maria Bonucci.

Ida recogió el violín con una mezcla de sorpresa, gratitud e incomodidad. Salió de la habitación y estaba cruzando la sala en dirección a su marido, cuando oyó el crujido que la hizo detenerse y vio que la balaustrada del balcón se desprendía y, con ella, caían al vacío todas las personas que lo ocupaban. Morirían nueve de ellas, incluido su esposo.

Como respuesta a la tragedia de Aurelio Padovani, Mussolini ordenó suspender la jornada artística y viajó de inmediato a Nápoles para asistir al entierro del héroe del Partido. Fue una despedida por todo lo alto, con los honores de las más altas dignidades del país. Ida no se acercó a saludar al Duce. En secreto, alejada de la multitud, murmuraba con los dientes apretados:

—Cerdo, traidor. Asesino...

11.

El sargento Gutiérrez acercó el rostro. Se cuidó de no tocar la chaqueta, tan lustrosa que, a pesar de ser negra, parecía iluminar el sótano. Examinó el cuerpo palmo a palmo, subiendo hasta esa superficie plástica y plana que ocupaba el lugar donde debía estar la cara.

—¿Y esto lo asustó tanto, jefe?

Tobosa se enfadó. Chasqueó la lengua.

—Ahora no se entiende porque hay luz —dijo—. Pero me tomó media hora encontrar el interruptor. Tenías que haberlo visto a oscuras. A él y a sus amigos.

Gutiérrez pasó revista a los demás maniquíes, seis en total. Todos iban armados con fusiles, ametralladoras o pistolas que apuntaban hacia las escaleras de entrada. El sargento no entendía mucho de las antigüedades que el alemán guardaba en su garaje, pero sí sabía, como todo agente con tiempo libre, que las réplicas de esas armas llegaban a venderse en Internet por cientos de dólares. De ser originales, añadirían algunos ceros a esos precios. Y luego, estaban los uniformes.

—Este debe ser de general, al menos —sentenció con los ojos fijos en el más elegante, con corbata, botas altas y una daga colgando del cinturón.

—Por lo que he mirado en Internet, era un Waffen-SS.

—¿Un *waffles*?

—Así se llamaban esos oficiales nazis que eran militares sin ser militares.

—¿No le he dicho yo que son raros los alemanes? —dijo Gutiérrez, atento a los detalles—. ¿Vio que tienen una calavera con dos huesos, un águila y una cruz?

—La cosa no acaba acá, Gutiérrez.

Condujo a su ayudante más allá de los maniquíes, que debían estar colocados en esa disposición para asustar a las visitas indiscretas. Porque lo que tenía valor de verdad era lo que custodiaban. Detrás de ellos, hasta el aire cambiaba. Junto a las lámparas fluorescentes colgaban filtros de aire que extraían la humedad del ambiente, y las paredes estaban cubiertas con una especie de porcelana aislante. En cuestión de clima y temperatura, los objetos ahí guardados gozaban de más comodidades que cualquier persona que Tobosa conociera. Y, sin embargo, al tener ante sus ojos la colección, fue incapaz de comprender la razón para semejantes cuidados.

—¿Qué es esto, jefe?

—No sé, Gutiérrez...

—Puro garabato veo...

Las pinturas y esculturas estaban reunidas en un espacio idéntico al almacén de los altos, pero no representaban paisajes, castillos, reyes ni cuerpos desnudos. De hecho, la mayoría de las piezas eran incomprensibles. Los lienzos estaban salpicados de manchas de colores, figuras indeterminadas y, en el mejor de los casos, monigotes con expresiones grotescas o enloquecidas. Las esculturas parecían trozos de metal derretido o, acaso, representaban seres de cuerpos deformes, descoyuntados.

—Tengo un sobrino que pinta mucho mejor —sentenció Gutiérrez.

Recogió uno de los cuadros, que parecía haberse hecho escupiéndole alternativamente pintura azul y roja, y le dio varias vueltas, tratando de descifrar dónde estaban la parte de abajo y la de arriba.

—De todos modos, al comandante le agradará saber que hemos encontrado algo —concluyó.

Tobosa carraspeó. Se había pasado toda la mañana buscando a Gutiérrez. Lo había llamado insistentemente al teléfono, pero estaba desconectado. Había tenido que salir de Areguá y cubrir, caminando y en transporte público, la larga distancia que lo separaba de la residencia de su subordinado en Asunción, adonde había llegado cerca del mediodía. Había golpeado la puerta y tocado el timbre de manera alternada durante casi una hora, hasta oír por fin ruidos en el interior, unas pisadas que se acercaban y el sonido de la cerradura. Cuando abrió, Gutiérrez llevaba un pijama percudido, tenía los ojos legañosos, sus movimientos eran aletargados y paladeaba el sabor de la mala noche. Pero reaccionó en cuanto vio al comisario: se enfureció de golpe y comenzó a recriminarle por la misión que le había encomendado, que lo había obligado a pasarse la noche entera delante de la casa del hombre religioso y su mujer violenta.

—¿Y sabe lo peor de todo, comisario? —le dijo Gutiérrez al rato, más calmado, mientras tomaba un café en su cocina—. Que fuimos víctimas de una vil conspiración...

—¿Conspiración? ¿A qué te refieres?

—A que ni el hombre era tan beato ni la mujer tan mala.

—¿En serio?

—Me temo que, en realidad, ambos están encantados con ese tipo de relación... Porque a él le gusta que lo castiguen y a ella le gusta castigar...

—¿De qué estamos hablando, sargento? —dijo Tobosa, con los ojos abiertos como dos huevos.

—Al principio me pareció oportuno el resguardo porque, en efecto, la mujer llegó pasadas las cuatro de la mañana a su hogar, en evidente estado etílico. Pronto comenzó a lanzar recriminaciones a su esposo, algunos insultos y rompió un par de platos. En eso oí golpes y me dispuse a intervenir. Pero me acerqué a la vivienda y, con sorpresa, descubrí que los gritos del demandante no eran de angustia o sufrimiento, sino de placer...

—Te pido que no me cuentes más, Gutiérrez.

—Parece que a la mujer le encantó que la denunciara en la comisaría, comisario. Eso la excitó, aumentó sus bríos, hizo que tuvieran un encuentro amatorio especialmente intenso. Yo preferí ser discreto y retirarme con los primeros gemidos y lamentos...

Tobosa había esperado a que Gutiérrez se duchara y cambiara, para volver con él a la casa de Areguá. Solo cuando bajaron al depósito secreto y compartió con él sus hallazgos, se animó a llegar al meollo del asunto:

—Ese es el tema, Gutiérrez, y por eso mismo te he traído hasta acá —le dijo—. Porque, antes de decírselo al comandante, debemos saber exactamente qué hemos encontrado. ¿Tienes alguna idea?

Gutiérrez se rascó el mentón con la mano derecha y se subió el pantalón con la izquierda. Orgulloso por las palabras de su superior, que implicaban un voto de confianza, y consciente de su responsabilidad, su cerebro trabajó furiosamente para encajar las piezas. Estaba a punto de fundirse, cuando arrojó un dictamen:

—Al occiso le gustaba pintar disfrazado de nazi. —Hizo una pausa, esforzándose por darle forma final a su teoría—. Y bajaba aquí a pintar y esculpir porque le daban vergüenza los mamarrachos que hacía.

Tobosa miró las pinturas. Volvió la vista atrás, hacia los uniformes.

—No creo que sean suyas —replicó—. Son muy distintas unas de otras.

—Son igualitas, comisario —insistió Gutiérrez—. Una mierda todas, con perdón de la palabra.

Tobosa volvió a examinar el lugar entero. Suspiró hondo y, por fin, respondió:

—Gracias, Gutiérrez. Has sido esclarecedor.

—A sus órdenes, mi comisario.

Salieron del sótano e intentaron disimular la trampilla cubriéndola con una alfombra. Estaban de nuevo en el depósito de las antigüedades, que Tobosa se detuvo a contemplar, mientras su ayudante salía de la casa, encendía el auto y calentaba el motor. Por el inventario que Von Bulow guardaba en su computadora, sabía que eran objetos muy valiosos, que podían llegar a costar una fortuna. ¿Acaso las piezas del sótano eran todavía más caras? Si no, ¿por qué las mantenía escondidas?

El comisario rumió estos pensamientos de camino a casa, entre los baches del asfalto y la cumbia de los bares de carretera. Sabía que le faltaba entender algo, pero carecía de los elementos para hacerlo.

La imagen de Rosario se le apareció de golpe, a la entrada de la ciudad. Pronto tendría que enfrentarse a ella y a la evidencia de su infidelidad. Revisó su teléfono y comprobó que no lo había llamado. Con pena, supuso que ni siquiera habría notado su ausencia, si acaso había vuelto a casa. Consideró la opción más temible: que su esposa estuviese tan harta y su matrimonio fuese tan ruinoso que, al encararla y mostrarle el calzoncillo rojo, admitiese tener un amante y lo echase a la calle. Debía tomar una resolución. Solo cuando el coche ya estaba frente a su puerta, comprendió cuál era la mejor opción:

—Vámonos de aquí, Gutiérrez.

—Comisario, ya estamos en su casa.

—Ya lo sé. Vámonos.

—¿A dónde?

—Tenemos que averiguar qué es lo que el alemán guarda en ese sótano.

—¿De qué manera, comisario?

—Usted maneje.

Tobosa había hablado sin pensarlo y tardó unos minutos en decidirse. Media hora después, se encontraban en el centro histórico, en una zona descascarada, cerca de la antigua estación de ferrocarriles, donde solo yacían, como en un sepulcro de lujo, las cáscaras de un par de vagones. Desde ahí, siguiendo una dirección que el comisario había anotado, caleteando por calles siniestras, habitadas por gente malencarada y turbia, dieron con un callejón.

—Perfecto, es aquí. Da la vuelta, Gutiérrez, y estaciona en la esquina.

—¿Qué hacemos aquí, comisario?

—Todavía no lo sabemos.

Esperaron hasta el anochecer. Durante ese tiempo, al teléfono de Tobosa entraron dos llamadas del comandante, que prefirió ignorar.

Por fin, cuando ya estaba oscuro y Gutiérrez comenzaba a quejarse, del interior del callejón asomó una cabeza calva, que escudriñó la calle.

—Agáchate, Gutiérrez.

Parapetados tras el tablero de mandos del coche, los dos policías contemplaron la cabeza, que volvió a meterse en el callejón. A continuación, apareció una caja larga y pequeña, como el ataúd de una víbora. La empujaba el hombre a quien pertenecía aquella cabeza: el español Vicente Ruiz Donoso.

—Ahora —ordenó el comisario.

El sargento Gutiérrez acercó el vehículo. Cuando estuvo junto al anticuario, se detuvo de un frenazo:

—Trabaja tarde, Vicente —saludó el comisario Tobosa.

—Jodeeer. ¿Es que estáis por todas partes?

—Solo pasamos a saludar.

Ruiz Donoso aferró su caja con las dos manos.

—Sin mi abogado presente, esto no lo vais a mirar ni de coña.

—No pensábamos que fuese algo ilegal, pero gracias por ponernos en alerta. Le prometo no mirarlo... si nos acompaña a dar un paseo.

—Claro. Como si no tuviera nada mejor que hacer, ¿verdad?

—Me late que no tiene nada mejor que hacer, Vicente. De hecho, me late que esto le va a gustar.

Ruiz Donoso insistió en llevar su propio vehículo, incluso planteó involucrar a su abogado en la negociación, que se prolongó un buen rato e incluyó el recitado de varios artículos del Código Penal y algunas amenazas de pasar la noche en el calabozo, además de una discusión aparte con Gutiérrez, que apoyaba la idea de postergar el desplazamiento. Entre una cosa y otra, dieron casi las once de la noche cuando el auto aparcó frente a la casa del alemán. Pasaron unos minutos más hasta que, ya en el sótano, Ruiz Donoso soltó un silbido de admiración.

—Fiuuuu... ¡Hostia puta!

—¿Será posible que diga usted algo sin pronunciar malas palabras?

El anticuario español estuvo deambulando de un lado a otro y se detuvo ante los escupitajos que Gutiérrez había analizado esa mañana.

—Me cago en... ¿Será posible que sea un Kandinski?

—Hasta donde la investigación ha podido precisar... —intervino Gutiérrez— es un cuadro.

Ruiz Donoso ni siquiera se tomó la molestia de volverse a mirar al policía. Pasó al siguiente cuadro, que contempló con creciente asombro. Se sacó un pañuelo del bolsillo. Se secó el sudor de la calva.

—¡Otto Dix! Hay que autenticar todo esto, pero, si son verdaderos, su valor es... es... incalculable... Este es el origen de la fortuna del alemán. Lo de arriba son solo transacciones menores. El verdadero capital salía de acá.

—¿O sea que tiene valor todo esto? —Gutiérrez estaba ahora más asombrado que el anticuario.

—Uno podría bajar aquí, sacar una pieza, venderla y, solo con eso, se haría multimillonario. ¡Anda ya! Un Modigliani...

Mientras Ruiz Donoso admiraba el retrato de una señora muy delgada, prácticamente anoréxica, que carecía de cualquier atractivo sensual, Tobosa intentó responderse las miles de preguntas que revoloteaban en su cabeza. La más insistente terminó por brotar de su boca:

—¿Y de dónde salió todo esto?

Sin dejar de mirar las obras —ahora unos paisajes pintados con puntitos, como una tarea escolar—, el anticuario señaló a los maniquíes uniformados y armados de la entrada.

—Pues supongo que de ahí. Los nazis se robaron todo el arte que coleccionaban los judíos y los izquierdistas, o sea, todo el arte de vanguardia europeo, porque los derechistas no compraban estas cosas, y porque Alemania invadió medio continente. —Ruiz Donoso hizo una pausa—. Muchísimas de esas piezas nunca se encontraron. Los nazis más listos se escaparon llevándose consigo museos enteros. Hasta ahora, los Estados y los herederos de los antiguos propietarios han intentado recuperar ese patrimonio. No sería raro que una parte estuviera aquí. En el Paraguay de los años cincuenta, el dictador Stroessner les abrió la puerta a los nazis perseguidos. Ese gilipollas los admiraba, el muy tonto del culo...

—Más respeto con el señor presidente —interrumpió Gutiérrez—, que en esos años vivíamos mejor...

Tobosa no tenía tiempo para discusiones políticas. Su cerebro maquinaba a toda velocidad:

—Cállate, Gutiérrez. —Se volvió hacia el español—. ¿Y entonces?

—Pues no sé más. Ya le he dicho que Johann von Bulow no hablaba de su pasado. Pero es fácil entender por qué. Aquí solo hay piezas de la primera mitad del siglo XX, que debieron formar parte de colecciones centroeuropeas y francesas en los años cuarenta. Seguramente, aún es posible rastrear a sus propietarios o herederos. Comisario, yo miro a mi alrededor y veo el expolio nazi.

Tobosa hizo lo mismo. Contempló a su alrededor. Intentó ver a un honrado comerciante y su hija inocente. A las víctimas de un asesino despiadado. A dos personas sin mácula, atacadas cruelmente en la seguridad de su domicilio. Pero, al menos por un momento, pudo ver lo mismo que veía el español: una llamarada devorando con su fuego todo lo demás.

12.

—El coronel Tarcisio Mazzola y el teniente coronel Ugo Neri —anunció el traductor.

Sentado en el sofá más mullido de su suite, luciendo su impecable uniforme de la Waffen-SS cubierto de condecoraciones, el joven Generalmajor Julius Heiden observó a los dos oficiales de la Sicurezza Nazionale enviados por Benito Mussolini.

El coronel Mazzola era alto, flaco, con los huesos de la calva muy marcados y la piel del color del polvo. Más que una persona, parecía el dibujo a carboncillo de un artista atormentado por terrores nocturnos. El teniente coronel Neri era lo contrario: bajito, cilíndrico, de sonrisa fácil y aire bobalicón. Mientras los contemplaba, Heiden recordó lo que el Führer le había dicho antes de partir de Alemania, cómo lo había elevado al rango de Reichsleiter, y cómo también le pesaba la sospecha de que los altos mandos estuvieran al tanto de ciertas inclinaciones suyas y prefirieran mantenerlo alejado de Alemania. Pero eso resultaba muy difícil de comprobar.

—Generalmajor Heiden.

—Sí, señor, sí.

—Lo elevo al rango de Reichsleiter mientras permanezca en Italia.

—Un honor, señor.

—Ningún honor. Es una tarea compleja, además de una gran responsabilidad. De usted depende que nuestros aliados se endurezcan y sirvan como corresponde al Reich y a su propio país, aunque no sean capaces de darse cuenta.

—Sí, señor, sí.

—¿Comprende la trascendencia de lo que le estoy pidiendo?

—Moriré por ello si hace falta, señor.

—Bien. Mantenga informado al Reichsführer Himmler de sus avances.

El Duce había enviado a Mazzola y Neri a coordinar los detalles más delicados de la alianza que acababa de proponerle a Adolf Hitler durante la visita de este al Reino de Italia. Mussolini se había encargado personalmente de pasear al Führer por las ciudades de Nápoles y Florencia, y por supuesto Roma, que había engalanado como en tiempos de los Césares.

Hitler había vuelto a Berlín con sentimientos encontrados. Por una parte, comprendía la importancia de estrechar sus relaciones con Italia más allá del tratado de amistad de 1936, donde ambos países anunciaban que integrarían un Eje, alrededor del cual orbitarían las demás naciones de Europa. Pero la mala impresión que le generaban Mussolini y los italianos se había agravado durante esos siete días. Para comenzar, le había quedado claro que sus anfitriones estaban mostrándole escenarios de utilería, construidos para la ocasión. Una representación de *Lohengrin* en un Foro Romano iluminado como una lámpara incandescente. La Stazione Termini, ubicada junto a un barrio miserable y maloliente, con rastros de haber sido pintada la noche anterior. Edificios que se derrumbaban por viejos y sucios, disimulados con inmensas banderas rojas con esvásticas, cruces, hachas, águilas y retratos del Führer y el Duce.

—Cuidado con los fascistas —había advertido Hitler a sus jerarcas, luego de despegar del aeropuerto de Roma—. Se hacen los duros, pero son como gallinas de corral. Gritones, alborotadores, exagerados, aspaventosos. Basta que aparezca un gallo para que inclinen la cabeza o huyan despavoridos.

Toda la comitiva alemana había festejado la gracia.

—No es broma —había dicho secamente el Führer—. Tendremos que enseñarles lo que es luchar de verdad. La vida estoica que exige nuestra misión, incompatible con la vida relajada y de placeres que tanto les gusta.

El Generalmajor Heiden se removió en su sofá sin quitar la vista del coronel Mazzola y del teniente coronel Neri. Había en ellos algo más que un ridículo contraste: los dos hedían. Incluso desde su sofá, a cierta distancia, pudo sentirlo y estuvo por reír, pero se contuvo recordando dónde estaba, qué cargo ocupaba, qué misión cumplía.

—¿Estos son? —preguntó al traductor sin mirarlo, con el desprecio en la voz—. ¿Está seguro?

El traductor, un veronés de voz chillona y actitud ansiosa, asintió y enrojeció de vergüenza. En la larga semana que llevaba trabajando para Heiden, había atestiguado varios papelones de sus compatriotas, incapaces de mantener el decoro y la compostura delante de los altos dignatarios alemanes. Como si leyera su pensamiento, el rollizo teniente coronel Neri dio un paso al frente, forzó una postura erguida, levantó su corto brazo y, con la voz quebrada por un gallo, chilló:

—*Heil Hitler!*

El traductor cerró los ojos y negó con la cabeza.

—*Salute il Duce!* —se sumó el cadavérico Mazzola, con el brazo derecho erguido como una rama seca.

El traductor estuvo a punto de soltar una lágrima. Por su parte, Heiden decidió tomárselo con filosofía. Se levantó con un movimiento atlético que sacudió las insignias que cubrían la pechera de su uniforme e hizo ostensible su corpulencia taurina. Se aproximó lentamente a Mazzola y a Neri, dedicándoles una mirada de curiosidad. Cuando los tuvo cerca, se giró sobre sus talones, se llevó las manos a la espalda y empezó a caminar en círculos por el salón.

—Quiero que estos señores entiendan lo que voy a decirles palabra por palabra —dijo al traductor—. Adviértales que lo diré una sola vez y déjeles claro que no soporto perder el tiempo.

Las instrucciones fueron transmitidas, pero no parecieron impresionar a los enviados de Mussolini. Dichas por el Generalmajor, las palabras eran una amenaza. En cambio, en el italiano atiplado del traductor, no sonaban amenazantes, sino más bien ridículas. De hecho, a Neri se le escapó una risa que intentó disimular con un estornudo. Por esta vez, Heiden prefirió no darse por enterado:

—Supongo que estarán al tanto de las implicancias del tratado que, en breve, firmarán nuestros gobiernos —dijo—. La alianza en caso de guerra. El programa de propaganda a través del cine y la prensa. Los centros de detención para nuestros enemigos. El servicio de empleo, que hará que en Italia y Alemania no queden hombres sin trabajar. Los programas de socorro invernal. Las leyes sobre los judíos. —Se detuvo un instante, esperando a ser traducido—. ¿No es así, señores?

—Sí, Generalmajor Heiden —dijo el coronel Mazzola, sin parpadear—. Estamos al tanto de las implicancias del Pacto de Acero.

—De lo escrito y de lo no escrito —añadió Neri. Se hizo un largo silencio en el salón.

—¿Acaso hay algo adicional que quiera compartir con nosotros, teniente coronel? —preguntó Heiden.

—Bueno... —dudó Neri y se volvió hacia el traductor, que le sostuvo la mirada.

—Adelante, por favor —lo animó Heiden—. Estamos condenados a trabajar juntos, de modo que más nos vale empezar a confiar entre nosotros.

—Me refiero a los detalles secretos. —Neri calló, pensó—. *Il testo invisibile.*

—El texto invisible, qué concepto tan interesante —dijo Heiden—. Si no sabe cómo explicarse, permítame darle una sugerencia: dígalo y ya.

Incluso Mazzola contemplaba con desdén a Neri, que ignoró las miradas y mantuvo la compostura:

—Me refiero a que los judíos no son nuestro único objetivo, ¿verdad? —dijo por fin—. También los rojos, los socialistas, los anarcosindicalistas, los republicanos españoles... —Hizo una pausa, esperando la aprobación de Heiden.

—Siga, por favor —dijo este—. No se imagina el favor que me está haciendo.

—Y los gitanos, francmasones, testigos de Jehová y vagabundos —dijo Neri, animado por las palabras del Generalmajor—. Sin olvidar a los enfermos mentales, deficientes, malformados y mujeres que se niegan a tener hijos o que, por su empeño en trabajar, le quitan el sueldo al marido, al padre o a un joven que realmente lo necesita. Y, lógicamente, a los depravados e invertidos.

—Veo que es una persona enterada y sincera, Oberstleutnant Neri —dijo Heiden, levantando las cejas—. Dos virtudes fundamentales para cumplir la difícil tarea que nos han encomendado.

—Todo el mérito es del coronel Mazzola, que es un gran estudioso del trabajo que los nazis vienen haciendo por su país —dijo Neri.

Mazzola se sonrojó. A Heiden no le quedó claro si se sentía abochornado o halagado por las palabras de su compañero.

—¿Ha terminado sus explicaciones, teniente coronel? —dijo.

Neri afirmó con la cabeza.

—Le agradezco haberme allanado el camino —dijo Heiden—. Precisamente, quería hablarles de todo esto.

Se dirigió al mueble que hacía esquina en el salón y lo abrió, dejando a la vista un completo muestrario de botellas de bebidas. Recogió cuatro vasos, les echó unos cubos de hielo, los llenó de whisky y los repartió a los demás, quedándose con uno. Hizo un brindis y todos bebieron un primer sorbo.

—Vamos al punto —dijo entonces Heiden—. Ustedes saben que la función de los burócratas es escribir las leyes que los policías y jueces se encargan de hacer cumplir. Lo que nosotros vamos a hacer está en otro plano. Es más fino, más delicado.

El Generalmajor se concedió unos segundos para pensar bien lo que iba a decir:

—¿Alguno de ustedes guarda objetos de valor en su casa? —dijo entonces.

—Si tengo, seguro que no es mi mujer —quiso bromear Neri. El coronel Mazzola y el traductor intercambiaron miradas.

—Teniente coronel —resopló Heiden—, comprendo que sufre de incontinencia verbal, pero no abuse, por favor.

Heiden se mantuvo unos segundos en silencio y, cuando quedó claro que Neri no volvería a abrir la boca, retomó la palabra:

—¿Saben quiénes sí tienen sus casas llenas de objetos valiosos? —Su tono de voz se oscureció—. Los judíos. Y no solo dinero, collares o anillos con piedras preciosas. También muebles, lámparas, relojes, libros. O arte. Objetos que, para la gente común, serían trastos inútiles, pero por los que un entendido podría pagar una fortuna.

Viendo el efecto que causaba en los oficiales de la Sicurezza Nazionale, Heiden levantó la voz:

—Tenemos la tarea de encontrar esas piezas y ponerlas al servicio de nuestra causa. Pensemos en ellas como un impuesto especial, que contribuirá a construir la sociedad nueva imaginada por nuestros líderes...

El Generalmajor Heiden volvió a su sofá, removió el vaso de whisky y lo terminó de un trago.

—Ahora bien —bajó la entonación—, a los judíos es fácil encontrarlos. Sabemos a qué se dedican, cómo ganan su dinero, cómo tejen sus emporios. Basta visitar una joyería, un banco o una casa de empeños para encontrarlos frotándose las manos, como cucarachas. El reto es llegar a los demás. ¿Saben que hay comunistas que coleccionan arte? Tienen mal gusto, pero se las ingenian para que sus mierdas valgan dinero.

Clavó los ojos en el traductor:

—Lo mismo que los invertidos —remató—. Estos no sabrán cómo hacer hijos, pero conocen hasta lo que no está escrito de eso que llaman «arte de vanguardia».

A Neri se le escapó una carcajada que acabó contagiando al coronel Mazzola y al propio Julius Heiden. El único que permaneció serio fue el traductor, que se esforzaba por interpretar las palabras del jerarca nazi.

—¿Comprenden a dónde quiero llegar? —preguntó Heiden.

—Perfectamente —dijo Mazzola.

—Claro como el agua —levantó su vaso Neri.

—No queremos maltratar a nadie —sonrió Heiden—. Solo demostrar que Italia sigue la estela de solidaridad y sacrificio del Reich. ¿Conocen el programa de ahorro que ha puesto en marcha el ministro Göring?

Los dos oficiales fascistas negaron con la cabeza.

—Chicos de secundaria que van de casa en casa recolectando desde objetos de hierro, acero o aluminio hasta tubos de pasta dental vacíos, para ayudar a cubrir las necesidades energéticas del país —explicó Heiden—. Si un estudiante hace eso, ¿qué no deberían hacer los rojos y los maricas por la patria que les da de comer?

El Generalmajor se volvió a levantar y recogió los vasos. El teniente coronel Neri interpretó el gesto como una despedida e irguió el cuerpo preparándose para soltar otro sonoro *Heil Hitler*. Pero Heiden se lo impidió:

—Como es lógico, este trabajo queda entre ustedes y yo. O, lo que es más exacto, entre el Führer y el Duce. Ya tenemos bastante mala prensa como para arriesgarnos a que, además, nos llamen ladrones o extorsionadores. —Todos asintieron con gravedad—. No se trata de una misión secreta, sino de algo sobre lo que no se puede hablar porque, esencialmente, no existe. ¿Saben lo que quiero decir?

Los dos oficiales fascistas asintieron y, como si se hubieran puesto de acuerdo, respondieron al mismo tiempo:

—*Capito.*

13.

«BIENVENIDOS A NUEVA GERMANIA».

El cartel se extendía sobre la carretera, entre dos torres de diseño medieval como las de un castillo o una fortaleza. Incluso tenían ventanas para los centinelas, aunque, más allá de ese portón, no hubiera ningún reino que cuidar. De hecho, no se veía nada más que una infinita llanura arbolada.

—¿Y no será posible investigar más cerquita de la ciudad, comisario?

—Trescientos kilómetros tampoco son tanto, Gutiérrez.

—Porque no conduce usted...

Tobosa dejó pasar el comentario. Comprendía que el sargento Gutiérrez comenzara a cansarse de este caso que tan poco les importaba a sus superiores y en el que tanto tiempo y esfuerzo venían invirtiendo. Algún desahogo se debía permitir.

No compartía, sin embargo, el desánimo de su ayudante. Resolver la muerte del alemán se había vuelto un reto personal, además de una aventura que le había dado unas emociones que creía perdidas en su vida. Sospechaba que muchas de sus claves debían hallarse, precisamente, detrás de ese portal de inspiración caballeresca. Incluso el nombre del distrito, Nueva Germania, remitía a historias y mitos antiguos. En lo más hondo de sí, Tobosa sentía que se acercaba a un descubrimiento importante, a un giro inesperado en su propia historia personal.

En honor a la verdad, no es que el lugar se viese especialmente germánico. Desde el auto parecía una zona agropecuaria como cualquier otra en Paraguay, sembrada de mate y plátanos, con un centro urbano diseminado alrededor de la carretera. Aun así, impermeable al desaliento, Tobosa celebró el hallazgo de la municipalidad como si se tratara de un tesoro exótico.

—¡Es aquí!

—Sí, comisario —resopló Gutiérrez—. Aquí mismo.

Estacionaron, bajaron del auto y entraron al edificio cuadrado, de color melón. Tras el único escritorio del recibidor, una señora de aspecto ensimismado apretaba las teclas de una antigua máquina de escribir.

—Buenos días...

La mujer dedicó una leve mirada a los recién llegados. Tras decidir que no eran importantes, quiso despacharlos diciéndoles:

—Si vienen a hacer turismo, hay folletos informativos ahí...

En toda la habitación solo había otra mesa, así que era imposible equivocarse. Por curiosidad, Tobosa recogió uno de los folletos y lo hojeó al azar. Era la publicidad de una triste posada. Nueva Germania parecía ser un lugar de paso, la única razón para visitarla era estar de camino a otro lugar.

—Somos policías —informó con una mezcla de cortesía y firmeza, en un intento por atraer la atención de la mujer, quien se limitó a suspirar—. Estamos investigando el asesinato de dos personas. Aunque no vivían aquí, provenían de Nueva Germania, y sospechamos que la razón del crimen es antigua. Así que necesitamos conocer su historia.

Le mostró las fotos que habían tomado a los documentos y a los retratos familiares de los Von Bulow. Nada más calzarse los lentes y ver la primera imagen, la mujer soltó un grito:

—Pero ¿cómo no vamos a saber quiénes son? Aquí no se ha hablado de otra cosa este mes.

—¿Qué nos puede contar de ese señor? —intervino Gutiérrez, harto de la conversación.

La mujer ignoró la descortesía en el tono de voz del sargento:

—Muy poco —dijo—. Aquí todos nos conocemos más o menos. Tenía unos años más que yo y no hablaba mucho con nadie. Eso sí, recuerdo que asistía a la iglesia luterana. A lo mejor, el pastor puede contarles algo. Es muy mayor...

Y al decir esto, con otro gesto, dejó claro que se consideraba extremadamente joven.

—Gracias, señora. —El comisario Tobosa dio por concluido el encuentro, evitando una nueva impertinencia de Gutiérrez.

Por suerte, las distancias en Nueva Germania eran cortas. Apenas unos minutos después, siguiendo las instrucciones de la mujer, ambos policías llamaban a la puerta de una vivienda de aspecto más noble que las demás, con dos pisos, ventanas ojivales y aires de la Europa del siglo XIX. Les abrió la puerta un anciano robusto con la nariz roja y rugosa, y un pelo liso y blanco en el que aún brillaban mechones rubios.

—¿Es usted el pastor?

—Rómulo Stavenhagen, para servirlos —dijo con una sonrisa, mostrándoles el interior de la casa y, sin preguntarles quiénes eran, añadió—: ¿Les ofrezco una cerveza? La hago yo mismo...

Parecía haberlos estado esperando ansiosamente para tomar unas copas. Quizá llevaba varias encima, lo que explicaba su nariz encarnada, su fraseo pastoso y sus ganas de hacer nuevos amigos. Tobosa rechazó el ofrecimiento por estar de servicio, pero no se atrevió a regañar a Gutiérrez cuando él aceptó.

Mientras el pastor llenaba dos vasos de cristal tallado, el comisario explicó la razón de su visita. Al igual que la secretaria municipal, Stavenhagen había leído en los periódicos todo sobre el asesinato de Johann von Bulow. Pero, a diferencia de ella, recordaba bien al muerto o, al menos, al adolescente larguirucho, tímido y aficionado al arte que había sido alguna vez.

—Una tragedia, la vida de ese joven —dijo el pastor—. Me temo que solo podía acabar como acabó.

—¿Se metía en problemas? —quiso saber Tobosa—. ¿Maltrataba a los demás chicos? ¿Los otros chicos lo maltrataban a él?

—Yo diría que era un buen muchacho... —recordó el viejo— con un mal padre. El señor Von Bulow tenía una idea de la disciplina muy estricta. Quería que tuviera notas excelentes, que fuera un atleta olímpico, que hablara cinco idiomas... Johann tenía un desempeño general notable, incluso sobresaliente, pero nunca era suficiente...

Gutiérrez saboreó su cerveza con aire distraído. Tobosa asumió que estaba solo en este interrogatorio, en este caso, en el mundo.

—Entonces, déjeme preguntarle por el padre de Von Bulow. ¿Era anticuario también? ¿A qué se dedicaba?

El pastor dejó escapar una sonrisa que primero pareció dulce, pero rápidamente se volvió burlona.

—¿A qué se dedicaba Julius von Bulow? Aquí no hay muchas opciones. Solo hay tierra. O te dedicas a cultivarla o te vas.

—Así que la familia siempre se dedicó a eso...

—Supongo. Julius fue el primer Von Bulow de Nueva Germania. Él era alemán. De hecho, nunca aprendió español. Únicamente hablaba su idioma y solo contrataba a trabajadores que lo hablaran. Aunque ellos a su vez podían contratar a otros, claro, con tal de que Julius no tuviese que hablarles. Ya les digo que era un hombre de reglas muy estrictas...

—¿Cuándo llegó aquí?

El anciano se levantó pensativo y se sirvió otra cerveza, momento que Gutiérrez aprovechó para pedirse una también. Parecía haber olvidado la pregunta cuando volvió a su lugar, cerró los ojos y comenzó a hablar, como transportado a una época lejana:

—Déjeme ver —dijo—, Julius ya estaba aquí en mis primeros recuerdos, y era mayor que yo. Nunca tuvo pareja hasta que encontró a la que llamaba «la mujer perfecta», así que se convirtió en padre muy tarde en la vida. Eso fue...

—A mediados de 1970, poco antes del nacimiento de su hijo —completó Tobosa.

—Eso, en 1970. De modo que, como tarde, debió haber llegado a Nueva Germania en los años cincuenta...

—¿Y dice que solo se casó cuando encontró a la mujer perfecta? ¿Qué significaba «perfecta» para Julius von Bulow?

—Alemana. De padre y madre. De hecho, los padres eran amigos de Julius y les costó aceptar ese matrimonio. Pero también sentían esa adoración por la patria, así que, de algún modo, consideraban a su yerno un buen partido. Era una familia germánica perfecta: todos eran rubios y hablaban el idioma como nativos...

—¿Cómo es que hay aquí tantos alemanes? —preguntó Tobosa—. ¿Cómo es que hay alemanes que no nacieron en Alemania?

Echó un vistazo a Gutiérrez y lo alivió descubrir que su subordinado solo estaba concentrado en su cerveza.

—Entonces, ¿usted no conoce la historia de este lugar? —dijo el pastor.

—Lamentablemente, no.

—¡Teníamos que haber empezado por ahí! Nueva Germania fue fundada a finales del siglo XIX por una colonia de alemanes que querían conservar la raza pura. Por entonces, la Bolsa de Viena había sufrido un crac que había producido una gran crisis económica, al mismo tiempo que llegaba una fuerte migración de judíos que huían de Rusia. Algunos ideólogos nacionalistas, como el compositor Richard Wagner, llegaron a la conclusión de que Europa se hallaba bajo control judío, y que los alemanes debían buscar un nuevo espacio lejos de sus fronteras para sobrevivir. Paraguay, por su parte, había sido arrasado en la guerra contra la Triple Alianza, así que necesitaba con urgencia inmigrantes que lo repoblaran. Era el lugar perfecto para llegar a un acuerdo con el gobierno y emplazar una colonia. Así que hasta aquí llegaron el agitador antisemita Bernhard Förster y su esposa, Elisabeth Nietzsche, la hermana del filósofo...

Tobosa asintió fingiendo que sabía de quiénes hablaba el pastor, pero tomó nota mental de averiguarlo más adelante. Antes de seguir, el viejo vació su copa. Se hallaba tan entretenido con su narración que no se sirvió otra:

—Con esos dos locos llegaron a Paraguay algunas decenas de familias. Pero, por supuesto, el proyecto era absurdo y fracasó. Los que llegaron no eran agricultores, ni encontraron una tierra fácil de labrar. Tampoco fueron tantos como para formar una colonia estable... Y, por cierto, en cuanto vieron a las preciosas guaraníes, la pureza de sangre les importó un rábano. Al final, Förster se suicidó, Elisabeth regresó a Alemania para aprovecharse de su hermano enfermo y Nueva Germania se convirtió en un pueblo normal... Solo que con muchos alemanes. La gente de aquí conserva el idioma, y algunas familias aún son rubias. Pero la mayoría está bastante mezclada.

Tobosa no sabía demasiado de historia, pero consiguió atar cabos con algunas de las cosas que llevaba oyendo en los últimos días.

—Entonces... Aquí deben haber venido muchos nazis después de la guerra, ¿no?

Esta vez, una sombra de descontento atravesó el rostro del pastor.

—Sepa usted que nunca se ha podido encontrar un bastardo nacionalsocialista refugiado en este pueblo —gruñó—. Nueva Germania no es un proyecto racista, sino el fracaso de un proyecto racista.

—Usted perdone, pero por lo que cuenta, por la fecha de su llegada y sus ideas, si hubo algún nazi, ese pudo haber sido Julius von Bulow...

El pastor se encogió de hombros.

—Bueno, jamás le vi una esvástica o una mano alzada. Es verdad que era racista y nostálgico de las glorias pasadas, pero así es mucha gente sin carnet de ningún partido. Yo no puedo decir que hablase de política. Sin embargo...

—¿Sí?

—Hay que admitir que decía algunas cosas raras...

—¿Podría decirme cuáles?

—Solía jurar, cuando se pasaba con las cervezas, que algún día volvería a Alemania, y que guardaba un tesoro que ayudaría a reconstruirla. Me llamaba la atención porque era muy tacaño, no me lo imaginaba gastando dinero en semejante empresa. Siempre sospeché que, simplemente, se había quedado con la imagen de la posguerra, porque, por más que le costara adaptarse a este país, nunca volvió al suyo. Ah, bueno, también hablaba de ese violín.

—¿Ese violín? —dijo Tobosa, abriendo mucho los ojos, incapaz de contener su emoción.

—Parecía loco hablando de él, contando que tenía la facultad de proteger a su dueño. Hasta decía que lo había salvado de la guerra. Pensaba usarlo para liberar Alemania, junto con su tesoro escondido. Como le digo, era un hombre complicado.

—Todo esto es muy interesante, pastor —dijo el comisario, mientras la imagen del Stradivarius serpenteaba en su memoria—. Muy interesante. Pero dígame una cosa: ¿qué pasó entre él y su hijo? Usted habló de una tragedia...

Aquí, el pastor bajó la cabeza, como dándose el pésame por una pérdida personal.

—Las relaciones entre esos dos fueron pésimas, sobre todo después de que el chico se hizo mayor de edad y quiso, como es lógico, ser dueño de su vida. Soñaba con irse a Buenos Aires o a Río de Janeiro, donde había mejores negocios y más razones para vivir. Julius no lo entendía. Quería a su hijo apegado a la tierra y a sus propias fantasías nacionalistas. Las peleas entre ambos podían ser muy violentas, incluso llegar a los golpes. Yo he tenido aquí a Johann contándome las barbaridades de su padre, que, como castigo, lo hacía trabajar días enteros o lo obligaba a dormir con los caballos. Por eso, ya con veintitantos años, Johann se vengó. Le hizo a su padre lo peor que podría haberle hecho.

—¿Qué?

—Se enamoró de una morocha paraguaya de Areguá. Una chica bonita, encantadora...

Tobosa recordó la foto de la mujer hallada en la casa y la que tenía ahí mismo, guardada en el bolsillo, y no le costó terminar la frase del pastor:

—Que no era alemana...

—Ni por asomo. La chica terminó quedándose embarazada y, a partir de entonces, comenzó una secuencia de desgracias.

Por primera vez, Gutiérrez estaba atento a la conversación. Fue él quien preguntó, en vez de Tobosa:

—¿Cuáles desgracias?

—Para empezar, Johann huyó con la chica encinta —respondió el pastor—. Pero es que además, antes de partir, se robó buena parte de la fortuna del padre, la que decía guardar para salvar Alemania. Nunca me quedó claro qué robó exactamente. ¿Acciones? ¿Bonos? El viejo decía que se había llevado todo lo que tenía algún valor. Incluso su violín. Especialmente su violín. No paraba de lamentar lo del maldito violín...

—Debía ser muy importante...

—¿Más que su nieta? Johann nunca permitió que su padre la conociera. Y, sin embargo, así como recuerdo al viejo Julius lamentándose por su violín, no recuerdo haberle oído nunca añorar a la chica, que era sangre de su sangre. Supongo que no la consideraba enteramente suya, por ser mestiza. Quizá, hasta la culpaba de lo que pasó después...

Se ponía el sol. El comisario Tobosa empezó a preguntarse cómo volverían por esa carretera de noche, con Gutiérrez conduciendo después de haber bebido. De todos modos, no podía dejar de preguntar:

—¿Qué pasó después?

—A los pocos meses de la partida de Johann, incapaz de soportar la vida junto a un hombre amargado y delirante, la esposa de Julius von Bulow se suicidó.

—No puede ser...

—Johann odiaba y temía tanto a su padre que no vino a las exequias. El viejo se murió un par de años después, sin duda intoxicado con su propio veneno. Y, en todo ese tiempo, no dejó ni un día de decir que lo había perdido todo: su país, su familia, su riqueza y su violín. La verdad, nunca entendí lo del violín. Pero ya le he dicho, y supongo que a estas alturas ya entiende por qué lo digo: Julius von Bulow era un hombre muy complicado...

14.

El segundo apellido de Michele Stefanoni era Edelbach y, aunque nunca lo había empleado ni aparecía en sus documentos, comenzaba a ser un problema. Su mujer no perdía ocasión de recordárselo. Se lo repetía cuando se encontraban al final del día y también a la mañana siguiente, mientras le servía el café del desayuno. Viuda y diez años mayor que él, a Ida Archinard no le importaba sonar impertinente.

—¿Otra vez con eso, mujer?

Ida entrecerró los ojos y apretó los labios. Se marchó a su habitación y volvió con un abultado sobre entre las manos.

—Mira, Mico —le dijo—. Me los consiguieron en la *Uma*.

Del sobre extrajo varios papeles que desplegó como un abanico sobre la mesa. Eran ediciones recientes del tabloide alemán *Der Stürmer*.

Mico les echó una ojeada. En todas las portadas aparecía la grotesca caricatura de un judío de nariz abultada realizando algún acto reprobable. La que más lo estremeció ocupaba una primera página íntegra. En ella, el judío había empalado a una chica rubia con un espetón y la hacía girar sobre unas brasas ardientes. En su expresión se mezclaban la gula y la lujuria.

«Mujer aria, los judíos son tu destrucción», se leía al pie de la imagen. Y más abajo, en el faldón del diario, aparecía un anuncio donde el Reich llamaba a las jóvenes a unirse a la Bund Deutscher Mädel, la Liga de Muchachas Alemanas.

—Madre mía —dijo Mico—. ¿De verdad tenemos que desayunar con estos titulares?

—También podemos taparnos los ojos y seguir ignorando lo que está pasando —dijo Ida.

—Lo que está pasando en Alemania —aclaró Mico—. En Italia no se persigue a los judíos.

—Se los persigue en Checoslovaquia, Polonia, Bélgica, Holanda... —dijo Ida—. Y en Italia, aunque no quieras verlo.

—Son exageraciones de la gente.

—¿Ah, sí? —dijo Ida—. ¿Y qué me dices de tu madre?

—Nació en Austria y vivía en Salzburgo —dijo Mico, repentinamente desanimado.

—¿Y por qué no se quedó a vivir con nosotros? ¿Por qué tuvo que marcharse a Nueva York?

Mico permaneció callado. Quería ganar tiempo para que acabara ocurriendo lo que otras tantas veces: que su mujer mirara el reloj, viera que se le hacía tarde para llegar al trabajo —el último que había conseguido, como dependienta en una tienda de telas— y dejase la conversación para más adelante. Pero esta vez no iba a tenerlo tan fácil.

—¿Hace cuánto que no tienes un trabajo como te mereces? —insistió Ida—. Primero parecía casualidad, mala suerte, hasta te reías. ¿Cómo era tu frase? «La mala racha que tarde o temprano golpea la puerta del músico». ¿Recuerdas? Pero ya no. ¿Acaso no has notado que la gente se te queda mirando, que cuchichea a nuestras espaldas?

—La gente siempre ha hablado de nosotros, mujer.

—Pero por otras cosas, Mico. El joven más apuesto, listo y mejor educado de la Crocetta di Torino, casado con una vieja *terrona napoletana*, que para colmo es viuda y no le da hijos. —Lo abrazó y pegó su cara—. Ahora te miran como a un condenado. Como a un enfermo de tisis o un criminal que mañana llevarán a la horca.

—¿Y no será por ti, por tus amigos anarquistas y tus viajes sospechosos?

Ida decidió ignorar ese golpe bajo.

—A mí me dan trabajo, Mico —le respondió con paciencia—. Me saludan en la calle, puedo comprar en el mercado, nadie rehúye mi mirada. Tú pasaste de tocar en el Teatro Regio a tener que dar clases particulares a niños. Y ahora, ni eso. Las madres prefieren contratar a cualquier mediocre si su tarjeta lo certifica como «músico italiano».

—¡Pero yo no soy judío! —se desesperó Mico—. Y a pesar de su ascendencia, mi madre tampoco lo es. Es católica, está bautizada, se casó por la iglesia, encima es devota de San Ruperto. Es demencial...

—Exacto, Mico. Demencial. La pesadilla de un loco. Pero real.

Ida se inclinó sobre los *Der Stürmer* abiertos sobre la mesa y comenzó a pasar las páginas. Por fin, encontró lo que buscaba. Dobló un ejemplar por el lomo y puso un largo texto delante de Mico. «La impostergable tarea del Duce», anunciaba el titular. Era una arenga para que Mussolini no tardase en abrir campos de detención como los que proliferaban en Europa Central, donde se confinaba a los «enemigos de la alianza», encabezados por la «poderosa comunidad judía, un peligro para la seguridad política, económica y militar, y una amenaza de corrupción de los valores morales de nuestro pueblo».

Mico se hundió en su silla.

—No me digas que hay gente que lee esta basura —dijo.

—Para empezar, Hitler y Goebbels, amigos de Julius Streicher, director del diario y autor del instructivo artículo que acabas de leer —dijo Ida—. Y cada semana, seiscientos mil alemanes. Sin contar a los que lo ven en los puestos ambulantes, en las vitrinas de las estaciones de tren o frente a las paradas de los autobuses. Ni los ejemplares que van fuera de Alemania o los que van pasando de mano en mano, como estos.

Mico soltó un suspiro, se tapó el rostro con las manos.

—Este tipo, Streicher, ha conseguido que toda Alemania sea como una enorme Núremberg —le dijo Ida, en un susurro—. Ciudades como Colonia, Hamburgo, Berlín, que no compartían el grosero antisemitismo del sur, han ido multiplicando los saqueos y linchamientos de gente inocente. «Cuando Streicher llama a un pogromo, huye de allí». Eso mismo hace este artículo, solo que para la Italia del Duce. Y este mequetrefe está dispuesto a comerse una bandera nazi si el Führer se lo manda.

Ida se lo quedó mirando, tranquila y firme, pero con ojos suplicantes.

—Déjame pensarlo —dijo Mico, por fin—. Esta vez lo haré en serio, te lo prometo.

—¿Cuándo me dirás algo?

—Esta noche —dijo Mico—. ¿Te parece?

—Me parece perfecto, Mico.

Ida sonrió, enfiló hacia la puerta y, a mitad de camino, se detuvo a lanzarle un beso de despedida a su esposo. Antes de que cruzara el umbral, Mico la llamó.

—Gracias —le dijo.

—No —le dijo ella—. Gracias a ti.

Pero esa noche, Ida no volvió a tiempo para la cena. Mico supuso que, como le sucedía cada vez con mayor frecuencia, se le había hecho tarde en la *Uma*. Así era cómo ella y sus compañeros de la Unione Sindacale llamaban a la casa del poeta y revolucionario Nino Beanato, donde se encontraban a maquinar acciones contra el gobierno. El nombre era un homenaje a *Umanità Nova*, el periódico anarquista fundado por el desaparecido Errico Malatesta que, tras varios intentos de censura, había sido clausurado cuando los fascistas se habían hecho con el gobierno y que Beanato estaba decidido a devolver a las calles.

Parecía más cerca que nunca de lograrlo. Luego de muchos esfuerzos, el poeta por fin contaba con un grupo de colaboradores fiables. Tenían la voluntad y una red de contactos que incluía a escritores, fotógrafos y distribuidores en todo el país. Hasta se habían agenciado una imprenta manual. Solo les faltaba tinta y papel: dos bienes tan racionados por el Duce que comprarlos en las cantidades necesarias los habría delatado.

Ida llevaba años como enlace clandestino entre Turín y Roma, primero para la Unione Sindacale y después para la *Uma*. Viajaba como hiciera falta para transportar documentos, consignas o planes de acción. Solo tenía una excepción:

Nápoles, adonde no pensaba volver. Allí había crecido, se había casado, y los fascistas habían matado a su primer marido, en un supuesto accidente que prefería olvidar.

Nino Beanato admiraba su valentía, su serenidad y su estoicismo. También su empeño para aprender y profundizar en las ideas anarquistas. No era frecuente encontrar a una mujer así. Jamás lo admitiría, pero le había tomado cariño. Consciente de ello, Ida sabía que podía pedirle cualquier cosa. Por ejemplo, algo que había visto hacer a Beanato con una paciencia y una maestría asombrosas: emplear la imprenta manual para falsificar documentos de identidad para que familias judías de toda Europa, como la propia madre de Mico, pudieran vivir tranquilas, incluso marcharse a América.

Mientras esperaba a su mujer, Mico preparó unos huevos con panceta a la sartén y los sirvió con una rebanada de pan negro y una taza de café. Se sentó en su sillón favorito y puso la radio. Prefería evitar las noticias y encontró una emisora que alternaba oberturas de Rossini y Alessandro Scarlatti con piezas de músicos modernos como Renato Carosone. Al cabo de un rato, se quedó dormido.

Lo despertó un alboroto que venía desde afuera. Un automóvil hizo chirriar los neumáticos al entrar en la calle y se detuvo con un frenazo a pocos metros de su casa. Mico salió a ver qué pasaba.

Del vehículo bajaron cuatro tipos, que barrieron la calle con la vista. Dos iban vestidos con impecables trajes a la moda y los otros con uniformes de policía. Estos volvieron al auto y sacaron a una mujer que apenas se sostenía en pie. Estaba descalza, tenía la ropa desgarrada y los brazos y piernas cubiertos de heridas que sangraban. Pero lo peor era su cara, tan hinchada y rota que Mico fue incapaz de reconocerla. Solo supo quién era cuando se acercó y distinguió su anillo de compromiso, que no se quitaba nunca.

—Dios santo, Ida —dijo, mirando a los agentes—. Por Dios, ¿qué ha pasado?

—¿Michele Edelbach? —preguntó uno de los hombres de traje. Era bajo, regordete, sostenía un puro apagado entre los dientes y no podía dejar de sonreír.

—Stefanoni, señor —dijo Mico—. Me llamo Michele Stefanoni.

—¿Hijo de Sophia Edelbach?

—Sí.

—Edelbach, entonces. Michele Edelbach.

—Su condición semítica es evidente —dijo con desprecio el otro hombre de traje, tan largo y huesudo que parecía un esqueleto de una clase de anatomía.

—Perdone, señor, no soy judío —explicó Mico—. Soy católico e italiano, nacido en Turín. Eso se los puedo demostrar luego. Ahora les ruego que me digan, por favor, qué le ha pasado a mi esposa.

—De modo que esta zorra comunista está casada contigo —dijo el hombrecillo del puro y la sonrisa petrificada.

—Más respeto, señor —dijo Mico—. Mi mujer no es comunista.

—Ah, la zorra no es comunista. Como tú tampoco eres judío. Digamos entonces que yo tampoco me apellido Neri.

—Ni yo Mazzola —añadió el hombre alto y esquelético.

Intercambiaron miradas y se rieron como adolescentes. Mico cayó en la cuenta de algo en lo que no había reparado hasta entonces. Debajo de sus lustrosos trajes a rayas, ambos llevaban camisas negras.

—Pasen, por favor —suplicó, señalándoles la puerta—. Los invito a tomar algo. Seguro que no tardaremos en arreglar este malentendido.

Se acercó sin esperar a que le respondieran y cargó a su mujer, que soltó un gemido. Entró a la casa, la acostó en su cama y le hizo tomar un sorbo de agua.

—Déjame que yo arregle esto —le dijo al oído, mientras extraía suavemente el anillo de su dedo.

Cuando salió de la habitación, se encontró a los cuatro hombres, que lo esperaban repartidos en los sillones del salón y lo miraban con curiosidad.

—¿Desean tomar algo los señores? —preguntó, dejando el anillo en la mesa de centro—. No tengo mucho. Vino de l'Abruzzo o grapa.

—Estamos de servicio —dijo uno de los policías.

—Nosotros también —añadió el teniente coronel Ugo Neri, divertido. Se sacó el puro apagado de la boca y lo sacudió delante de Mico—. ¿Sabes una cosa, Edelbach? A ti hemos llegado de carambola. Te teníamos en la lista de futuras visitas, pero muy abajo. Venimos desde Roma, ¿sabes? Un viaje largo y pesado, pero que ha merecido la pena. La que nos ha traído hasta aquí antes de tiempo es la zorra de tu mujer. Ha sido nuestro amuleto de la suerte. Dos en uno. Tres, con el mierda ese de Nino Beanato.

—Un buen golpe —confirmó Tarcisio Mazzola.

—Mi esposa está grave —dijo Mico con un hilo de voz, dirigiendo la mirada al anillo de compromiso, coronado por un pequeño diamante—. Permítanme llevarla al hospital.

—Edelbach nos quiere corromper. —Neri soltó una risa—. ¿Ha visto, coronel Mazzola?

—Típico de los judíos.

—Demasiado tarde —dijo Neri—. Quizá hace un mes hubiéramos aceptado el anillo. Pero entonces solo te buscábamos por judío. Ahora que sabemos que eres judío y comunista, como tu esposa...

Mico lo miró con desprecio.

—Comunista no —dijo—. Anarquista.

—Anarquista, comunista, bolchevique. ¿Qué más hay, coronel Mazzola?

—Bueno, suficiente plática. —Neri volvió a reír—. Tenemos un recorrido largo por delante y, como nos sentimos comprensivos, te damos cinco minutos para que arregles las cosas que tu esposa y tú necesitan para el camino...

Mico despertó y el recuerdo de los días pasados desde su detención se abatió sobre él. Tenía un ojo cerrado y la nariz rota, los testículos y los sobacos le ardían, los latigazos le habían dejado la espalda y las nalgas en carne viva. Además del tormento físico, Neri y Mazzola habían tratado de quebrarlo haciéndole escuchar los alaridos y súplicas que Ida prorrumpía mientras la torturaban para que delatara a sus compañeros de la *Uma*.

Sintió un mareo y se llevó una mano al rostro. Oyó el pesado traqueteo de la máquina, el rechinar de las ruedas sobre los rieles, los lamentos y murmullos que parecían flotar en la oscuridad. Regados como bultos, distinguió otros cuerpos iguales al suyo: molidos, hacinados, azules de frío, apestando a heces, vómito y sudor. Sintió náuseas, tuvo arcadas y se encogió, pero su estómago estaba vacío y no consiguió vomitar.

En ese momento, uno de los rayos de luz que se escurrían por las grietas de la pared de listones del vagón alumbró a Ida. Estaba tumbada sobre sus faldas, con la cabeza apoyada en el atado que Mico había armado antes de partir. Le acarició el pelo y sintió que se le llenaron los dedos de sangre. Alarmado, quiso sentir su pulso, pero no lo encontró. Acercó el oído a su nariz y no advirtió su respiración.

Viajando en ese lento tren de carga, comprendió que la golpiza que él había recibido en el centro de detención no era nada comparada con aquello. A Ida la habían torturado con esmero, hasta convertirla en ese cuerpo destrozado que yacía inerte sobre sus piernas. Lo invadió una desesperación animal y comprendió que estaba perdiendo la cordura. Quiso levantarse y gritar, lanzarse contra las paredes del vagón para reventarse la cabeza y morir como su esposa, pero no pudo, porque en ese momento, por la impresión y la debilidad, perdió el conocimiento.

Los siguientes días transcurrieron entre parpadeos. Mico despertaba a oscuras, sumido en una nebulosa de dolor y delirio, sintiendo el peso frío del cuerpo sobre sus piernas. Escuchaba los quejidos de los ancianos; las voces desesperadas de las madres; los llantos de los niños por el dolor del hambre, cada vez más débiles; las oraciones en hebreo, italiano y alemán.

Había perdido la noción del tiempo, casi olvidado su nombre, cuando el tren comenzó a desacelerar y, por fin, se detuvo. El alboroto cundió entre los pasajeros. Algunos rieron de felicidad, creyéndose por fin libres, pero su esperanza se chocó contra la realidad cuando las puertas de los vagones se abrieron y vieron a los camisas negras y agentes de las SS alemanas, que comenzaban a vociferar órdenes y los evacuaban a porrazos.

Era de noche y, cuando abrieron la puerta, a Mico lo recibió el resplandor celeste y metalizado de los reflectores, que le hirió los ojos y lo hizo reaccionar. Se acurrucó sobre Ida, besó sus labios helados y le susurró que la amaba al oído. Movió ligeramente el cuerpo de su mujer para liberar sus rodillas entumecidas y encontró el atado con sus cosas. Metió una mano y, entre la ropa, los enseres y los zapatos, encontró el violín y lo recogió por instinto.

A su memoria vino la noche de su último cumpleaños, cuando Ida se lo había regalado. Para celebrarlo, habían comido en casa un verdadero banquete. Acababan de mudarse juntos y estaban felices. Mico se limpió los labios con una servilleta, se levantó de la mesa, abrazó por la espalda a Ida y la apretó contra su cuerpo, mientras ella recogía la vajilla. Estaba por llevarla a la habitación, pero ella se negó con suavidad y le pidió que la esperara. Entró sola y volvió sonriendo, con aquel estuche nacarado, que le entregó.

Los pasajeros comenzaron a bajar del vagón. Mico estaba por unirse a la fila, pero se detuvo. Contempló el cadáver de su mujer y se dijo que no podía dejarlo ahí. Se inclinó sobre el cuerpo, lo sujetó de una mano e iba a arrastrarlo cuando un grito lo detuvo. Se volvió para encontrarse a un oficial menudo, casi un niño, que había subido al vagón y lo apuntaba con un fusil tan largo como su cuerpo:

—Ya nos encargaremos nosotros de barrer la mierda —le dijo con una voz aguda, cargada de acento friulano.

A Mico se le doblaron las rodillas cuando vio a qué se refería. Como él, camisas negras del rango más bajo subían a los vagones para cargar y tirar los cadáveres, que caían al suelo como si fueran sacos de legumbres, produciendo un estremecedor ruido de huesos quebrados.

—Vamos —le dijo el niño, señalando la salida con la frente, sin dejar de apuntarle.

Mico dejó la mano de Ida y arrastró los pies entre los demás cadáveres, hasta la rampa que bajaba del vagón. Salió a una noche fresca y lo primero que vio fue el letrero: «Estación de Trieste». Todavía estamos en Italia, pensó con cierto alivio, pero se corrigió de inmediato: aquello ya no era Italia. Todo el país, desde Sicilia hasta Trentino, había dejado de ser Italia. Estaba claro que mandaban los oficiales de las Schutzstaffel, que los hicieron formar filas y les ordenaron dirigirse hacia una construcción que le recordó a un colegio o un orfelinato.

—El molino de arroz de la Risiera di San Sabba —dijo alguien a sus espaldas, con alivio—. Al menos no moriremos de hambre.

Pero el viento traía un olor muy distinto. Mico pensó que era peor que la combinación de aromas putrefactos que había aspirado mientras viajaba encerrado en el tren de carga. Todos debían de percibirlo, porque, tras el breve entusiasmo inicial, ahora caminaban en absoluto silencio.

Al llegar al complejo, los SS ordenaron a sus subordinados italianos que quitaran las ropas y pertenencias a los recién llegados, a quienes llamaron «prisioneros». Hasta entonces, a pesar de las evidencias, muchos viajeros parecían haberse resistido a aceptar su suerte. En ese momento, el pánico cundió en la fila. Ayudados por los camisas negras, los SS se encargaron de mantener el orden a como diera lugar. Comenzaron a repartir culatazos y golpes de porra y, como estos solo consiguieron aumentar el desconcierto, haciendo que se multiplicaran los gritos y varias personas intentaran romper la formación, decidieron disparar al aire y apuntar a los viajeros, esperando a la menor provocación para abrir fuego a quemarropa.

Mico actuó sin pensarlo. En medio de la confusión, destapó el estuche, lo dejó en el suelo, sujetó el violín con la barbilla y acarició las cuerdas con el arco, produciendo una primera nota que se impuso al desorden de la fila, a los gritos y a los golpes de los guardias.

Mico tocó lo primero que vino a su mente: ese mismo concierto en re mayor de Brahms, el favorito de Ida, que había interpretado la noche de su último cumpleaños. Como ese día, al advertir la suavidad del instrumento, la limpieza de su sonido, sintió que se trasladaba a otra dimensión.

El silencio duró mientras Mico interpretaba la melodía. Absortos por el celestial instrumento, ni siquiera los SS supieron qué hacer. El único movimiento que siguió a la última nota del violín no fue de los guardias ni de los prisioneros, sino de las puertas de la Risiera di San Sabba, que se abrieron de golpe. En el umbral, se recortó la solitaria silueta de un hombre alto, de espaldas anchas, que llevaba un uniforme cubierto de condecoraciones y parecía trastocado por la emoción. Era un oficial, que soltó un suspiro y se acercó marcando el paso, haciendo que los SS y camisas negras se cuadraran a saludarlo. A un gesto suyo, dos hombres sujetaron a Mico y un tercero le sustrajo el violín. Tras pensárselo un instante, el oficial señaló al violinista y ordenó:

—Quiero verlo en mi oficina mañana.

15.

—Nazis —bufó el comandante.

—Un nazi —precisó el comisario Tobosa—. Uno que escapó a Paraguay llevando muchas obras de arte y las guardó mientras esperaba el regreso de los suyos al poder. Pero eso nunca ocurrió, como todos sabemos, y esas valiosas piezas solo fueron aumentando de valor en su escondite.

El comandante alzó las cejas. Aunque Tobosa intentó leer en ello una expresión de interés, se parecía más al gesto que hacen los padres cuando sus hijos dicen mentiras.

—Comisario, usted ha estado viendo muchas películas, ¿verdad?

—Créame, comandante —dijo Tobosa—. Ahí está el origen del caso. Pasados los años, las décadas, el hijo del nazi, Johann, le robó esas obras y montó un negocio como anticuario. Hasta que alguien lo mató porque quería una de ellas... O todas.

—¿Y ese alguien puede ser el español?

—Vicente Ruiz Donoso es uno de nuestros principales sospechosos.

El comandante dejó escapar un largo resoplido, como una llanta desinflándose:

—Por intermedio de su abogado, el señor Ruiz Donoso ha denunciado el depósito de obras de arte en el sótano de la casa Von Bulow. Al no haber testamento, esas obras deberán ir a parar al Estado, pero a Ruiz Donoso, por haberlas denunciado, le corresponderá un porcentaje de su valor.

El hombre de ley que habitaba en el corazón del comisario no pudo menos que alegrarse.

—Me congratulo de que ese señor actúe en el marco de las normas —dijo—. Y con estas piezas, el Estado podría hacer el mejor museo de Areguá, quizá del Paraguay. Así que supongo que es un final feliz, al menos para las obras de arte encontradas, mientras resolvemos el crimen.

—A lo mejor, pero me queda una duda —dijo el comandante—. ¿Cómo supo ese señor de la existencia de ese sótano? ¿No cuidaba usted la casa?

El comisario buscó ayuda en el sargento Gutiérrez, quien, con precisión milimétrica, esquivó su mirada. Desde el viaje a Nueva Germania, Tobosa sentía que algo había cambiado en su subordinado. Se mostraba menos locuaz, incluso misterioso. Hasta un par de veces lo había visto hablar a escondidas por teléfono y colgar de golpe al verse descubierto. Tobosa comenzaba a temer que, por alguna razón que prefería ignorar, Gutiérrez le estuviese pasando información al comandante. Enfrentado a esta posibilidad, comprendió que cualquier mentira, cualquier intento de disimular la realidad, podía explotarle en la cara.

—Yo... llevé a ese señor al sótano —admitió.

El rostro del comandante se enrojeció:

—¿Cómo dice, Tobosa?

—Teníamos que saber qué había ahí exactamente...

—Se trata de la escena de un crimen, creo que usted no comprende sus responsabilidades.

—Es uno de los mayores expertos en la materia que viven en el Paraguay...

—No me diga. ¿Y por eso llevó a un sospechoso hasta el botín que estaba buscando?

Tobosa volvió a mirar a Gutiérrez, que fijó la vista en el techo y carraspeó. ¿Sería posible que hubiese contado todo al comandante?

—Señor, los peritos de la policía no cuentan con los conocimientos suficientes —intentó justificarse—. Sin la información del señor Ruiz Donoso, hubiera sido imposible proseguir con la investigación...

—De casualidad, ¿no le tocará a usted una parte del porcentaje que este sujeto piensa reclamar, Tobosa?

El comisario sintió que su piel se erizaba. Jamás en la vida lo habían acusado de corrupción. En su trabajo no faltaban oportunidades para beneficiarse del erario público —una documentación perdida, un presupuesto sin ejecutar, unos gastos de comisión ficticios—, algo que sus compañeros manejaban con habilidad y en equipo, cubriéndose las espaldas unos a otros. Pero Tobosa nunca había participado en esos pequeños desfalcos. De hecho, su honestidad le había traído problemas con sus compañeros, para quienes las malas prácticas eran un sinónimo de camaradería, y la actitud del comisario, un motivo de sospecha.

Mientras pensaba que la desconfianza del comandante solo podía haber sido sembrada por el infiel Gutiérrez,

Tobosa recordó las ocasiones en que había hecho la vista gorda ante las corruptelas de su asistente. Por ejemplo, cuando facturaba la gasolina del trayecto a Areguá como si se hubiera ido hasta Ciudad del Este, o la de Nueva Germania como si hubiese llegado a Brasil. Comprendió que, incapaz de matar o unirse al monstruo, lo había ayudado a crecer y engordar.

—No puedo entender que diga eso, señor —alcanzó a responder.

El comandante cerró la reunión con una amenaza:

—Lo estaremos observando, comisario. Tenga cuidado.

Al salir del despacho, Tobosa evitó pedir explicaciones a Gutiérrez. De hecho, ni siquiera quiso hablarle. Sabía que, en adelante, todo lo que dijese frente a él sería usado en su contra. Su delicada situación imponía prudencia. De modo que, nada más atravesar la puerta, tomó el camino contrario al del sargento.

—Voy al... Tengo que... Ya nos vemos.

De todos modos, estaba apurado por marcharse. No había vuelto a su casa ni llamado en tres días, y no podía postergar más la conversación con Rosario.

Durante la madrugada había diluviado y la parada de autobús se había convertido en un cenagal. Cada vehículo que pasaba salpicaba barro a los pasajeros. El comisario tuvo que esperar cuarenta y cinco minutos, hasta que llegó el autobús que llevaba a Santa Ana.

El agua de lluvia que bajaba turbia y abundante había arrancado porciones de asfalto. A dos manzanas de la casa de Tobosa, el autobús se hundió en un repentino hueco y quedó atascado. Los pasajeros, entre ellos el comisario, tuvieron que bajar y continuar a pie. Como si los estuviera esperando, la lluvia arreció.

Al llegar a su casa, la llave se negó a girar en la cerradura. Gotas de lluvia afiladas como navajas lo acribillaron en los minutos que golpeó y empujó la puerta, hasta que por fin se abrió. Sujetando el picaporte, Tobosa vio una mano peluda, encallecida, de hombre.

—¿Se puede saber qué hace? —preguntó el desconocido—. ¿Quiere que llame a la policía?

A pesar de la lluvia helada, el comisario sintió frío al escuchar esas palabras:

—Yo soy la policía —respondió—. Y estoy tratando de entrar a mi casa.

El hombre alzó las mejillas, cerró los ojos y apretó los dientes.

—Ah, carajo —dijo—. Yo no quería que esto fuera así.

En sus pesadillas, Tobosa había imaginado a su competidor como un jovenzuelo musculoso y cargado de testosterona, un Adonis que había seducido a una Rosario incapaz de resistirse. Pero el hombre que tenía delante era bajito, con una barriga más prominente que la suya y una innegable cara de trabajador manual.

—¿Dónde está Rosario? —preguntó airado Tobosa—. ¿Adónde se metió mi esposa?

El tipo miró a un lado y otro, como si su amante se le hubiese perdido en algún lugar de la calle. Se rascó una cabeza en la que a Tobosa le pareció distinguir algunos granos de caspa grandes como arroces.

—Ha ido a hacer unos recados...

¿Qué recados serían esos?, se preguntó el comisario. ¿Qué tendría que hacer más importante que dar la cara en estos momentos? Borracho de despecho, en la noche en que había descubierto el calzoncillo, se había imaginado partiéndole la cara al intruso, reclamando su honor a porrazos. Ahora, calado por la cruenta y gélida lluvia, solo acertó a soltar una pregunta, casi una súplica:

—¿Puedo pasar?

El desconocido chasqueó la lengua. Sin terminar de abrir los ojos, con tono de lamentarlo mucho, respondió:

—Yo... creo que no. Más bien, voy a cerrar la puerta para que no entre el agua. Usted perdone, ¿sí?

Así, con la mayor amabilidad, dejó al comisario afuera de su propia casa, a merced de la lluvia. Al principio, Tobosa decidió aguantar y permaneció quieto unos minutos, esperando a Rosario. Comprendió que no sabría qué decirle, y que ese hombre le había dado toda la información necesaria. Entonces, se marchó.

Debía estar resfriándose, porque no paró de estornudar en el autobús que lo llevó a Areguá, e incluso tendría fiebre, porque se quedó dormido en el camino y no dejó de soñar con hombres bajitos y peludos.

Afortunadamente, en la zona de la casa del alemán no había llovido y el trecho de camino sin asfaltar estaba seco. A Tobosa, ese trayecto a pie, a oscuras, le pareció el mejor momento del día.

Entró en la casa desesperado por quitarse la ropa y ponerla a secar. ¿Estaría bien que usara las toallas y un pijama del muerto? ¿No resultaría poco profesional, además de espeluznante?

Esas urgencias ocuparon su mente mientras atravesó el garaje. Nada lo habría distraído de ellas si no hubiera visto, al llegar a las escaleras, la luz que emanaba del sótano. La trampilla, que tan cuidadosamente había cerrado tras la visita del español, se encontraba abierta de par en par. Alguien había colocado una potente lámpara en su interior. Una lámpara no. Más bien, una linterna que se desplazaba en silencio de un lado a otro de aquel museo subterráneo.

La fiebre, los estornudos y el rostro del velludo amante de Rosario se borraron de golpe.

Tobosa tenía que tomar varias decisiones urgentes. Si intentaba bajar o pedía refuerzos, podía quedar expuesto. Si decidía atacar, corría el riesgo de que los intrusos lo superaran en número. Lo inteligente era esperar, prepararse para lo que viniera y contar con el factor sorpresa.

Retrocedió en silencio y se apostó detrás del muro del garaje. Llevaba encima su pistola reglamentaria. La extrajo de la cartuchera y le quitó el seguro.

Se preguntó quién podía haber bajado al sótano de la casa de Von Bulow. Vicente Ruiz Donoso había denunciado la herencia intestada y esperaba quedarse con una parte. A estas alturas, robarla era como robarse a sí mismo.

¿Y si el español se había ido de lengua? ¿Si, además de a funcionarios y policías, había cometido la imprudencia de mencionar esos tesoros a otros anticuarios o ante un grupo de borrachos en un bar?

Abajo volteaban piezas y empujaban cajas. Era imposible saber cuánto tiempo llevaban los visitantes en el sótano.

Tobosa aún tuvo que esperar dos horas a que terminaran de revolverlo.

El comisario comenzaba a impacientarse cuando el ritmo de la búsqueda cambió, los pasos se acompasaron, dejaron de oírse movimientos de objetos, y quienquiera que estuviese ahí abajo comenzó a subir por las escaleras. Tobosa tensó el cuerpo y apretó su arma.

Era más de la una de la mañana cuando de la trampilla emergió una sombra. Llevaba la luz por delante, así que era imposible distinguir su figura, excepto por un detalle, que sorprendió mucho al comisario: salvo por la linterna, llevaba las manos vacías.

Tobosa se apretó contra la pared. La sombra calzaba unas zapatillas deportivas que apenas sonaban al rozar el suelo. El ladrón sabía lo que hacía, conocía el oficio. Sigiloso y vestido de oscuro, parecía una pantera.

El comisario lo dejó pasar. Cuando estuvo a sus espaldas, con toda la ventaja a su favor, apuntó al lugar donde debía de hallarse su nuca y dijo:

—Dese vuelta lentamente y deje esa linterna en el suelo. Nada de movimientos bruscos. No quiero hacerle daño, pero lo haré si es necesario. ¿Comprendido?

Su voz sonó firme. Su cuerpo temblaba.

La sombra permaneció quieta y callada. Como si esperase ser descubierta, hasta su respiración mantuvo el ritmo. Y, cuando el comisario ya iba a repetir su advertencia, apagó la linterna.

La oscuridad se los tragó.

—¡Carajo! —se sobresaltó el comisario—. Escuche, no complique su situación. Hasta ahora, solo es culpable de allanamiento. No se dé a la fuga porque eso ya infringe otra norma de...

El disparo le atronó las orejas y pasó muy cerca de su sien antes de estrellarse contra la pared. Felizmente, la misma oscuridad que protegía al ladrón había salvado al comisario.

—Soy policía. Entréguese, por su bien...

Otro disparo, que voló a veinte centímetros de su frente, hizo entender a Tobosa que su voz solo servía para orientar al tirador. Respondió el tiro hacia donde calculó que estaría el asaltante y la bala atravesó el portón del garaje. Por el agujero se coló un rayo de luz artificial.

El comisario se movió y rozó la pick-up de Von Bulow. Se dejó caer y rodó por debajo del auto. En el estrecho estacionamiento, ambas personas se mantuvieron calladas y quietas. El primero en producir el menor ruido podía llevarse un balazo. Pero el tiempo jugaba a favor de Tobosa. Era el ladrón quien más interés tenía en salir. Si el comisario no había triunfado en el duelo de pistolas, ganaría la guerra de nervios.

Su corazón latía tan fuerte que temió que fuera a delatar su posición. Corrieron los minutos. Por fin, algo crujió a la altura del Porsche. Una sombra se distinguió de la penumbra general y se lanzó hacia la puerta. Entonces, el comisario disparó.

No supo si había dado en el blanco. Se arrastró fuera de la carrocería de la pick-up y se puso de pie. No advirtió ningún movimiento alrededor. Hasta el amanecer, sería imposible encontrar manchas de sangre, si las había. Siguió adelante y abrió el portón. Nadie podía haberlo cruzado sin hacer ruido. Solo en ese momento, advirtió que no había ningún auto estacionado afuera. ¿Acaso el ladrón había llegado caminando? ¿Y cómo pensaba irse?

La respuesta vino a su cabeza cuando ya era tarde. El motor vibró a su espalda y pudo oler el humo de la combustión. Para no llamar la atención, el visitante tenía que haber estacionado su vehículo en el jardín posterior de la casa. Y de ahí mismo emergía ahora, con las luces altas para cegar a Tobosa y el motor en doble tracción para pasarle por encima.

—¡Alto! ¡Policía!

El comisario gritó más por reflejo que por la esperanza de ser escuchado y obedecido. Con una agilidad que ignoraba tener, saltó fuera del camino. El ladrón llegó a girar para pegarle con el paragolpes, pero falló y recuperó la dirección de salida, evitando el muro y encontrando el portón, que seguía abierto.

El vehículo se alejó por el camino de tierra, mientras Tobosa se mantenía en su sitio, recuperando el aliento, tratando de entender qué había ocurrido. La adrenalina hacía que su mente volara. En primer lugar, ¿con quién estaba tratando? Ese no era Vicente Ruiz Donoso o un policía de su comisaría. Ojalá estuviesen así de bien entrenados y contasen con esos vehículos de doble tracción. No era alguien a quien conociera.

En segundo lugar, ¿por qué había salido del sótano con las manos vacías? Se había pasado toda la noche examinando un botín valiosísimo, paseando entre las más selectas obras de arte del siglo XX, ¿y se marchaba sin llevarse una sola pieza?

El comisario Tobosa se levantó, se limpió el barro y subió a la ducha, que por suerte aún funcionaba. Terminó de bañarse y, olvidando sus reparos, cogió ropa de los cajones de Von Bulow: una camiseta que debía quedarle pequeña al alemán y unos pantalones que le bailaron en las piernas. Como era su costumbre, buscó la alfombra sobre la que solía dormir y, aunque sabía que no lograría conciliar el sueño, se tumbó boca arriba, dejando el arma de reglamento al alcance de su mano. En todo ese tiempo, siguió pensando.

Solo un objeto había quedado fuera del alcance del asaltante, porque estaba escondido aparte. Gracias a ese escondite, se había salvado el día de la muerte de los Von Bulow, y ahí seguía, mientras el comisario se exprimía la cabeza buscando explicaciones.

El amanecer sorprendió al comisario Tobosa regresando por el camino de tierra hacia el centro de Areguá, donde tomó el autobús que lo devolvió a Asunción. Llevaba una caja de cartón para detergente y, dentro, la carga envuelta en toallas.

Pasó los siguientes días escondiendo la caja bajo el colchón del cuarto de la pensión donde decidió instalarse. Dormía entre sobresaltos, temiendo que alguien entrase a robar en cualquier momento. Se cuidó de no mencionar que había vuelto a la casa del alemán, en especial delante de Gutiérrez, ese Judas. De cuando en cuando abría la caja, desenrollaba las toallas, extraía el estuche nacarado y sacaba el violín, que contemplaba por horas, intentando comprender su importancia.

A la semana, recibió una llamada de Rosario. Tobosa vio el nombre en la pantalla de su teléfono y sintió que su corazón reverdecía. Necesitaba alguien con quién compartir sus miedos y dudas. Se sentía capaz de perdonarle todo con tal de volver a su casa, a su vida. Respiró hondo y contestó tratando de sonar tranquilo, comprensivo. Pero, del otro lado, la voz de Rosario lo alarmó:

—¡Alejandro, por favor, ven! Ha ocurrido algo horrible. ¡Está muerto! ¡Está muerto!

16.

Era noche cerrada cuando el Sturmmann abrió la celda donde Mico dormía apretujado con otras cien personas.

—¡Edelbach! ¡Michele Edelbach! —rugió.

Mico se incorporó con un sobresalto y su cabeza rapada golpeó contra una de las vigas de roble que soportaban los tablones de la larga litera donde dormía. Ocupaba el borde exterior de un espacio tan angosto que había tenido que aprender a dormir haciendo equilibrio para no caer al pasillo.

—Cuidado, violinista, no maltrates esa cabeza llena de música —le dijo una voz a su derecha. Mico sonrió con lástima, se incorporó, levantó una mano y avisó con un suspiro:

—Aquí. Stefa... Perdón, Edelbach...

El Sturmmann se acercó desde la entrada y, cuando estuvo a su lado, le dijo:

—Vístete y sígueme. —Se giró y, sin esperar a Mico, deshizo el camino hasta la entrada.

—¿Vístete? —Volvió a oír la voz a su derecha—. Pero si no tenemos más ropa que este ridículo pijama rayado.

Mico palmeó el hombro de su compañero. En la penumbra, reconoció sus enormes anteojos de marco negro y su cara de ratón. Se llamaba Ernst Bechstein y tenía una inteligencia y una templanza impropias de su edad. Mientras otros se quebraban, lloraban y suplicaban de rodillas por las condiciones del encierro, él se mantenía imperturbable, en silencio, con una presencia de ánimo que a Mico le recordaba a Ida.

—¡Rápido, Edelbach! —El Sturmmann lo sacó de sus divagaciones con un grito.

—Voy —dijo Mico.

Se deslizó hasta el suelo, se calzó los zuecos y, cuando quiso enfundarse la gorra, sintió un agudo pinchazo en la nuca. Se tocó y descubrió que estaba sangrando por el golpe, pero apenas se detuvo y corrió hacia la puerta con cuidado de no tropezarse.

Salieron al patio, donde los recibió un frío polar. Los vientos del norte y la humedad del Adriático entraban por los botones y las cortas bastas del delgado traje a rayas que Mico había recibido a su llegada a la Risiera di San Sabba. Se frotó los brazos y las piernas e intentó embutirse la gorra hasta las orejas. Encogido, tiritando, debió esforzarse para mantener el paso del Sturmmann, cuyas zancadas retumbaban sobre los adoquines del suelo, relucientes por el rocío del amanecer.

—Vamos, rápido, judío —lo apuró el guardia—. No tengo todo el día.

Dejaron atrás el patio de los barracones y entraron a un pasillo abovedado que les devolvía el eco de sus pasos. Aparecieron en un segundo patio, más largo y diáfano. Presidiendo el espacio se alzaba una enorme chimenea que escupía un humo cuya pestilencia reconoció: era la misma que lo había recibido al bajar del tren que lo había traído.

El Sturmmann lo hizo entrar a un pabellón de techos altos, con columnas, vigas y tirantes trenzados, de la misma madera que sostenía su litera. Mico se sorprendió al descubrir el interior. Colocados en desorden sobre mesas y repisas, había miles de objetos. Ropa de distintos tamaños, incluidos enterizos y zapatitos de bebé; relojes, anteojos, anillos y collares; libros, bastones y sombreros; radios, tocadiscos e instrumentos musicales. Imaginó que eran producto de las requisas practicadas a quienes llegaban a la Risiera di San Sabba.

El guardia siguió de largo y cruzó la estancia hasta una puerta lateral. La golpeó un par de veces y esperó. Cuando le abrieron, hizo una seña a Mico para que entrara.

Dentro, en una habitación de cemento sin pulir, otro SS los esperaba. En medio, sobre una mesa de caoba, descubrió su violín. Sintió que la emoción lo embargaba y estuvo por acercarse a recogerlo, pero el Sturmmann que lo acompañaba lo detuvo y señaló una esquina, donde encontró un barreño lleno de agua hasta la mitad. Mico oyó que cerraban la puerta a sus espaldas, mientras le entregaban una barra de jabón y le indicaban con señas que se desnudara. Al ver que dudaba, el oficial que lo había traído lo hizo avanzar de una patada:

—Que te bañes, judío de mierda.

Cuando entró en la oficina de Julius Heiden, Generalmajor de las Waffen-SS, comisario supremo de la Zona de Operaciones de la costa adriática y máxima autoridad del campo de detención de la Risiera di San Sabba, las gotas de agua resbalaban por el cuerpo de Mico, que llevaba su violín abrazado. Sacudido por los temblores, con los dientes castañeándole y la ropa pegada a la piel, contempló la nuca rasurada de ese hombre, que permanecía de espaldas, con las manos apoyadas en su escritorio. No había hecho caso a su llegada y parecía eufórico mientras hablaba por la radio. Mico entendió que se comunicaba con un superior, quizá el Obergruppenführer Reinhard Heydrich. Las noticias no podían ser mejores. Luego de un mes amargándoles la vida a los Aliados, el crucero Admiral Graf Spee, última joya de la armada nazi, se había anotado una nueva victoria.

—¡En el Atlántico Sur! —tronó y levantó los brazos Heiden—. ¿Se da cuenta de lo que eso significa? Los estamos volviendo locos. A miles de kilómetros de aquí, en sitios que nadie conoce. Sudamérica, ¿quién sabe dónde está eso? El Führer es el mayor genio que la humanidad conoció jamás.

Desde su botadura, ese barco rápido y pequeño, más liviano que un acorazado de guerra pero más letal que cualquier buque ligero, que debía su nombre a un héroe marítimo alemán de la Gran Guerra y al que los británicos llamaban *pocket battleship*, causaba destrozos en las costas de Uruguay y Argentina. Había hundido tres cargueros del Río de la Plata luego de zarpar con destino a Inglaterra y la Unión Soviética repletos de carne, trigo y cuero. Cuando los ingleses, los soviéticos y los franceses no tuvieran qué comer ni cómo vestirse, comenzarían a comprender de lo que era capaz el Führer. A nadie más se le habría ocurrido emprender la reconquista europea tan lejos de Europa.

Empezaba una mañana clara, con un cielo que lucía despejado. Se oía el graznido de las gaviotas y, a ratos, las olas del mar. Paralizado en un rincón, con los dos SS flanqueándolo y abrazado a su Stradivarius, Mico esperaba que Heiden no reparara en su presencia. La habitación comenzaba a entibiarse, estaba limpio después de un tiempo y llevaba ropas nuevas. Por un momento, olvidó dónde estaba, todo lo que había pasado y se sintió bien.

—¿Este es el prodigio? —La voz de Julius Heiden lo devolvió a la realidad.

—Este mismo, Generalmajor —respondió el Sturmmann—. El judío violinista.

El comisario supremo de la Zona de Operaciones de la costa adriática acababa de cortar la comunicación y se había girado. Era un hombre alto, de pelo rubio, facciones afiladas y una intensa mirada celeste. Recogió una carpeta de su escritorio, se acercó a Mico y comenzó a leer:

—Muy interesante —dijo—. Aquí dice que el Führer y tú nacieron muy cerca, ¿no? De Braunau am Inn a Salzburgo se puede ir dando un bonito paseo en bicicleta. Supongo que tu alemán será excelente...

Mico permaneció quieto, con la mirada baja, sin saber qué hacer. Heiden miró al Sturmmann y asintió. El guardia avanzó hasta el prisionero, le pegó un manotazo en la nuca que estuvo por tumbarlo y le dijo:

—¿No has oído? ¡¡¡El Generalmajor te ha hecho una pregunta!!!

Mico aguantó la tentación de sobarse la nuca, que le palpitaba por la herida que se había hecho al despertar y el golpe que acababa de recibir. Levantó la mirada y, con la voz apagada, respondió:

—Con todo respeto, yo nací en Turín. Quien nació en Salzburgo es mi madre. Tengo la impresión de que ese malentendido me ha traído hasta aquí.

—¿Malentendido? —lo interrumpió Heiden—. ¿Estás diciendo, Edelbach, que el Großgermanisches Reich comete errores?

—No, no quise decir eso. Es solo que...

—Entonces no sigas —zanjó Heiden.

El Generalmajor parecía animado. Ordenó a los guardias que salieran, cerró con cuidado la puerta y corrió el pasador. Juntó las manos en la espalda y volvió adonde lo esperaba el prisionero.

—Quítate la camisa y déjala a un lado —le ordenó.

Mico se sorprendió por la orden, pero el Generalmajor permaneció quieto, diciéndole que obedeciera con la mirada. Con timidez, desabotonó la camisa de su uniforme a rayas y la sostuvo en una mano, mientras Heiden lo rodeaba en silencio, estudiándolo minuciosamente, con ojos ávidos.

—Es verdad que no pareces judío —sentenció por fin—. Curiosamente, la nariz, la mandíbula, el color de ojos y la forma del torso se corresponden con la raza aria. ¿Me pareció que tenías el pelo rubio cuando llegaste?

Mico se pasó la mano por la cabeza rapada y asintió. Se sentía incómodo por el examen y las preguntas, pero no había nada que pudiera hacer. Desde que los SS lo habían traído, había tenido tiempo para registrar la oficina. Era amplia, tenía un recibidor con sofá, mesa de centro, dos sillones y una mesa de reuniones para al menos quince personas.

Por todas partes se repartían retratos del Führer, esvásticas, águilas, cruces de hierro, insignias de las Hitlerjugend y calaveras sonrientes de las SS.

Pero en ese momento, cuando fijó la mirada en el enorme escritorio de metal, su pulso se paralizó. Sobre el tablero, descubrió que Heiden tenía un ejemplar del periódico *Der Stürmer*. En su portada, distinguió el dibujo de un judío con cuerpo de sanguijuela chupándole el cuello a un bebé de grandes ojos asustados. «Los judíos necesitan la sangre pura para mezclarla con su *matzah*», leyó.

—Dices que no eres judío, pero tu madre sí. —Oyó la voz de Heiden a sus espaldas—. Y una madre judía... ya sabes.

—Mi madre era católica y muy devota —respondió Mico—. Judío debió ser mi abuelo, aunque no estoy seguro, ni siquiera lo conocí. En lo que a mí respecta, estoy bautizado e hice la primera comunión...

—¿Católico, entonces? —dijo Heiden, divertido—. ¿Por qué no lo comprobamos? A ver, quítate los pantalones.

—Me temo que no le he entendido bien —dijo Mico, con voz temblorosa.

—Quiero ver si estás circuncidado —dijo Heiden.

Resignado, soltó el cordón que sujetaba sus pantalones y los dejó caer al suelo. Ahora tenía a Heiden delante y lo vio inclinarse, acercar el rostro a su pene y sujetarlo por el prepucio. Lo mantuvo en alto con dos dedos, hasta que lo dejó caer.

—Pues muy bien, parece que en esto puedo confiar en ti. —Se volvió, extrajo un pañuelo de su casaca y se frotó la mano—. ¿Qué hay de tu comunismo? ¿También en eso el Reich está equivocado?

Mientras volvía a ponerse el pantalón y la camisa a rayas, Mico pensó en Ida. Recordó cómo la habían torturado, su larga agonía, su muerte en el tren. Buscó en las profundidades de su espíritu y quiso sentir odio contra Heiden, pero solo encontró cansancio y tristeza.

—Mi mujer era anarquista, no lo voy a negar —dijo—. Nuestro error fue quedarnos en Italia y no escapar a Nueva York.

—¿Y tú también tienes simpatías políticas revolucionarias?

—Yo soy violinista, Generalmajor. Sé tanto de política como de álgebra.

Heiden asintió, se dirigió a su escritorio y, en vez de rodearlo y sentarse, se detuvo a contemplar el golfo de Trieste a través de la ventana. Entonces se giró hacia Mico, se apoyó sobre el borde del marco, estiró las piernas y las cruzó.

—¿Sabes para qué te he hecho venir? —preguntó al cabo de un momento.

—Me lo imagino —dijo Mico, que seguía de pie al lado de la puerta, acariciando su violín.

—¿Quiénes son tus compositores favoritos?

Mico respondió de memoria:

—Bach, Beethoven y Brahms, las tres «B», sagradas. —Lo pensó mejor y añadió—: Y Wagner, claro.

—Grandes compositores y todos alemanes. Nos gustan mucho, especialmente Wagner.

—Lo sé, Generalmajor —dijo Mico—. Es el favorito del Führer.

Heiden chocó las palmas en un único aplauso. En su cara apareció una sonrisa satisfecha:

—Ya está, no se hable más. Esta misma noche, un Sturmmann te buscará en tu celda para llevarte a tocar. —Se rascó la barbilla—. ¿Sabes cómo se llama el lugar en donde estamos?

—Es un campo de detención policial, ¿no?

—La Risiera di San Sabba era un molino arrocero que fue adaptado a las necesidades de reclusión y resocialización de inadaptados —dijo Heiden—. Durante su reforma, dispuse que se montara un circuito cerrado para emitir a través de los altavoces de todo el conjunto. Así no dependemos de la RRG, como hacen todos, y podemos escuchar lo que queramos. Por ejemplo, alegrarnos un poco la vida con tus interpretaciones de Richard Wagner. Yo la llamo Radio La Risiera, aunque otros prefieren RSS-Funk.

Mico empalideció pensando en el destino que aquel encargo implicaba para su música: silenciar los gritos de los presos, mantener motivados a los SS y a los operadores del horno crematorio que alimentaba la inmensa chimenea del patio que acababa de ver.

—También he pensado que podrías tocar en las contadas celebraciones que nos permitimos tener aquí —añadió entonces Heiden—. Los nacionalsocialistas somos austeros y sacrificados, no nos gusta derrochar. Pero hoy, por ejemplo, es un día especial y he ordenado una comida en honor a las hazañas del Admiral Graf Spee.

El Generalmajor hizo una pausa dramática antes de proseguir:

—Si te buscamos la ubicación idónea para que nadie se ponga nervioso por tu presencia —carraspeó—, tú podrías acompañar nuestra comida. Luego podrías servirte algunas sobras... ¿Qué te parece?

Mientras asentía, mostrándose agradecido, una poderosa idea se abrió paso en la mente de Mico. Tal vez así operaba la magia de su Stradivarius, se dijo. Buscando la salvación de quien lo interpretaba a costa de lo que fuera, incluso de los demás.

17.

A primera vista, el comisario no habría sido capaz de asociar ese cadáver con el hombre del calzoncillo rojo. Ni con ningún otro, pues su cara había perdido la forma humana.

—Lo hicieron morder el borde de la bañera, comisario —dijo el doctor Morales—. A partir de ahí, no dejaron de pisotearlo hasta que lo dejaron así. El atacante le dio varias veces, con saña.

El gigantesco forense apenas cabía en el baño del dormitorio de Tobosa. A pesar de eso, su presencia resultaba reconfortante. En los pequeños espacios que quedaban libres a su alrededor, todo lo que Tobosa veía era un amasijo de sangre, piel, pelos y huesos.

—Si la huella en la nuca no fuese tan amplia, pensaríamos que le dieron con un martillo —dijo Morales—. Pero, a juzgar por el tamaño y la forma de la marca, me atrevo a decirle que era un calzado militar. O una bota de obrero metalúrgico.

La propensión de Morales a regodearse en los detalles escabrosos volvió a producirle un escalofrío. Contempló el rastro del crimen: los azulejos rotos, la masilla de la bañera desprendida, las cortinas sucias. No pudo evitar preguntarse si le tocaría pagar los arreglos. Después de todo, era su baño.

—Ya venía bastante lesionado, de todos modos —dijo Morales—. Presenta moretones en la barriga, los muslos y la espalda. Yo diría que lo torturaron antes de ultimarlo.

El cuerpo estaba desnudo. El hombre había sido obligado a quitarse la ropa en el dormitorio, donde aún se hallaban su camisa y su pantalón. A partir de ahí, todo había sido trabajo manual, sin arma blanca ni objeto contundente.

—¿Las torturas podrían haber sido parte de un interrogatorio? —preguntó Tobosa, inquieto.

—Es muy probable que así fuera —dijo Morales.

—¿Encuentra coincidencias con el trato al anticuario alemán? —dijo Tobosa.

—El nivel de violencia —dijo Morales—. La progresión hacia el salvajismo.

El comisario recordó la sombra que lo había atacado hacía unas noches en la casa de Areguá, al ser descubierta. Su tranquilidad casi burocrática y su frialdad mientras le disparaba o intentaba atropellarlo. A continuación, recordó a la víctima, el día que le abrió la puerta de la casa, en ausencia de Rosario. Su talante mediocre y asustadizo. La evidente vergüenza. No había competencia posible entre esas dos personas. Si se topaban, una saldría intacta y la otra, destrozada.

Tobosa lo pensó mejor y sintió un mareo. Comprendió que había tenido suerte, pues la golpiza propinada al amante de Rosario tenía otro destinatario: el dueño habitual de esa casa, ese mismo que se había enfrentado a la sombra hacía poco. Lo que Tobosa contemplaba en aquel cuerpo destruido era su propio cadáver, salvado de un destino mortal por la infidelidad y el azar.

—¡Alejandro!

Rosario se había zafado del agente encargado de cuidarla y apareció en el marco de la puerta estirando los brazos hacia el comisario. Este cubrió la escena con su cuerpo y salió a recibirla. Despidió con un gesto al custodio —un inútil, a todas luces— y dio un abrazo a su esposa.

Mientras apretaba contra su pecho ese cuerpo pequeño y lloroso, imaginó un escenario en el que el destino no había jugado a su favor y las cosas eran distintas. Que era él mismo quien yacía en el suelo, mordiendo el bordillo de la bañera, y Rosario se entregaba a los brazos del hombre del calzoncillo.

—¿Te atacó a ti también? —dijo el comisario, sacudiendo la cabeza para quitarse esa mala imagen.

—Esperó a que me fuera —respondió Rosario—. Porque todo fue muy rápido. Apenas salí para ir al mercado, porque no había papas ni leche. Y cuando volví...

Terminó la frase con un sollozo. En efecto, junto a la puerta del baño estaba la bolsa del mercado con los víveres desparramados, resaltando en medio del desorden que el forcejeo había ocasionado: las sillas tumbadas, el televisor de espaldas, la mesa partida en dos, la vajilla caída y hecha añicos.

—Pero ¿qué va a haber en esta casa para robar? —preguntó Rosario, sin dejar de llorar—. Si no tenemos ni una buena tele...

Tobosa se preguntó si era un reproche, pero calculó, quizá para justificarse, que esa no era su responsabilidad. A estas alturas, ¿no le correspondía al muerto mejorar la infraestructura del hogar?

—Escucha, tengo que preguntarte algunas cosas, pero necesito que te calmes —dijo el comisario.

Rosario tragó saliva, respiró hondo y asintió.

—¿En qué trabajaba?

—Era fresador... en una fábrica de muebles.

A Tobosa le gustó el nombre de ese oficio, incluso le pareció poético, aunque en esas circunstancias era motivo de incomodidad. Necesitaba que el muerto tuviera un trabajo arriesgado. Así habría ahuyentado las sospechas de que él mismo debía haber sido la víctima.

—¿Jugaba?

Rosario negó con la cabeza.

—¿Bebía?

—Ni café...

—¿Conocidos con antecedentes? ¿Con mal aspecto?

El comisario recordó al pobre diablo cerrando los ojos como si tuviese un dolor de muelas: «Yo no quería que esto fuese así». ¿Cómo podría tener enemigos peligrosos ese mamarracho?

—Era muy tímido. —Rosario se encogió de hombros—. Era muy bueno, muy tranquilo... Era...

Bajó la mirada. El comisario decidió ignorar los elogios y dedicar sus pensamientos a cuestiones prácticas. Imaginó que tendría que comunicar la noticia de la muerte y se preguntó si el fresador, que a Rosario le parecía tan bueno y tranquilo, tendría una familia que lo esperaba amorosa cada noche mientras él se revolcaba con su esposa. Tobosa podía estar a tiempo de desengañar a Rosario, de ganar puntos y ser mejor que el cadáver que yacía en su baño. Comprendió que era difícil, porque con los muertos no se puede competir.

Un repentino tumulto detuvo sus pensamientos. Los guardias se movieron, la puerta se abrió y una voz conocida hizo que Tobosa se desprendiera por instinto de Rosario, sabiendo que se arrastraba a un nuevo escenario, plagado de nuevos problemas:

—Me va a tener que explicar todo esto, comisario...

Tobosa tuvo el reflejo de llevarse la mano a la sien y entrechocar los tacos. El comandante venía tan uniformado y engominado como siempre. Sus medallas irradiaban virilidad y compensaban su baja estatura.

—Homicidio con objeto contundente, comandante —respondió de corrido—. Quizá una reyerta o una venganza personal...

Rosario había volteado a ver al comandante. Pero, ante la mención de una reyerta —que insinuaba un comportamiento sospechoso por parte de la víctima—, fijó en Tobosa una mirada de reprobación. Este conocía lo suficiente a su esposa como para advertir su incomodidad y le agradeció la delicadeza de no expresarla en voz alta. Entonces, una nueva voz ingresó en la casa y, con ella, dificultades adicionales:

—Comisario, últimamente las desgracias lo persiguen...

El sargento Gutiérrez parecía haber crecido ahora que secundaba al comandante. Incluso se había puesto el uniforme, aunque llevaba tanto tiempo sin usarlo que el botón del ombligo amenazaba con explotar y vaciarle el ojo a alguien.

—Gutiérrez, qué bien te ha ido —dijo el comisario, sin apenas mover los labios—. Veo tu carrera muy mejorada en... ¿tres días?

—Ojalá pudiera decirle lo mismo, comisario —respondió Gutiérrez, altivo—. Yo estoy más que preocupado por la de usted...

El comandante había ingresado al baño. No debía haber tenido claro qué lo esperaba, porque dejó escapar un gritito y volvió a la sala.

—¡Tobosa! ¿Qué ha pasado aquí? —Se llevó la mano al pecho, sofocado.

—Es precisamente lo que intento averiguar, comandante. La investigación se encuentra en un estado prelimin...

—¿Investigación? ¿Cuál investigación?

En ese momento, el comisario tomó consciencia, y las preguntas aparecieron en su mente. ¿Cómo había llegado el comandante a la escena del crimen? ¿Por qué lo acompañaba Gutiérrez? Tenía que pensar rápido y cuidar sus palabras.

—Bueno, evidentemente, la investigación que llevo a cabo para esclarecer...

—Pero ¿esta no es la casa de usted?

—Afirmativo, comandante —se le adelantó Gutiérrez con un tono de entusiasmo que irritó al comisario.

—Puedo responder yo mismo, muchas gracias —dijo Tobosa—. En efecto, le doy la bienvenida a mi domicilio, comandante.

Las medallas titilaron, suspicaces.

—Uno no investiga los crímenes en su propia casa, comisario. Y menos cuando se lo sospecha autor de un acto de corrupción.

—Comandante, ¿sigue usted pensando que...?

—Usted da mucho que pensar últimamente, comisario. ¡Sargento!

El llamado perturbó a Tobosa. Convertía a Gutiérrez en ayudante del comandante y, de paso, quizá en su más temible enemigo. Las palabras que el comandante pronunció a continuación solo empeoraron la situación:

—Lléveme a la señora al dormitorio. Vamos a hacerle unas preguntas. El comisario se queda acá.

—Pero, comandante...

—No se mueva hasta que salgamos, Tobosa. ¿Estamos?

Mientras tomaba a Rosario del brazo y la llevaba al cuarto, Gutiérrez le dedicó una sonrisita a su antiguo superior. Permanecieron más de media hora interrogándola, produciendo un murmullo que llenó de impaciencia al comisario.

Por fin, cuando se abrió la puerta, Rosario salió sola de la habitación. Parecía haberse recuperado de la impresión, pero seguía pálida como un espectro. Miró a su alrededor como si no reconociera su propia casa. Cuando sus ojos alcanzaron a Tobosa, seguían ensombrecidos por la extrañeza:

—Dicen que ahora pases tú...

Como si fuera un testigo, no un investigador, pensó el comisario. O peor aún: como un sospechoso. Sin decir nada, obedeció. Antes de cruzar la puerta, su mujer volvió a hablarle:

—Alejandro, tú no serías capaz... ¿verdad?

—Si me hubieras prestado atención, si te hubieras dignado a hablarme de vez en cuando, me conocerías y sabrías de qué soy capaz —respondió Tobosa.

Cerró la puerta del dormitorio a sus espaldas y se sentó en la cama. Lo que más le molestaba era la presencia de Gutiérrez, cuya nueva actitud se agudizaba a cada instante.

—Comisario, comisario, comisario... —le sonrió este.

—Tiene usted un grave problema, comisario —explicó el comandante, de modo más preciso.

—Comandante, por favor...

Tobosa había decidido dirigirse solo a su superior, pero Gutiérrez volvió a intervenir.

—Un hombre le quita la novia a otro, se mete en su casa y luego aparece muerto. ¿De quién sospecharía usted? ¿Qué le dice la experiencia?

Sin dejar de mirar al comandante, Tobosa respondió:

—Quizá es todo lo contrario. Quizá lo confundieron con el anterior dueño de la casa, o sea conmigo, y por eso...

—Lo que nos lleva a la siguiente pregunta. ¿Por qué lo querrían matar a usted?

Tobosa vaciló. Él también tenía secretos que esconder.

—Eeeh... Yo... Un policía siempre está en riesgo. Podría ser una venganza por un caso antiguo...

—O podría ser para quitarle el violín.

Cada vez se le hacía más difícil responderle a Gutiérrez sin mirarlo. Cuando le dirigió una mirada, en sus labios encontró una sonrisa mezcla de sorna y placer.

—¿El violín?

—¿Sabe, comisario? Yo también soy investigador y a veces me informo. Sé, por ejemplo, que hay Stradivarius más valiosos que otros. Los de la colección del Palacio Real de España, por ejemplo, llamados «palatinos». Los del Smithsonian Institution. El del Museo Ashmolean de Oxford... Y, por supuesto, por encima de todo, el último violín que hizo Stradivari antes de morir y que firmó con su sangre. Justamente, el que tenía el alemán.

Tobosa hubiera querido saltar de la cama, aferrar a Gutiérrez del cuello y apretárselo hasta asfixiarlo, pero supuso que eso complicaría todavía más su situación. Permaneció quieto, limitándose a escuchar:

—La colección del alemán es demasiado grande y delicada para robarla y venderla sin riesgos, pero solo con ese violín, una persona dejaría de tener problemas de plata para siempre... A menos que lo descubriese alguien más, digamos, el amante de su mujer. Esa gente no tiene escrúpulos, ya sabe...

—Lo que dices no tiene sentido, Gutiérrez...

—Lo tiene para mí —intervino el comandante.

—Comandante —respondió Tobosa, amansando la voz—, usted sabe perfectamente que yo no sería capaz de algo...

El comandante alzó la mano para detenerlo. Miró su reloj con cara de prisa.

—No, yo no sé nada. Tampoco sé quién es el pobre diablo del baño. Y, la verdad, no me importa. No tengo tiempo para estas cosas. Así que se lo voy a poner muy claro, comisario: deme ese violín y nos olvidamos de los problemas.

Tobosa pensó que había escuchado mal:

—¿Perdone?

—Cualquiera puede haber entrado a la casa del alemán, que está sin vigilar —dijo el comandante, sin perder la compostura—. Alguien se metió de noche y se llevó el violín. Una pena. Es por la falta de recursos de la policía. Deberían asignarnos más presupuesto. En cuanto al amante de la señorita, debe haber dejado cornudos por todas partes con ganas de abrirle la cabeza. Ese caso tiene muchas ganas de no llegar a ninguna parte. A menos... —El comandante hizo una pausa dramática—: A menos que las dos investigaciones concluyan que el culpable es la misma persona. Y ese... Bueno, ese no quiere ser usted, ¿verdad?

Tobosa estaba atónito. Jamás habría creído que llegaría a tener una conversación semejante. El comandante salió y, tras él, Gutiérrez, que, por no quedarse callado, añadió:

—El violín, comisario. Piénselo. No se arruine la vida.

Dejaron a Tobosa sentado en la cama, deseando que todo fuera un mal sueño a punto de acabar.

18.

Cuando llegó diciembre, la rutina se había impuesto en la vida de Mico. Despertaba con los demás prisioneros, bajaba de su litera y, puntualmente, encontraba al mismo Sturmmann que lo esperaba en la puerta del barracón. Lo dejaban atrás, avanzaban por el largo pasillo abovedado y desembocaban en el segundo patio, donde la vista de la enorme chimenea escupiendo humo irremediablemente le arrancaba escalofríos. Llegaban al pabellón de techos altos y ahí, apartado del resto de los objetos, cuidadosamente depositado sobre la mesita de caoba, encontraba su Stradivarius, que recogía. Entonces pasaba por la oficina del Generalmajor Julius Heiden, quien lo revisaba, le hacía algunos pedidos especiales y le entregaba partituras para que variara su repertorio.

Una vez cumplida esta formalidad, Mico era sacado de la oficina de Heiden y llevado a un pequeño salón próximo, donde quedaban las instalaciones de RSS-Funk, también llamada Radio La Risiera. En realidad, era una caja de vidrio y madera apenas más grande que una cabina de teléfono, en la que Mico se encerraba, se acomodaba delante del micrófono y afinaba el violín. A una señal del ss que controlaba los equipos, comenzaba a tocar. Primero cumplía con los pedidos de Heiden y, luego, interpretaba algunas obras a su gusto: oberturas de Wagner o Beethoven, valses de Johann Strauss, piezas de Bach, Monteverdi, Händel o Mozart. Como le había anunciado Heiden, también era requerido en ocasiones especiales, como los resonantes triunfos de los ejércitos del Reich, o en celebraciones, como el Führergeburtstag (el nacimiento del Führer), el Machtergreifung (el aniversario de su nombramiento como canciller) o el Muttertag (el día de la madre). Entonces, a Mico lo obligaban a bañarse en el mismo barreño de siempre y lo ubicaban en el salón de festejos, cubierto con unas cortinas que impedían que su presencia incomodara a los oficiales.

A pesar del horror cotidiano, Mico sabía que era afortunado. Gracias a su trabajo como violinista oficial de la Risiera di San Sabba, pasó a ser protegido del Generalmajor Julius Heiden, dueño de la vida de los internos del campo. Viendo a sus compañeros de presidio, hombres que se degradaban en pocas semanas o que se marchaban una mañana de los barracones y no volvían, se preguntaba cuánto habría soportado ese encierro, de no haber sido por los privilegios de los que gozaba.

Teniendo el invierno a la vuelta de la esquina, su trabajo en interiores evitaba que sufriera el mismo frío que los demás reclusos debían aguantar durante el día. Cuando dormía, también tenía ventajas. Una mañana que despertó con los dedos amoratados, incapaz de sujetar el arco y pulsar las cuerdas del violín, Mico pidió al Generalmajor que intercediera por él, pues, con las temperaturas que alcanzaban las celdas por las noches, lo más seguro sería que terminara contrayendo una neumonía. Heiden lo mandó callar de un grito, pero esa misma noche un camisa negra fue a buscarlo.

—Mira lo que el jefe te manda de regalo de bodas —le dijo el oficial fascista con un gesto de desagrado—. Tienes suerte de que le dé lo mismo el mar que la montaña, guapito.

Mico había decidido que lo que era bueno para él lo iba a ser también para su amigo Ernst Bechstein. Muerta Ida, exiliada su madre en Nueva York y con un destino sombrío por delante, su amistad era lo único importante que le quedaba. A pesar de la diferencia de edades, ambos se habían caído bien desde el primer momento. Sus conversaciones al comenzar el día y antes de dormir los protegían de la depresión y la locura, que se esparcían como la peste por el campo de detención. Mico disfrutaba mucho con las reflexiones que Ernst no paraba de soltar en voz alta. Si algo lo admiraba, era su capacidad de suspender los recuerdos tristes, como olvidar de momento a su hermana y sus padres, que habían sido enviados al campo de Sachsenhausen. Era extraordinariamente agudo para sus breves dieciséis años de edad, y no estaba cargado de la amargura y el cinismo que predominaban entre la mayoría de los jóvenes judíos tras el ascenso del nazismo.

—¿Qué ha pasado, Mico? —le preguntó Ernst con un susurro, una vez que el camisa negra se hubo marchado de la barraca.

—Mira lo que acaban de dejarme —dijo Mico, mostrándole una frazada de color beige, con los bordes dorados—.

Creo que es de lana de oveja de verdad. Acércate para calentarnos.

El joven Ernst obedeció, pegó su espalda a la de su amigo y se enrolló como un armadillo. Cuando sintió la película de tibieza que se formaba debajo de la frazada, comentó divertido:

—Esto es mejor que el Grand Hotel de Roma.

El otro privilegio al que Mico tenía acceso era la comida. Cada mediodía, el violinista recibía el mismo emplasto de cereales y el mendrugo de pan negro que constituían el único rancho de los reclusos. Pero, al tener acceso al edificio de los SS, podía recoger las sobras que dejaban los oficiales luego de cada uno de sus banquetes. Pronto, el sofisticado violinista de Turín desarrolló un avanzado instinto para detectar hasta el menor residuo de alimento. No perdonaba ni un grano de arroz ni una miga de galleta. Si el botín era más suculento —huesos chupados, trozos de papa, cáscaras de naranja, vestigios de huevo duro—, se lo escondía debajo de la axila. Más tarde, cuando estaba de regreso en su celda, lo compartía con Ernst.

La tarde de Navidad, Mico volvió a su barraca con cuatro huesos de pollo donde quedaban cartílago, pellejo y algo de carne.

—¡Por San Massimo di Torino, Ernst! —dijo Mico, mostrando a su amigo el botín—. Casi me puse a llorar cuando lo vi. ¿Puedes creerte que un nazi desperdicie algo tan valioso?

—Será porque no están acostumbrados a comerlo —dijo el joven—. De niños, sus madres solo los alimentan con salchichas y col.

—A ver si en breve les toca pavo —dijo Mico, masticando un bocado.

Mientras empezaba a saborear su segunda pieza, Ernst se sintió observado. Alzó la mirada y descubrió a un hombre de ojos cóncavos y sombríos, que parecía de ochenta años aunque debía tener cincuenta, que lo contemplaba absorto. Le dio la espalda, comió la carne, el pellejo y el cartílago, y durante un buen rato permaneció mordisqueando el hueso. Como no dejaba de observarlo, reunió lo que había quedado de los huesos y se lo ofreció al tipo, que no tardó en arrebatárselo y tragarlo:

—La otra mañana, me tocó estar en el patio cuando llegó un grupo de reclusos que recién bajaban de los trenes. —Ernst bajó la vista—. Tenían tanta hambre que vi a una niña comiéndose tajadas de pared que ella misma arrancaba con sus deditos. Lo más increíble es que su madre la alentaba: «¿Ves, hijita?», le decía, «Dios jamás abandona a sus siervos».

A pesar de su posición privilegiada, a Mico le había tocado ver cosas peores, que también había comentado con Ernst. El segundo patio que debía recorrer cada vez que iba al edificio donde estaban Heiden y la estación de radio, conectaba también con el barracón de las celdas de castigo. Había oído que eran diecisiete y que, en cada una, metían hasta a ocho reclusos, a quienes denominaban «prisioneros peligrosos»: partisanos de la Resistencia, anarquistas, comunistas. Sus gritos desgarradores, producidos por las torturas con que los SS intentaban quebrarlos para delatar a sus compañeros, eran disimulados por las interpretaciones de los mayores clásicos de la música universal que Mico tocaba con su Stradivarius.

—Es la suerte que nos ha tocado, Mico —le decía Ernest, cuando necesitaba hacerlo reaccionar—. A los dos, no solo a ti. Sobrevivir gracias a la protección de una banda de asesinos.

A Mico se le helaba la sangre cada vez que Ernst le hablaba así, de esa forma tan descarnada.

—No entiendo cómo lo soportas tú, pequeño amigo.

—Como lo ha hecho el hombre desde siempre, violinista. Poniendo la vida por delante. La vida de uno primero, siempre. Y olvidando...

—¿Qué cosa?

—Todo. Mi casa, a mis padres, mis hermanas. Enfocando todas mis energías en un objetivo: sobrevivir como sea.

Ambos amigos también sospechaban que a las celdas de castigo tenían que haber ido a parar no pocos judíos recalcitrantes. Gente con dinero, como la familia de Ernst, que no había tenido la visión, o la suerte, de huir a tiempo.

—Me imagino a mis tíos —decía el muchacho—. Empresarios ricos, herederos de Carl Bechstein, el famoso fabricante de pianos. Acostumbrados a mandar, influyentes en Berlín, París, Londres, San Petersburgo, Viena... No creo que aguanten que venga un soldadito apestoso, por más ario que se sienta, a decirles que su sitio ahora es este, ni a ordenarles lo que tienen que hacer, menos que los discipliinen con golpes y latigazos.

—Y ya sabemos cómo terminan los rebeldes e indisciplinados, los que no se someten a la autoridad de los nazis.

—Exacto —dijo Ernst, mirando de reojo la humareda que escapaba de la chimenea de la Risiera.

—Y los que son devueltos a los trenes y se van, ¿tú crees que...?

—Solo pueden ir a un destino peor que este. ¿Tú crees que alguien sea capaz de escapar con vida? Sí, nuestro caso es excepcional, un milagro de San Judas Tadeo, el santo de las causas imposibles.

—Al final vas a salir católico de aquí —dijo Mico.

—¿Judío católico? —respondió Ernst—. No, gracias. Eso te lo dejo a ti.

La mañana siguiente transcurrió inusualmente lenta para Mico, que terminó sus interpretaciones para la radio de la Risiera y se marchó al patio. Era un opaco día de diciembre y la temperatura no paraba de bajar. No se veía a ningún SS, salvo en las torretas de vigilancia, y los camisas negras habían dejado que los prisioneros salieran antes de la llamada a rancho. La mayoría pugnaba por ocupar la parte soleada del patio, algunos sentados y otros —los que aún tenían buenas piernas— en cuclillas, con los brazos apoyados en los muslos. Las madres llevaban a sus niños en el regazo o, si eran un poco mayores, tomados de la mano para impedirles que malgastaran sus fuerzas jugando. Mico encontró a Ernst en una esquina, con las manos debajo de los sobacos y la mirada perdida en el infinito. Las cuencas de sus ojos se habían hundido tanto desde el comienzo del invierno que, en ese instante, le pareció un lémur más que un ratón.

—Si la idea es matarnos de a poco, van por buen camino —dijo tiritando al verlo llegar—. Todavía no llega lo peor del frío y cada vez veo más desmayos por congelación y agotamiento.

—Piensa que aquí es mejor que en otros lugares, como Alemania o Polonia, donde las temperaturas son insoportables —dijo Mico—. Encima, tienen a los prisioneros de esclavos, construyendo carreteras y fábricas.

—El otro día vi cómo se derrumbaba un hombre de tu porte, violinista —dijo Ernst—. Como un títere al que le cortaron los hilos. Cuántos acabaremos de alimento de los *scorfani rossi* del Adriático...

Por fin, las campanas de las iglesias de Trieste anunciaron las doce del mediodía y los prisioneros se formaron para el rancho. En la fila, armado con su plato de latón y su cuchara de palo, Ernst seguía hablando del frío, del hambre, de las intenciones de los nazis y de los caprichos del destino.

Mico ya no lo escuchaba. Le faltaba poco para llegar hasta el encargado de servir las raciones y, para distraerse, comenzó a contar a las personas que tenía por delante. En ese momento, los altavoces expulsaron un ruido agudo, de acoplamiento de sonido, que obligó a los prisioneros y guardias a taparse los oídos. Alguien había encendido el circuito de radio con torpeza y una voz, que Mico reconoció de inmediato, dio un mensaje que incluía su apellido. ¿Qué pasaba? Sintió que sus pulsaciones se aceleraban y las palabras se atoraban en su garganta cuando dos camisas negras se acercaron a la fila y lo llevaron de vuelta al edificio de los oficiales nazis, sin dejar de reír en todo el camino:

—¿Qué pasa, Edelbach? —decía uno—. ¿Dónde está tu violín?

—¿Será porque hoy le toca otro instrumento? —insistía el otro.

Al llegar al edificio, dos Sturmmänner lo recibieron y lo escoltaron a la antesala del despacho de Heiden, donde otro SS le entregó su violín. A través de la puerta entreabierta, Mico vio al Generalmajor que, totalmente fuera de sí, caminaba de un lado a otro, como un león enjaulado. Se había quitado el quepís y la chaqueta, tenía el pelo alborotado y vociferaba palabras que Mico apenas logró comprender. Solo entendía los insultos con los que echaba a los demás oficiales: *inkompetent, nutzlos, ungeschickt, unfähig, Schwachköpfe, Taugenichtse.* Varias botellas de licor yacían caídas, vacías sobre su escritorio.

Lo hicieron entrar y, cuando estuvieron solos, Heiden cerró la puerta, se sentó en el sofá de su recibidor y ordenó a Mico que tocara su violín.

—Es un día de duelo para Alemania —le advirtió—. Te ordeno que me levantes el ánimo.

Poco después, Mico sabría que ese arrebato de furia se debía al hundimiento del Admiral Graf Spee, aquel crucero ligero, joya de la armada nazi y niña de los ojos del Führer, frente a las costas de Argentina y Uruguay, a manos de los ingleses. Encima, para salvar a la tripulación y evitar ser hecho prisionero por los Aliados, su comandante se había suicidado luego de que Hitler lo acusara de cobarde y calificara la pérdida de vergüenza nacional. Era tanta la ira del Führer que se hablaba de una recomposición íntegra de la jerarquía del Reich, lo que tenía a los altos oficiales con los nervios de punta.

Mico eligió interpretar a Brahms. Mientras deslizaba el arco sobre las cuerdas del Stradivarius, extrayéndole las notas del *Concierto en re mayor, opus 77*, observaba de reojo al Generalmajor que, al parecer acalorado, se quitaba la camisa, el cinturón, y se desajustaba los pantalones. El violinista sintió un vahído y el cuerpo se le aflojó ante la visión del cuerpo blanco y musculoso del jefe del campo de detención de la Risiera di San Sabba, y temió lo que vendría. Cerró los ojos y se concentró en el reconfortante tacto de su instrumento.

Una bofetada le hizo abrir los ojos y caer al suelo. Heiden se inclinó hacia él y, en su rostro sofocado, con las venas protuberantes y la mirada desorientada, estuvo seguro de advertir el germen de la locura. El Generalmajor había hecho aparecer una bandeja que extendía a Mico. Sobre ella, había un cuenco con un guiso caliente y una taza de café.

—Come —le ordenó, echándole al rostro una vaharada alcohólica—. Aprisa.

Mico obedeció en silencio. Terminó el guiso, se levantó y contempló a Heiden, que tenía los brazos cruzados, los ojos enrojecidos y la boca temblorosa, como si estuviera a punto de llorar.

—Acércate a la ventana —dijo el Generalmajor—. Quiero que veas el mar. Y toques.

Desde aquella altura, el violinista divisó la inmensidad tornasolada del golfo de Trieste, con una pequeña mancha que parecía equilibrarse sobre el oleaje. Era una barca de pescadores que siguió con la mirada mientras se hacía más grande, conforme se aproximaba a tierra, hasta que entró al puerto. En ese momento, sin dejar de tocar el Stradivarius, sintió la proximidad del cuerpo desnudo y tibio de Heiden, que sollozaba mientras le deshacía el nudo del pantalón de preso y se lo bajaba muy despacio, con delicadeza o vergüenza.

19.

Tobosa abrió la caja de detergente, desenvolvió las toallas y extrajo el instrumento. Contempló su forma alargada, su barniz brillante, sus cuerdas tan delgadas como las crines de un caballo salvaje. Aunque mucho más bonito que los cuadros retorcidos y grotescos que Von Bulow guarecía en su sótano, a simple vista era imposible saber por qué despertaba semejantes pasiones, que llevaban a los hombres a traicionar sus principios, incluso a matarse.

Pulsó la cuerda inferior, que emitió un sonido dulce y cristalino. Aunque no sabía de música y nunca se había propuesto aprender a tocar un instrumento, mucho menos un violín, hasta donde podía recordar, esa cuerda producía el sonido más hermoso del mundo.

Ahí debía estar la razón de su precio, capaz de volver locos a los hombres: en esa belleza única, que nada podía imitar. Tobosa acarició las clavijas, el mango, la tapa. Olía a madera vieja, a historia, a buen gusto. Pensó que no era digno de poseerlo. Quizá ningún humano lo fuese.

Volvió a envolver el violín y lo metió en la caja. Al salir de la pensión, miró a ambos lados de la calle Independencia Nacional. El paisaje familiar del Microcentro lo tranquilizó. Sabía que abundaban los ladrones de autos, teléfonos, billeteras, tiendas. Pero a nadie se le ocurriría robarle un violín.

Cruzó Nuestra Señora de la Asunción y Chile. Apretó la caja con los dos brazos. Se preguntó si, después de entregar su preciosa carga, seguiría viviendo en ese barrio o volvería con Rosario. Se le acumulaban tantos problemas que no había tenido tiempo para pensarlo. Tampoco tenía claro que a él le correspondiera esa decisión. Creía que su esposa había vuelto a respetarlo como policía, pero, al mismo tiempo, ahora lo veía como sospechoso de un asesinato. Sin duda, hasta eso era mejor que la ausencia de cualquier sentimiento, esa indiferencia que los había conducido a su situación actual.

Por suerte, el camino no era largo. El edificio rojizo y antiguo siempre había llamado la atención de Tobosa, que se persignó al ingresar y comenzó a avanzar entre sus altas columnas. Todo ahí era más solemne, serio y perdurable que el mundo exterior.

El comisario llegó hasta las primeras filas, donde lo ubicó. Llevaba sotana, estaba arrodillado y, de no haberse encontrado digitando las cuentas de un rosario, habría parecido tan rígido como una gárgola. Tobosa se sentó a su altura, del otro lado del pasillo central. Se preguntó si debía esperar a que abriese los ojos.

—Padre Navarro...

El sacerdote no respondió directamente, pero comenzó a murmurar sus rezos, lo que Tobosa interpretó como una forma de decirle que en un momento terminaba. Intentó acomodarse sobre la dura superficie de la banca, contempló la decoración de la nave y recordó aquellos momentos importantes en los que el hombre que rezaba del otro lado del pasillo había estado presente: su primera comunión, su confirmación, su matrimonio. Le había perdido la pista unos años atrás, desde que había dejado de ir a misa. Por instinto, cerró los ojos y comenzó a rezar. Para su sorpresa, las palabras acudieron a su mente sin esfuerzo. En esa atmósfera silenciosa, una oleada de paz recorrió su cuerpo, lo que Tobosa agradeció.

—Comisario, ¿usted quería hablar o lo dejo a solas con Nuestro Señor?

Aunque hubiera preferido mantenerse en esa burbuja de tranquilidad, Tobosa abrió los ojos y saludó al párroco, que le pidió que lo siguiera.

Cuando salió de la iglesia de la Encarnación, Tobosa se sentía liviano, libre de carga, hasta respiraba mejor.

Esa sensación se fue extinguiendo a medida que se acercaba a la comisaría. Con cada paso que daba, volvía el aplastante peso de las preocupaciones, las responsabilidades, las mentiras. Era tanta la angustia acumulada que, cuando llegó, se dirigió directamente al baño, con intención de vomitar. Para su mala suerte, en el camino se encontró con el peor de todos sus lastres: el desleal sargento Gutiérrez.

—El comandante no va a esperar para siempre, comisario...

—Ya les he dicho que yo no tengo lo que buscan...

Gutiérrez chasqueó los labios, con altanería:

—Esa es la respuesta equivocada. Intente de nuevo.

—Pueden registrarme, si quieren. Además, ¿dónde podría esconder eso yo? ¿Y cómo habría de venderlo?

—No sea pendejo, comisario. Si intenta engañarnos, al menos esfuércese más.

La rabia había recompuesto a Tobosa, que avanzó hasta estar a un paso de Gutiérrez. Este seguía llevando el uniforme, lo que confirmaba que había cambiado de bando: ya no era un investigador, sino el encargado de escoltar al comandante en sus negociados. El comisario sabía de sobra lo que vendría: pronto le caerían algunas medallas incomprensibles por «honor al mérito en funciones» o «reconocimiento a la foja de servicios», y comenzaría a vivir con mayor holgura.

—¿Te acuerdas del juramento que hiciste cuando entraste al cuerpo, Gutiérrez?

—¿A qué viene eso ahora?

—¿Te acuerdas de la ilusión que tenías de perseguir delincuentes? ¿De ayudar a construir un mejor país?

—No me venga a dar lecciones de buena conducta. Bien que se robó la mercancía más valiosa del alemán...

Al comisario no le sorprendió esa respuesta, con la que Gutiérrez parecía justificar sus flamantes inmoralidades. Ahora que había acariciado su madera barnizada, escuchado el sonido de sus cuerdas, disfrutado de su armoniosa artesanía y pasado revista a cada milímetro de su superficie, le indignó que Gutiérrez llamase «mercancía» al Stradivarius, como si fuera un paquete de cocaína.

—¿Cuándo se te puso negra el alma, Gutiérrez? Es por la decepción, ¿no?

—¿Usted se ha vuelto idiota?

—Yo te entiendo. La vida es cada día peor, más injusta, más triste. Un día te hartas de hacer las cosas bien. Y entonces, te pasas al otro lado.

Gutiérrez escupió al suelo y ahora fue él quien dio un paso al frente, acercándose todavía más al comisario, hasta herirlo con su aliento a mate y chorizo:

—Traiga el violín ahora mismo, comisario. Diga que tiene una comisión o que le duele la barriga. Lo que sea. Salga de acá y vuelva con él. Nomás escóndalo en una mochila o algo. Último aviso.

En ese momento, otro policía apareció en el pasadizo. Gutiérrez dio un paso atrás, fingió que él y Tobosa sostenían una conversación de amigos y, con un humor totalmente impostado, exclamó:

—Y el señor dice: «¡No, pero me encantaría verlas!».

Soltó una carcajada y, mientras el recién llegado seguía de largo, se despidió de Tobosa:

—Ahora le toca a usted contarme un chiste, pero uno bueno. —Y, bajando la voz, añadió—: Le doy dos horas, comisario. Dos horas. No nos falle...

Mientras giraba en 14 de Mayo con Humaitá, Tobosa se preguntó por qué se complicaba tanto, en lugar de, simplemente, entregar el violín. Lo único que tenía que hacer era pasarlo a otras manos y olvidarlo. Así podría quitarse el problema de encima y seguir con su vida de asaltos callejeros, maridos violentos, ajustes de cuentas. Si quería conservar esa existencia pequeña e irrelevante, solo tenía que cumplir ese sencillo trámite.

No obstante, era imposible. No había sido capaz de explicárselo al padre Navarro y ahora era incapaz de explicárselo a sí mismo. Ese instrumento no le traería ningún beneficio, y sí muchos males. Pero poseía un magnetismo propio, una cualidad que, más allá de su belleza y sonido, lo obligaba a permanecerle fiel.

Sumido en estas reflexiones, perdió de vista los ruidosos vehículos, a los vendedores ambulantes que vociferaban, a los transeúntes que pasaban apurados y, en especial, a la mujer detenida en la esquina de su pensión.

—Buenos días, comisario Tobosa.

Era pequeña pero firme, llevaba el pelo recogido en un moño tan pegado al cráneo que parecía pintado con pincel. Tenía una edad indefinible, entre los treinta y los cincuenta años. Su acento, su traje oscuro y su aspecto impecable, completamente inadecuado para el calor del Microcentro, delataban su condición de extranjera.

—¿Nos conocemos?

—¿No me recuerda?

De inmediato, Tobosa pensó en las veces que había tonteado empleando frases semejantes en los bares. Pero la mujer había hablado con tanta sequedad que no podía estar coqueteándole. El comisario se encogió de hombros, pero entonces comprendió. De golpe. Demasiado tarde.

Pensó en huir o en gritar, en arrestarla o en pedir refuerzos. Antes de decidirse por cualquier opción, ella le dijo:

—Suba a la camioneta.

Tobosa no se hallaba en un momento de especial sagacidad y no había reparado en la camioneta blanca que tenía al lado. Se percató de que no era el vehículo de doble tracción que había estado a punto de atropellarlo en casa del alemán, sino un transporte de carga para pequeños comercios, como fontanerías o carnicerías. En efecto, del interior emergía un olor orgánico.

—Señorita, no sé qué quiere, pero...

Lo interrumpió una mordedura de serpiente en el cuello. Tobosa llegó a ver el aparato negro, e incluso los rayitos azules que salían de su extremo, pero no analizó con claridad su naturaleza. Los dientes le castañetearon, la cabeza le pesó, se le dieron vuelta los ojos y su cuerpo se derrumbó.

20.

—A los alemanes nos gusta hablar claro y llamar a las cosas por su nombre, Edelbach —dijo Julius Heiden—. Sin pelos en la lengua, no como ustedes, los...

—¿Italianos?

—Iba a decir judíos. —Heiden levantó el mentón y lo miró directamente a los ojos.

—¿Cuántas veces tengo que repetirlo? —dijo Mico—. Aunque mi madre se apellidaba Edelbach, yo soy italiano y católico.

—Lo que eres es un atrevido y una persona con suerte —dijo Heiden—. Como bien dice el Führer, tus dos abuelos judíos son el límite de la impureza racial. Con uno más, estarías picando piedra en Dachau, en vez de tocando el violín en un lugar tan acogedor como este.

Algunas cosas habían cambiado en la vida de Heiden. Sus superiores habían recompensado sus méritos y, como indicaba la estrella que brillaba sobre la trama de sus hombreras, lo habían ascendido a Generalleutnant. Su desempeño al frente de la Risiera di San Sabba era visto con muy buenos ojos y se esperaba que pronto fuera promovido a otro campo de mayor importancia estratégica, incluso al mismísimo Auschwitz-Birkenau.

Parecía de excelente humor. De pie cerca de la puerta, Mico lo observó: sentado sonriente en su sofá, con las piernas cruzadas y un cigarrillo humeando entre los dedos. En esos dos años, había aprendido a identificar las señales de su cambiante temperamento. Ese golpe de risa estridente y espasmódico, mezcla de grito e hipido, que vino acompañado con una sacudida de hombros, solo podía significar una cosa: estaba eufórico.

—Es verdad que no eres del todo italiano, pero tampoco judío —le dijo—. Así que, desde ahora, creo que emplearé un término más preciso: latino. ¿Contento?

—Gracias, Generalleutnant.

—Italianos, portugueses, rumanos... todos iguales. Gente taimada, que no dice lo que piensa.

—En efecto.

—Descontando a los gitanos, yo diría que los españoles son los peores. Pequeñitos, morenos, dobles caras. No saben lo que es la honradez, la integridad, el respeto a la palabra empeñada. Como el gnomo ese de voz aflautada, al que el mismísimo Hitler tuvo que ir a enseñarle nociones básicas de decencia y honorabilidad. ¿Cómo se llama? ¿Forn, Frau...?

—Franco.

—Ese. Franz Franco. Qué sujeto más desagradable, por Dios. —Heiden hizo un gesto de asco—. Y pensar que gente como esa se hace llamar europea. Si son africanos, *coño*.

Siempre que lo encontraba así, Mico le seguía el juego. No era garantía de nada, pero le permitía ganar tiempo, postergaba los sufrimientos, podía disfrutar un poco más de la comodidad del despacho:

—¿Y los franceses, Generalleutnant? —le dijo—. También son latinos.

—Pero distintos —respondió Heiden—. Comen ancas de rana y no se bañan, pero, sin embargo, son los inventores del bidé. Eso los pone en otra dimensión, Edelbach. No puedes pretender ser un granuja como un italiano o un sinvergüenza como un español después de meterte un chorro de agua por el culo.

Una vez más, soltó ese golpe de risa seco y nervioso.

—Y, sin embargo, los ejércitos del Reich no tuvieron problemas con ellos —dijo Mico.

—Porque en eso sí se parecen a ustedes: en la cobardía —dijo Heiden—. Yo diría que es el rasgo que mejor los define. Por eso, a nuestra Wehrmacht le resultó tan sencillo someter París, mientras *mesdames et messieurs* se cagaban en los calzones.

—Pero si los latinos somos tan patéticos, ¿cómo puede el Führer tenernos a los italianos de aliados?

—Vuelves a equivocarte —dijo Heiden—. Para el Führer no son aliados, sino perros de compañía. ¿Cómo podría ponerse a la altura de un insignificante oportunista como Mussolini? O... se me olvidó otra vez. *Der spanische Zwerg?*

—Franco.

—Ese, Franz Franco. —Heiden volvió a reír, con sarcasmo—: Cómo se me puede olvidar, si es *el caudillo.*

Se levantó del sofá y, frotándose las manos, fue a encender la estufa de hierro que había ordenado instalar en su oficina. Allí se quedó un rato en silencio, mirando por la ventana, con los brazos alrededor de los hombros, calentándose.

Esa era una de las grandes ventajas de ser su protegido, pensó Mico. En cuanto asomaban los afilados vientos del otoño, el uniforme a rayas de terliz de los prisioneros se volvía inútil. Muchos caían fulminados en el patio, con la piel azulada y los dientes chocando, o amanecían muertos por el frío. Mientras estuviera en la tercera planta del edificio que ocupaban los oficiales de las SS, no corría ese riesgo.

Por un momento, sintió el impulso de acercarse al brasero, aunque eso significara ponerse a tiro de Heiden. Comenzó a arrastrar los pies sobre el brillante suelo de linóleo, pero la voz del Generalleutnant lo frenó en seco:

—Ahora que el avance del Reich es incontenible, y que las cosas aquí van tomando el rumbo que les corresponde, he decidido algo muy importante, Edelbach. Y necesito tu ayuda.

Esperó a ver la reacción de Mico antes de continuar:

—Quiero aprender a tocar el violín. —Su cara adoptó una expresión seria, no bromeaba—. Es algo que llevo planeando desde la infancia, pero que la vida militar me ha obligado a posponer, una y otra vez. Por fin tengo la tranquilidad para cumplir ese viejo anhelo.

—Sabía que le gustaba la música —dijo Mico, sorprendido—. Pero no que quisiera tocarla.

—Tuve una niñez muy musical —dijo Heiden—. Mi padre era dueño de una tienda de antigüedades, ¿sabes? Tenía decenas de instrumentos, todo el tiempo estaba comprando nuevos y a menudo nos los traía para que los apreciáramos, incluso los tocáramos. En casa teníamos un piano Blüthner y mi madre nos enseñó los pocos compases que sabía, también algo de clarinete y trombón. Mis favoritos eran los violines: su forma, su sonido, su delicado tacto, y hubiera querido interpretarlos como tú o mejor. Pero llegó el ascenso del Führer, las Hitlerjugend, la afiliación al Partido, y no tuve tiempo...

Reconfortado por el calor de la habitación y por aquellos recuerdos felices, Heiden se desabrochó los primeros botones de la chaqueta. Rodeó su escritorio y abrió una de las puertas correderas de la estantería que tenía detrás. Extrajo un fajo de cuadernillos que, como dedujo Mico, eran partituras. Seguramente, de su quinteto favorito de compositores: Wagner, Beethoven, Mozart, Gluck y Carl Orff.

—Me las he mandado traer —suspiró Heiden, con cara de satisfacción—. Por eso te cuento todo esto, Edelbach. Para cumplir este sueño solo me falta un profesor: o sea, tú.

Mico se puso pálido, titubeó.

—Me toma por sorpresa, Generalleutnant —dijo—. Yo, la verdad, no me lo esperaba.

—¿Y qué, tienes miedo? —El rostro de Heiden cambió de pronto, cargándose de agresividad.

—No... Digo, un poco sí, señor.

—¿De qué?

—De no estar a la altura —dijo Mico—. Siempre he sido un intérprete, nunca un profesor.

—Da igual —dijo Heiden—. Te estoy informando, no pidiendo un favor.

Una descarga de electricidad recorrió la espalda de Mico. Hasta ese momento, su supervivencia había dependido de su habilidad como violinista y de su cuerpo, sometido a los caprichos de su carcelero. Ahora, este le pedía algo que no podía controlar del todo. ¿Cómo conseguir que un minotauro como Julius Heiden aprendiese a tocar el violín? Lo más probable era que, con esas manos y esos dedos enormes, solo consiguiera arrancarle unos sonidos estridentes, como el aullido de un lobo. El equivalente a una muerte segura para él.

Heiden no le dio tiempo para albergar más dudas. Sin que Mico lo notara, se puso a su lado y le entregó el fajo de partituras:

—Toma —le dijo—. Estúdialas bien y después las veremos juntos. En unos meses espero estar tocando el *Orfeo ed Euridice*, de Gluck.

Como temía, Heiden volvió a acercársele. Silenciosamente, abrió su camisa e hizo caer su pantalón. Terminó pronto —unas embestidas mecánicas y unos estertores ahogados, antes de dejarse caer en el sofá—. Mientras se vestía, Mico recordó algo:

—Generalleutnant...

—¿Dime?

—Necesito pedirle un favor. ¿Tendría un poco de penicilina?

—No me digas que tienes gonorrea. A quién te estarás tirando... —Heiden soltó una carcajada.

—No es para mí, señor.

—¿Entonces?

—Es para... un compañero de celda.

—¿No será esa rata con la que siempre te veo? Bechstein, ¿verdad?

—Creo que tiene pulmonía, señor. O neumonía.

—Un judío menos. Y a costo cero.

—Por favor, Generalleutnant.

Mico salía de la oficina cargado con las partituras, unas sobras de comida y un frasquito de penicilina, y se detuvo en la puerta, desde donde vio que Heiden volvía a la ventana. El sol se había enterrado detrás del horizonte, el día estaba por terminar y el viento hacía que los barcos lejanos se tambalearan. El jefe del campo se había abotonado la chaqueta y pronto saldría a pasar revista a sus oficiales.

—Generalleutnant...

—¿Todavía no te fuiste, Edelbach?

—¿Comenzamos mañana?

La amplia sonrisa de Heiden quedó iluminada por la luz rojiza del final de la tarde.

—¿Sabes qué será curioso, Edelbach? Que tú, mi pupilo en esta pequeña y gloriosa comunidad de hombres que hemos formado, tendrás la oportunidad de enseñarme algo. Espero que sepas disfrutar la experiencia...

Mico salió del despacho y, acompañado por un SS, volvió a su celda, donde los demás prisioneros comenzaban a recogerse. En su porción de litera sobresalía el bulto de un cuerpo cubierto por la frazada beige de bordes dorados, que respiraba trabajosamente, emitiendo un sonido asfixiado y ronco. Un par de días atrás, Ernest había vuelto de los trabajos forzados con dolores en el pecho y una tos que fue empeorando a lo largo de la noche. Esa mañana había amanecido volando de fiebre, tiritando, incapaz de levantarse.

—Mira lo que te traigo —le dijo Mico, ayudándolo a tomar un poco de agua y a comer algo, antes de inyectarle la dosis de penicilina.

A partir de ese día, Mico añadió a su rutina las clases de violín para Heiden. Todas las tardes pasaba por su oficina luego de terminar las serenatas que eran emitidas por Radio La Risiera y entrenaba al Generalleutnant en los rudimentos de la interpretación: lo ayudaba a familiarizarse con el instrumento, le enseñaba a tensar el arco, a lubricar sus cuerdas con resina, a afinarlo y, luego, a conocer sus sonidos, a tocar las primeras notas, a practicar escalas, a probar algunas melodías. Mico sufría viendo su querido Stradivarius en las manos de Heiden, que, en lugar de notas sublimes, le arrancaba chirridos y estridencias. Debía ser un buen profesor porque, al cabo de tres semanas, la torpeza de su carcelero comenzó a ceder y, ayudado por aquel portentoso violín, logró producir algo parecido a la música.

Para entonces, gracias a la comida y a la penicilina que Mico sacaba del despacho de Heiden luego de cada lección, Ernst se había recuperado de la violenta infección respiratoria que casi lo había matado. Lo primero que hizo su amigo cuando retomaron sus habituales conversaciones fue preguntarle por algo que lo tenía intrigado. Qué era eso de la «gloriosa comunidad de hombres» a la que había aludido el Generalleutnant el día que le anunció que comenzarían las lecciones de violín.

—A veces pienso que tú no sabes nada, violinista. —Si faltaba una prueba para decir con certeza que Ernst estaba sano de nuevo, era esa: su tono condescendiente y mordaz había vuelto—. Así es como Hitler zanjó el tema de la homosexualidad en el Reich: decretando que allí no existe. Que todos los nazis son una *glorreiche Gemeinschaft der Männer.*

—¿Te imaginas lo que pasará cuando se enteren de...?

—Lo saben, querido amigo. Bien que lo saben. Por eso, Heiden solo puede ser *capo di tutti capi* en un campo como este.

—¿Qué quieres decir?

—Que los nazis mandan, pero Trieste sigue siendo parte de Italia, Mico. Aquí la política es distinta, creo que el propio Duce la bautizó como *«tolleranza repressiva dell'omosessualità»*. Ya sabes: Dios perdona el pecado, pero no el escándalo. Puedes ser marica, pero discreta. Mariposa, pero nocturna. Muy latino y muy católico, ¿no crees, violinista?

—Estás comenzando a hablar como Heiden.

—Será porque soy alemán antes que judío, mal que le pese al nazi ese.

Mico se rascó la cabeza.

—Así que «tolerancia represiva», ¿eh? Dejo que vivas como quieras, pero en cuanto te vea, te mato. Qué retorcidos somos los italianos, la verdad.

—Una permanente contradicción. No me digas que te sorprende, Mico.

El violinista quiso sonreír, pero una idea fugaz cruzó su mente. Lo había pensado antes, pero hasta ahora no caía en su condición excepcional y tuvo que preguntar:

—Ernst —le dijo.

—Dime.

—¿Cómo haces para estar siempre al tanto de lo que pasa adentro y afuera de la Risiera?

—Tengo facultades extrasensoriales, amigo mío.

—Te lo pregunto en serio.

Ernst Bechstein se quedó contemplándolo, como si estuviera leyendo su gesto.

—Te has dado cuenta de cómo funciona este campo de detención, ¿no? —dijo por fin.

—Sí, creo.

—Ahí están todas las claves que hacen falta, Mico.

—¿A qué te refieres?

Ernst hizo un gesto amplio, que pareció abarcar toda la Risiera di San Sabba:

—Este es un campo de paso —dijo—. Los trenes no dejan de llegar y de irse repletos de turistas como tú y como yo, ¿verdad? —Mico asintió—. La única excepción son los comunistas, que solo tienen ticket de venida y que, luego de una grata pero breve estadía en las celdas de castigo, terminan asándose en el horno de la gran chimenea...

—Por Dios, Ernst.

—Todo esto, mientras tú nos deleitas interpretando una de las alegres *Ungarische Tänze* del romántico Brahms...

—Una patada en el estómago sería más simpática que tú. Lo sabes, ¿no?

—El hecho es que las personas que entran al campo suelen traer noticias frescas del mundo exterior —dijo Ernst Bechstein acomodándose las gafas, el rostro de roedor iluminado por el orgullo—. Mis enormes habilidades sociales hacen el resto, Mico.

—Pero nunca te veo hablar con nadie.

—¿Y qué crees que hago cuando estás fuera, cumpliendo tu turno en Radio La Risiera o impartiéndole clases a la bestia Heiden?

21.

—Abra los ojos.

La voz le llegaba difusa, desde el fondo de una caverna. Una imagen comenzó a cobrar forma ante sus ojos. Era una persona.

—Solo démelo y todo habrá acabado.

El comisario Tobosa tenía sed, pero le costaba articular palabra, incluso para pedir agua. Lo intentó y su garganta se anudó. Pensó en su arma reglamentaria. No la sentía pegada a su torso, donde debía estar.

—Voy a tener que pedírselo de otro modo.

Un latigazo, como la picadura de una medusa. Un dolor muy profundo en la mano. El mismo dolor que había sentido antes, pero más rápido. Tobosa no llegó a desvanecerse, al contrario. Sus pulsaciones aumentaron, se le abrieron los ojos y su boca se liberó en un grito.

Pudo ver las paredes sucias de la camioneta, el suelo apestoso, el farol de mano que lo iluminaba desde un rincón con una luz que le lastimó los ojos. Intentó tapárselos, pero tenía las manos atadas a la espalda. Quiso patear a la mujer. Dadas las circunstancias, podía prescindir de las cortesías. Pero también tenía los pies sujetos, esposados a una agarradera del suelo. Era una posición incómoda, dolorosa.

—¿Quién es usted?

—No he venido a hacer vida social.

La mujer volvió a disparar los rayos azules de su máquina. A Tobosa se le aceleraron los latidos antes de recibir la descarga.

—El violín, comisario. —Mientras se recuperaba, Tobosa notó que ella arrastraba las erres, pero no como una brasileña o una boliviana, sino como alguien de más lejos—. Démelo y ahórrese todo este castigo.

—¿Me matará usted? ¿Como al alemán?

—No estamos aquí para hablar de mí. Además, yo aún no he matado a nadie...

También había algo de argentino en su acento. Ese alargamiento de las sílabas finales y esa tonada. La mujer parecía ser de muchos lugares a la vez. Tobosa no tenía especial interés en descubrir su origen, pero sí en hablarle. Había visto lo que ella era capaz de hacer y pensó que, con cada palabra, ganaba un segundo valioso.

—¿Por qué mató a la hija también? Esa pobre chica...

—No llame «pobre» a esa gente. Usted no tiene idea de lo que es el sufrimiento. Parece que no está escuchando, comisario.

Por primera vez, la mujer pareció alterarse. Quizá no era tan implacable como aparentaba y era posible encontrarle una grieta. Un flanco descubierto. Un punto inestable, por pequeño que fuese. Tobosa supo que debía seguir escarbando.

—Tenía catorce años... Era una niña.

—Ya le he dicho que no he matado a nadie. Estas cosas son demasiado grandes para que usted las entienda. Simplemente, deme el violín y olvide lo demás. Hágase ese favor. No voy a repetírselo.

Desde el exterior llegaban ruidos de motores y bocinas, pero no voces ni frenazos. Sin duda, habían abandonado el Microcentro, pero no se habían alejado de la ciudad. ¿Estaban en el arcén de una carretera? Tobosa calculó que, incluso si lograba salir del vehículo, quedaría entre su atacante y los vehículos a toda velocidad. Solo podría salvarse si la dejaba inconsciente... o la mataba.

—Le diré dónde está el violín...

—Mejor.

La mujer bajó la pistola eléctrica. Se sentó contra la pared de la camioneta y soltó aire por la nariz. Parecía tan aliviada como él. Tobosa quiso creer que todo esto se le había ido de las manos. Eso abría otra ventana de oportunidad.

—... Pero tiene que decirme usted algunas cosas...

La mujer resopló con algo parecido al cansancio.

—Comisario, sigue usted sin entender su situación...

—¿Cómo era él?

—No voy a hablarle de Von Bulow. Ese no es asunto suyo.

—No me refiero a Von Bulow.

—No sé de qué ni de quién me habla, pero esta conversación ya se terminó.

Se levantó la pernera del pantalón. Tenía un cuchillo en un estuche de cuero sujeto a la pantorrilla. Lo extrajo y lo empuñó. Mientras la hoja de metal brillante se aproximaba a su pecho, Tobosa se fijó en un detalle inútil: era zurda.

—Le daré el violín.

—Ahora. Y sin más conversación.

—Está...

La punta del cuchillo le hirió el pectoral izquierdo. La mente del comisario funcionaba al límite de sus capacidades, analizando decenas de opciones, intentando ignorar el dolor.

—Está en la pensión. Usted ya sabe que he dejado mi casa. Ahora me quedo en una pensión.

Podía servir. Un lugar público, rodeado de gente, donde fuera más difícil asesinar impunemente.

—Deme la dirección.

El comisario guardaba su billetera en el bolsillo del saco, que señaló con la barbilla. Por seguridad, la mujer acercó a su cuello el cuchillo mientras con la otra mano la extraía. Al abrirla, se topó con un comisario más joven, que la miraba desde su carnet de policía.

—Está entre los billetes, no en el tarjetero —informó, aunque no hacía falta. La mujer ya estaba retirando el cartoncito amarillo con el logo de la pensión y la poco creativa imagen de una maleta.

—¿Y la tarjeta?

—Todavía usan llaves de las antiguas. De las que se dejan en el mostrador al salir.

La mujer produjo un sonido burlón con la boca:

—¿Y ahí ha dejado el violín más valioso de la historia?

—Es muy seguro. Ahora, por ejemplo, usted no puede entrar. Es decir, puede dispararle al recepcionista, pero eso parece demasiado arriesgado. Incluso para usted.

La mujer cambió su cara burlona por una más severa. Abrió la puerta y la luz llenó el interior de la camioneta. El sonido de los vehículos en la carretera era ensordecedor. Duró apenas unos instantes, se volvió a apagar en cuanto la mujer salió y cerró. Segundos después, arrancó y partieron.

Durante la siguiente media hora, el comisario reconoció el trayecto por los sonidos exteriores y la velocidad. Conforme se acercaban a la ciudad, y luego al centro, la circulación se volvió más lenta y los bocinazos aumentaron junto con las sacudidas producidas por los baches. Llegado cierto punto, la camioneta debió de avanzar en primera y la temperatura se redujo. Debían haber entrado en un lugar techado.

Cuando volvió a abrirse la puerta, el comisario pensó que, si entonces no tenía un plan, ya nunca lo tendría.

—Voy a desatarlo —dijo la mujer—. No haga ninguna tontería. Piense que solo quiero una cosa. Si la consigo, lo dejo en paz. Y si no la consigo, ya no necesito que siga con vida.

Soltó los nudos de sus pies y brazos. Tobosa midió sus posibilidades, pero no podía descartar que ella tuviera un arma de fuego oculta. Una vez más, se dijo: «No, tiempo, veremos si más adelante surge una mejor oportunidad». Se dejó conducir dócilmente, primero a través del estacionamiento, luego por las calles del centro.

La mujer había bajado un espacioso bolso y avanzaba con la mano metida en él. Para un ojo desprevenido, era su manera de protegerse de los carteristas. Tobosa lo consideró la confirmación de que cargaba con un arma de fuego, quizá la que le había quitado a él mismo.

Durante el trayecto, al comisario el centro le pareció menos feo. Ahora, el ruido insoportable era una señal de vida, la suciedad parte de un paisaje, el aire húmedo y pesado lo hizo sentir vivo. Poder morir en cualquier momento ayudaba a apreciar la propia existencia, incluso en los detalles más insustanciales.

—Aquí es —dijo cuando llegaron delante de la pensión.

—¿Está listo?

—¿Tengo alternativa?

—No. Tampoco permiso para seguir haciendo chistecitos.

—¿Y una pregunta?

—Tampoco.

—¿Trabaja usted sola? ¿Forma parte de una organización? ¿Es una mercenaria? No entiendo por qué hace todo esto.

Esta vez, la mujer no lo despreció directamente. Se tomó la molestia de reflexionar un poco y finalmente respondió:

—Hay gente en este mundo que quiere restablecer el equilibrio moral del universo. Dicho de un modo sencillo: castigar a los malos y compensar a los buenos. En el mundo, se ha hecho mucho mal. Y por eso, hay mucho trabajo por hacer. Los budistas lo llaman karma.

—¿En serio? ¿Esta es su manera de ser buena persona?

El comisario lo preguntó con una sonrisa irónica, pero la mujer no parecía capacitada para sonreír.

—Créame, comisario —informó secamente—, en este momento, aunque no le parezca, está usted haciendo lo mejor que ha hecho en su vida. Y ahora, adelante.

Tobosa disimuló en la recepción. Dio los buenos días y pidió sus llaves sin hacer ninguna referencia a la mujer, como si ella no estuviera. El juego venía en un pesado llavero de madera antigua y sonó como un martillazo contra el mostrador. Tobosa recogió las llaves y se acercó al ascensor con la mujer al lado. Entonces, el recepcionista volvió a llamarlo:

—Señor Tobosa...

El comisario no se giró. Cualquier movimiento era arriesgado.

—¿Sí?

—¿Puedo decirle algo?

Tobosa regresó hacia el mostrador arrastrando los pies. Habría caminado con más alegría al pelotón de fusilamiento. La mujer fue pegada a su espalda.

—Dígame.

El recepcionista, un hombre entrado en años que se refrescaba con un ventilador eléctrico de mano, se puso rojo por lo que tenía que decir. Intentó con gestos alejar a la mujer de la conversación, pero, al ver que eso no era posible, lo soltó:

—Está prohibido traer acompañantes a las habitaciones, señor. Este es un lugar decente. Espero que lo sepa comprender...

Ahí estaba la oportunidad. El rayo de luz que el comisario había esperado. Este retraso obligaría a abortar la operación. Después de todo, Dios existía.

—Le daré cien dólares —replicó secamente la mujer.

El recepcionista puso cara de sufrir un profundo dolor y examinar sus valores éticos más arraigados. Finalmente, extendió la mano, sin duda sorprendido por la potencia seductora de su huésped. Tobosa sonrió con un gesto similar al *rigor mortis*.

El ascensor era un cubículo gris iluminado por una luz moribunda que, al subir, sonaba como las tripas de una ballena. Solo eran dos pisos, pero entre el mal estado de la maquinaria y la incertidumbre, a Tobosa la subida le resultó más larga y agotadora que una maratón por el desierto.

«Ahora voy a morir», pensó. «Vamos a entrar en ese cuarto. Y no va a haber un violín. Y lo siguiente que veré es una bala acercándose a mis ojos».

El ascensor se detuvo. Tobosa hubiera deseado que tardara mucho más, que se quedara atascado a mitad de camino. Pero eso solo pasaría en un día normal. Si tuviera prisa. Si quisiera llegar a su destino.

Echaron a andar sobre una moqueta tan mugrienta y gastada que era incapaz de amortiguar el sonido de sus pasos. ¿Era su estado de nerviosismo o cada pisada sacudía el edificio entero?

Llegaron a la habitación. Al sacar la llave del bolsillo, se le cayó al suelo. La mujer apretó el bolso contra su espalda. ¿Esa punzada provenía del cañón del revólver? Al recoger la llave, el olor a humedad de la moqueta penetró sus fosas nasales.

—Ninguna tontería —advirtió ella.

—Ninguna tontería —confirmó él.

Abrió la puerta. Reconoció el papel mural manchado, las sábanas de la cama raídas, la ventana a un patio interior sin luz, el mobiliario rancio. La habitación debía estar vacía, pero en el centro se elevaban dos figuras nuevas, que no encajaban con la decoración. Una de ellas usó un tono de voz burlón que Tobosa detestó desde la primera sílaba.

—Buenas tardes, comisario. Lo echábamos de menos en el trabajo.

Tobosa no podía saber si este encuentro salvaría su vida o la condenaría. De todos modos, respondió cumpliendo con las normas de cortesía.

—Buenas tardes, comandante, sargento Gutiérrez. Qué sorpresa encontrarlos por aquí.

22.

—Arriba, violinista —dijo Ernst Bechstein, ya de pie, listo para salir al patio—. Vamos, alegra esa cara.

Mico gruñó y se revolvió bajo la frazada de bordes dorados. Estaban a fines de mayo y la tibieza de la primavera iba cediendo terreno a un verano que se anunciaba impetuoso. La noche anterior había vuelto a participar en una de las reuniones que Julius Heiden gustaba celebrar en sus oficinas. Ahí lo habían hecho tocar el violín hasta sentirse extenuado y, luego, junto con otros prisioneros jóvenes, lo habían obligado a ser parte de los juegos perversos que el director de la Risiera di San Sabba guiaba con entusiasmo.

Desde su ascenso a Generalleutnant, Heiden se las había arreglado para deshacerse de su plana mayor y remplazarla por dos compañeros de las Hitlerjugen. Se apellidaban Lehner y Schön, y, con su porte espigado, sus ojos claros, sus cabellos rubios y sus labios carnosos, parecían calcados. Eran oficiales de las Waffen-SS a quienes conocía desde los diez años y que, gracias a una combinación de astucia, suerte y buenas relaciones, habían evitado el frente de combate y participaban de la guerra desde posiciones más seguras y cómodas. Heiden los había reunido porque eran de su entera confianza y compartían sus aficiones sexuales.

Lehner y Schön se repartían con Heiden las responsabilidades administrativas del campo y, además, se encargaban de organizar las veladas que comenzaron a repetirse en el despacho del Generalleutnant. Durante el día recorrían el patio, los depósitos de bienes requisados, los lugares de trabajos forzosos y el horno crematorio, para asegurarse de que todo marchara según lo establecido, pero también para anotar los nombres de aquellos prisioneros que llamaban su atención. Por la tarde, después de la cena, enviaban a un par de Sturmmann a buscarlos a sus barracas y luego se encerraban con ellos en el despacho de Heiden a beber, escuchar las interpretaciones de Mico y sostener encuentros sexuales en grupo, orgías que podían durar hasta la mañana siguiente.

La corte de la Risiera podía tener gustos rebuscados, pero de ningún modo era una excepción. Gracias a las informaciones de Ernst, Mico sabía de otros oficiales, SS de menor rango y camisas negras, que aprovechaban su posición —en este y otros campos— para abusar de los prisioneros. Hacía poco le había contado la historia de novecientas adolescentes eslovacas a las que los nazis habían sacado con engaños de sus casas para embarcarlas en un tren a Auschwitz-Birkenau. Todas tenían entre quince y dieciocho años y, curiosamente, en cada estación por la que pasaban, su número disminuía. Según Ernst, esto se debía a que los oficiales seleccionaban a las prisioneras más aventajadas y mejor alimentadas —aquellas que resistirían el hambre y el frío— para hacerlas sus esclavas sexuales.

Aunque disfrutaba acostándose con otros prisioneros, Julius Heiden tenía una extraña predilección por Mico, que venía durando los cuatro años de su cautiverio. Siendo dueño de la vida de los prisioneros del campo y teniendo la posibilidad de disponer de los cuerpos que quisiera, muchos de ellos más jóvenes y atractivos que el violinista, ¿por qué mantenía ese favoritismo? ¿Por qué en las bacanales que organizaba con sus compañeros de la plana mayor solía reservárselo para sí mismo? ¿Por qué no se cansaba de él, buscaba un nuevo amante y lo desechaba? Su condición de músico ayudaba, pero, cuando lo pensaba a fondo, Mico solo encontraba una explicación: se sabía el favorito de Heiden, pero seguía vivo gracias al poder protector de su Stradivarius.

Había un pacto tácito. A cambio de sus servicios como músico, profesor de violín y esclavo sexual, Heiden protegía a Mico. Este acuerdo se extendía a Ernst Bechstein, que también se beneficiaba con las sobras de la mesa de los oficiales, las medicinas y los cuidados que recibía su amigo. Ambos eran una excepción a la norma y llevaban tiempo ostentando el raro honor de ser los reclusos más antiguos de la Risiera di San Sabba.

—Te lo digo en serio. —Ernst se empinó y asomó el rostro por encima de la baranda—. Ayer me llegaron noticias que te van a animar. Baja de esa litera y te las cuento.

Mico se revolvió, se frotó los ojos, estiró los brazos y, con el cuerpo adolorido por la noche pasada en las oficinas de Heiden, se quitó la frazada de bordes dorados. Bajó lentamente, llegó al suelo y permaneció un momento encorvado, con las manos en los riñones. Cuando dio los primeros pasos hacia la puerta, descubrió que cojeaba.

—Entonces, Ernst, ¿cuál es esa formidable novedad? —preguntó cuando salieron al patio.

—Novedades, violinista —lo animó Ernst—. Dilo en plural. Son más de una.

—Espero que no te refieras a la llegada del nuevo convoy de reclusos especiales...

—¿Los partisanos de la Resistencia italiana, croata y serbia?

—«Comunistas extremadamente peligrosos» los llamaron por la megafonía de Radio La Risiera...

—Pero si eso lo sabe todo el mundo, Mico.

—¿Entonces?

—La primera: hay dos religiosos de Trieste que están presionando para que el Vaticano envíe una misión a ver lo que está pasando aquí. Uno es un tal padre Cortese. El otro, un pez gordo. Nada menos que el obispo de la ciudad: *monsignor* Antonio Santin.

A Mico le sorprendió descubrir que la cara de Ernst, que habitualmente exhibía un gesto de sarcasmo, resplandecía de ilusión. A él, en cambio, comenzó a roerlo la amargura:

—¿Y tú crees que les van a hacer caso? —dijo—. ¿A dos curitas de Trieste? Nunca imaginé que vería al descreído Ernst Bechstein ablandado por el encierro y convertido en un iluso. Esa sí es una novedad.

—Pero, Mico...

—¿En serio crees que esos don nadie, pobres capellanes de pueblo, conseguirán ir al Vaticano y traer de la mano al papa, para que detenga lo que los nazis vienen haciendo desde hace años?

La sonrisa en la cara de Bechstein parecía petrificada. Cuando habló, había dejado el entusiasmo por la condescendencia:

—Me cuesta reconocerte, violinista —dijo—. El dócil y optimista Michele Stefanoni Edelbach echando a perder una buena noticia. Y todo por haberse pasado la noche en los lodazales del pecado.

—Ernst...

—Pensé que eras consciente de que tenemos pocas posibilidades de salir vivos de aquí. Una de ellas depende del poder de tu Iglesia y de su máxima autoridad, Pío XI.

—Pío XII. —Mico intentó sonreír, pero en su rostro apareció una mueca triste—. Pío XI murió en el 39, unos meses antes de la invasión de Polonia.

—Tal como yo lo veo, es el único que, ahora mismo, puede hacer algo por nosotros, violinista...

—¿Y los Estados Unidos? La guerra está cambiando con su ingreso, luego de Pearl Harbor.

—Me cuesta confiar en los americanos. Fueron incapaces de tomar la iniciativa, a pesar de todas las evidencias, y solo se animaron a entrar en la guerra cuando sufrieron ese ataque.

—Pero es una gran potencia, con un ejército y una capacidad industrial que podrían torcer el curso de las cosas.

—Me temo que solo están protegiendo sus intereses, como ya lo hicieron antes, y que se limitarán a asegurar el control del océano Pacífico frente al Japón, olvidando los demás escenarios de la guerra.

—¿Tú crees que Roosevelt sea tan taimado? ¿A estas alturas? ¿Que se desentienda de Europa y de la persecución a los judíos? ¿Con la cantidad de personas, entre ellas mi madre, que tuvieron que huir y refugiarse en los Estados Unidos?

—Espero estar equivocado, pero ya nos pasó. Cuando a Hitler lo nombraron Führer, muchos judíos alemanes confiaron en que los Estados Unidos no permitirían que Alemania institucionalizara el pogromo como política nacional. Pensaron que, teniendo un presidente demócrata como Roosevelt y una comunidad judía tan poderosa, vendrían en su rescate. ¿Y qué pasó?

—Roosevelt ni siquiera tuvo el valor de boicotear las Olimpiadas de Berlín...

—Peor que eso, Mico. Arrastró al resto del mundo a enviar delegaciones, permitiendo el lucimiento de Hitler.

Mico permanecía pensativo:

—¿Entonces, Ernst? —preguntó por fin.

—Todavía es mucho pedir. Pero al menos hay dos curas que se están moviendo en Trieste para que alguien del alto clero venga a ver lo bien que lo pasamos acá. Y uno de ellos, el obispo Santin, tiene conexión directa con Pío XII. No es poco, ¿no?

—¿Y qué hay de la segunda novedad?

—Está a punto de ocurrir y puede ser incluso más favorable. Una delegación de la Cruz Roja Internacional vendrá a visitarnos este verano, encabezada por su presidente, el suizo Max Huber. Al parecer, llevan meses pidiendo entrar en varios campos, pero los nazis lo han venido impidiendo. Como la Risiera es un lugar de detención y el horno funciona a mitad de su capacidad operativa, nos ha tocado la lotería.

—¿Y eso es bueno? Mira lo poco que ha hecho la Cruz Roja desde que Hitler comenzó a asolar Europa...

—Míralo así —dijo Ernst—. Como el régimen querrá proyectar una imagen positiva, seguramente mejorará nuestras condiciones de encierro y pasaremos un verano amable, comiendo mejor y descansando más. Además, me ha dado una idea.

—Te escucho.

—¿Por qué no propones a Heiden la formación de una pequeña orquesta para agasajar a la delegación de Huber?

Mico se detuvo a observar a Ernst, sin saber si bromeaba o hablaba en serio.

—¿Una orquesta?

—La Risiera di San Sabba, el único campo de detención donde, además de ser molidos a palos, los reclusos tenemos tiempo para interpretar las más sublimes composiciones de la lírica universal...

Ernst había abierto los brazos con un gesto teatral, pero de pronto se puso serio:

—Así extenderíamos los beneficios que recibimos a otras personas y tendríamos ocupado a Heiden —dijo—. Incluso podríamos proponerle que toque en la orquesta. Para él sería una jugada maestra de relaciones públicas. Yo me ofrezco a tocar el piano, a ver si todavía me acuerdo...

—Viéndolo así...

—Pero eso no es todo, Mico. Si sabemos manejarnos con inteligencia y discreción, podríamos aprovechar la ocasión para contarle al mundo lo que pasa en la Risiera. Puede ser arriesgado, pero vale la pena, y no tenemos nada que perder.

Ernst explicó su plan en voz baja, mientras hacían la cola del desayuno. Era una idea osada, pero podía causar un efecto devastador para sus captores y servir para advertir al mundo sobre lo que ocurría si el Reich seguía su avance, instalando a su paso lugares como ese. Si funcionaba, podría arrinconar diplomáticamente al gobierno italiano, forzándolo a cerrar el único campo de su geografía.

Ambos amigos terminaron de comer el pan duro y eso que no era café y se separaron. Durante el resto del día, mientras sus interpretaciones al violín eran difundidas por la megafonía del campo, y más tarde, cuando impartió a Heiden su lección de violín, Mico no pudo dejar de pensar en el plan de Ernst. Terminó de rumiarlo mientras volvía del pabellón de techos altos y, cuando entró al patio, se sentía optimista, eufórico. Buscó a Ernst, que salía de la barraca, lo cogió del brazo y, mientras se sumaban a la cola del último alimento del día, le dijo que estaba de acuerdo, pondrían su idea en práctica. Ocuparon un rincón, donde se sentaron a comer el trozo de pan negro con manteca y a avanzar con los detalles del plan. Cuando pareció que tenían todo cerrado, Mico se levantó.

—Entonces está acordado, ya no hay vuelta atrás.

—Parece que no —respondió Ernst—. Nos jugamos la libertad, aunque tengamos las cartas en contra. Por supuesto, dependemos de lo que Heiden te responda cuando le propongas formar la orquesta. Confío en tu capacidad de persuasión...

—Entonces, creo que es el momento de contarte algo. Un secreto que guardo hace tiempo.

—¿Tenemos secretos, todavía?

Mico sonrió, pero, de inmediato, cambió su expresión:

—¿Has visto mi violín?

—El Stradivarius —asintió Ernst—. Es precioso, una verdadera joya. Qué lástima que haya terminado en un lugar como este.

—Vas a pensar que estoy loco, pero no es un instrumento cualquiera —dijo Mico—. Es único, incomparable. Y no solo por ser el último violín que Antonio Stradivari fabricó con sus propias manos. Es... cómo lo digo...

—¿Mágico? ¿Milagroso? ¿Sobrenatural?

—Todas esas palabras servirían para describirlo...

—Siempre lo supe.

—¿Cómo dices?

—Llevo tiempo sospechando que se toca solo y que tú eres un farsante —dijo Ernst, incapaz de contenerse.

—Estoy hablando en serio. —Mico esperó a la reacción de su amigo y, solo cuando estuvo seguro de que no volvería a bromear, prosiguió—: Este violín salva vidas. Conmigo lo ha hecho no una, sino muchas veces.

Como había pronosticado Ernst, anticipando la llegada de la delegación de la Cruz Roja, durante ese verano las condiciones de reclusión cambiaron hasta volverse tolerables. Todo comenzó con la comida. Un mediodía, los prisioneros descubrieron con los ojos emocionados que para el almuerzo los esperaba una cazuela de pescado. Su asombro fue mayor al caer la tarde, cuando los llamaron para cenar un cazo de avena y una rebanada de pan negro. La doble ración de alimento se repitió desde entonces. Al cabo de tres meses, los reclusos habían recuperado el color y parte del peso.

Para sorpresa de ambos amigos, Heiden acogió con entusiasmo la idea de formar la orquesta y dio carta libre a Mico para elegir a los músicos y organizarla. El Generalleutnant pasaba el día entero dedicado a los preparativos de la visita, que podía significar su consagración definitiva dentro de la jerarquía nazi. Además de cuidar la decoración, la limpieza, la comida, el hospedaje y las atenciones, comenzó a participar en los ensayos de la orquesta, manteniéndose tan ocupado que se vio obligado a suspender los encuentros nocturnos con sus camaradas de las Juventudes Hitlerianas Lehner y Schön.

Además de Ernst Bechstein —que resultó toda una revelación al piano—, entre los presos de la Risiera había algunos músicos bastante competentes. Un comunista veronés tocaba el contrabajo, un judío de Génova, el trombón, y otros de Trieste, Ferrara y Salerno, se repartieron los violines y las violas. Pero el gran descubrimiento fue Stefania, una muchachita de ojos oscuros y delgada como una espiga que, antes de ser deportada a la Risiera di San Sabba, había estudiado canto en la escuela que la célebre soprano judía Giuseppina Finzi-Magrini regentaba al norte de la Lombardía.

Mico era especialmente cuidadoso cuando reclutaba a sus intérpretes. Les hablaba de la visita de los delegados de la Cruz Roja, con Max Huber a la cabeza, y de los beneficios adicionales con que contarían durante los meses de ensayos.

Con la ayuda de Ernst, poco a poco deslizaba indirectas, dando a entender que el propósito de la orquesta era cerrar con broche de oro esa jornada, pero que podía haber algo más. Solo daban el paso siguiente cuando comprobaban que el preso era de fiar y, si no lo era, si cualquier gesto suyo sembraba alguna clase de duda, empleaban el primer pretexto que se les ocurriera para devolverlo a su vida cotidiana. Con este mecanismo, la formación definitiva estuvo lista en poco tiempo. Aunque le incomodaba que todos sus intérpretes fueran prisioneros (¿acaso no había músicos y artistas entre los guardias del campo?), Heiden no sospechaba nada y, al cabo de un par de semanas tocando, tuvo que reconocer que la orquesta tenía un sonido bastante aceptable.

Además de escoger a los músicos, tocar su violín y dirigir los ensayos, Mico se encargó de seleccionar el repertorio. Este incluía obras de Vivaldi, Verdi y, cómo no, Wagner. Para abrir el concierto, decidió que interpretarían el aria «La reina de la noche» de Mozart, lo que permitiría el lucimiento vocal de Stefania. Finalmente, Heiden ordenó la confección de unos trajes de gala con chaqueta, pantalón y corbatín, que les darían un toque de elegancia.

La idea era tan llamativa que pronto llegó a oídos del ministro para la Ilustración Pública y Propaganda, Joseph Goebbels, quien la acogió con entusiasmo, pues vio en ella el germen de una campaña que podría favorecer al Tercer Reich, respondiendo a las noticias donde se hablaba de los horrores cometidos en los campos de concentración. Para promocionarla, decidió enviar a un equipo de la Universum Film AG, la UFA, el poderoso estudio cinematográfico que controlaba con fines publicitarios y que rodaría un documental del concierto. Los productores y técnicos llegaron en junio con la orden de montar los equipos y no moverse hasta después del paso de la delegación de la Cruz Roja encabezada por Max Huber.

El día de la visita todo estaba listo. Los prisioneros despertaron incluso más temprano de lo habitual y, en lugar de emplearse en los trabajos regulares de la Risiera di San Sabba, luego del breve desayuno se formaron en el patio. Desde allí, los Sturmmänner se los llevaron para cumplir con las misiones especiales de ese día.

Algunos se encargaron de recoger las basuras, barrieron el campo, colgaron banderitas, pulieron las ventanas, enyesaron y pintaron las últimas grietas de las paredes. Otros tuvieron por destino la cocina, donde se encerraron entre ollas y fogones a preparar el banquete para los invitados de la Cruz Roja, o se organizaron para servir la mesa, o asistieron al equipo de la UFA enviado por el ministro Goebbels. Mico, Ernst y los demás integrantes de la orquesta fueron llevados al almacén de los objetos requisados, convertido en salón de actos para la ocasión, con butacas y un escenario alumbrado por cañones de luz y cubierto por un telón, detrás del cual recibieron sus instrumentos y se cambiaron.

Una vez solos, repasaron un par de veces el plan y, cuando estuvieron seguros de su ejecución, se limitaron a esperar en medio de la tensión. Pero llegó la noche sin noticias de Heiden, lo que aumentó el nerviosismo, que Mico y Ernst quisieron atajar disimulando sus propias preocupaciones, y diciéndoles a los músicos que esos retrasos eran normales en el mundo del espectáculo, que no perdieran la concentración, y que debían enfocarse en la función que ofrecerían y en el plan que pondrían en marcha.

Afuera estaba muy oscuro cuando, por fin, los prisioneros escucharon las pisadas que venían del patio de la chimenea y se acercaron al pabellón de techos altos. La puerta del almacén se abrió y los SS entraron con sus invitados. Desde su lugar en el escenario, tapado por el telón, Mico pudo imaginar cómo ocupaban las butacas, con Max Huber en medio, rodeado por el resto de su comitiva, junto con Lehner, Schön y los demás oficiales nazis.

—Preparados —dijo Mico—. Empezamos en cualquier momento.

Los músicos se pusieron de pie y ocuparon sus posiciones. En ese momento, por uno de los lados del telón, hizo su aparición el Generalleutnant Julius Heiden. Todos esperaban verlo pletórico, cargado de euforia luego de esa jornada consagratoria, que debía catapultarlo a las cimas del Olimpo nazi. Pero se encontraron con un hombre furioso, que tenía los ojos rojos y hablaba solo, masticando un sentimiento que solo podía ser indignación. Heiden pasó delante de los músicos, llegó hasta Mico, de un empujón le arrebató el Stradivarius y se lo cambió por el violín con el que había estado asistiendo a los ensayos de la orquesta.

Fue todo tan repentino que nadie alcanzó a preguntar qué pasaba. Heiden ladró una orden y el encargado corrió el telón. Desconcertado por la situación y deslumbrado por el brillo de los cañones de luz, que no le permitía ver más allá del escenario, Mico tardó en reaccionar. Respiró hondo un par de veces y, sintiendo que su corazón se desbocaba, levantó la mano en la que llevaba el arco para poner en alerta a los demás intérpretes. La bajó lentamente hasta el violín, dio una cuenta atrás y, cuando la terminó, el grupo de cuerdas atacó el comienzo del aria «La reina de la noche» de Mozart.

Mico cruzó una mirada con Stefania, la vio asentir y luego se fijó en Heiden, que tocaba muy enfocado el Stradivarius. Vio cómo la sorpresa desfiguraba su rostro cuando Stefania se lanzó a cantar el aria, pero, en lugar del texto original en alemán, lo hizo en francés, con el mensaje que habían preparado para que lo comprendieran Huber y los demás delegados de la Cruz Roja, y no Heiden y sus oficiales. Manteniendo la métrica de la composición de Mozart, ahí denunciaban los maltratos y las condiciones de vida infrahumanas que debían soportar en la Risiera di San Sabba, acusando a Heiden y a sus hombres de imponer una política que había costado la vida a miles de personas que, en los últimos años, habían llegado hasta ese rincón del golfo de Trieste. Cerraban el número rogando la ayuda de la Cruz Roja y, por su intermedio, de todas las naciones aliadas, para que juntas pusieran final a la carnicería que se cometía ahí y en todos los campos del sistema que el nazismo había plantado como una constelación en los territorios que controlaba.

Mico volvió la vista a Heiden, que seguía tocando el violín y que, en vez de desconcierto, tenía el rostro atravesado por una rabia aún mayor que la que había mostrado al llegar al almacén. Entonces sintió que cualquier rastro de miedo desaparecía, que había hecho lo correcto y que, sin importar si ayudaba a su liberación, ese plan ya había triunfado. Tocó emocionado los últimos compases del aria pensando en Ida, en su madre, en su patria, permitiéndose recordar aquello que los nazis le habían arrebatado, jurando que nunca más se rendiría. En adelante, su vida sería una permanente lucha por recuperar su libertad y acabar con la tiranía de gente como la que regentaba el campo.

Tuvo que contener las lágrimas cuando su arco resbaló por última vez sobre las cuerdas, luego de la frase con que Stefania cerró el aria. Esperaba una ovación de parte de Huber y su gente, o al menos una reacción emocionada, conmovida por la contundencia de las revelaciones y la interpretación. En cambio, la única respuesta del pueblo fueron unos aplausos breves, burocráticos, aburridos, y luego un silencio macizo, de unos segundos que a Mico le parecieron eternos. Tuvo que sobreponerse a la confusión, al desasosiego que se ensanchaba en su cuerpo, denso y oscuro como una mancha de petróleo, para proseguir con el repertorio que habían preparado y concluir con el concierto, una hora después.

Más adelante supo que Max Huber no estaba entre el público. Según contó después, el presidente de la Cruz Roja había quedado tan horrorizado por los recientes informes que le habían hecho llegar funcionarios enviados a otros campos como Terezín o Auschwitz que a último momento había preferido cancelar su visita. La delegación que había enviado en su remplazo era tan raleada y poco representativa que el acto fue un fracaso antes de empezar. Esa mañana, a la Risiera di San Sabba había llegado una pareja de comisionados de nacionalidad italiana con cajas de ayuda humanitaria: ropa, frazadas, latas de conserva. Ambos pidieron evitar el recorrido que les habían preparado y, en lugar de ello, se pasaron el día departiendo en el despacho de Heiden, donde comieron y bebieron en abundancia, hasta la hora del concierto, al que sí accedieron a asistir porque lo consideraron inofensivo, incluso simpático. A diferencia de Huber, no conocían el francés, por eso no habían entendido una palabra de las pronunciadas por Stefania en la versión del aria «La reina de la noche» que les había cantado.

Esa noche, cuando la comitiva se hubo marchado, las banderas que adornaban el patio fueron retiradas y la vida en el campo comenzó a recuperar su penosa realidad, Julius Heiden mandó llamar a Mico. El violinista recorrió con resignación el camino que conocía de memoria. Cuando entró a las oficinas del Generalleutnant y oyó el portazo a su espalda, se quedó quieto, casi pegado a la pared. La habitación estaba a oscuras y Heiden, borroneado por las sombras, ocupaba su escritorio. Mico sintió que sus fríos ojos lo recorrían en silencio, durante un rato que le resultó insoportable, hasta que, con un gesto, le ordenó que se acercara. Solo cuando estuvo a unos pasos de él, el violinista descubrió que tenía varias botellas vacías delante y sus movimientos eran torpes, vacilantes.

—Alto ahí —le dijo, con una voz destemplada por la borrachera—. Desnúdate.

En ese momento, a Mico lo asaltaron las mismas emociones que había experimentado la primera vez que había estado en ese lugar, cuando Heiden lo había auscultado e interrogado, antes de convertirlo en su músico privado y su juguete sexual. Muchas cosas le habían ocurrido en todo ese tiempo y había llegado a creer que podía acostumbrarse a esa clase de vida, pero en ese momento, luego de que el concierto le había permitido experimentar unos instantes de esperanza, esa sensación que creía perdida, reservada al mundo existente fuera de las paredes de la Risiera, descubrió que el miedo estaba intacto y se ramificaba en su alma.

—Inclínate —dijo Heiden.

Mico lo hizo, sabiendo lo que vendría. Cerró los ojos esperando las manos torpes y el sexo blando del Generalleutnant, y por eso lo sorprendió el restallido y la explosión de dolor del primer latigazo que golpeó su espalda, que fue seguido por otros más, en una ráfaga de ferocidad que ocupó la siguiente hora, pero que Mico no terminó de asimilar porque pronto perdió el conocimiento.

23.

El primer disparo hizo pedazos la ventana del cuarto. Provino de algún lugar a espaldas del comisario, así que debió ser de la mujer. Fue lo último que vio Tobosa, porque de inmediato se tiró al suelo, dejando que las balas silbasen sobre su cuerpo. La mujer ocupaba el pasillo, mientras que el comandante y el sargento Gutiérrez se habían refugiado en el baño.

Con el tercer disparo, oyó un grito de dolor en la inconfundible voz de Gutiérrez, junto con el ruido de su cuerpo al caer. Sus lamentos eran acompasados por la trabajosa respiración del comandante, que preguntó de repente:

—¡Mierda! Pero ¿quién era esa?

—No sé, mi comandante —dijo Gutiérrez, con voz quejosa—. ¡Llame a una ambulancia!

Tobosa comprendió que la mujer había evitado enfrentarse a los dos policías y se había limitado a cubrir su propia huida.

—Esa hija de puta no se va a ir así como así —dijo el comandante, que salió del baño y corrió pasillo abajo, intentando alcanzarla.

Tobosa seguía tirado boca abajo —no pensaba abandonar esa postura hasta que supiera que la habitación volvía a ser un lugar seguro—, escuchando los gemidos de Gutiérrez.

—Tranquilo, ahora llamamos a un médico.

—Usted no, hijo de puta... Usted no se me acerque...

—No me tengo que acercar...

Tobosa se puso de pie y sacó su teléfono móvil del bolsillo. Iba a digitar el número de urgencias, cuando una ahogada voz a sus espaldas lo detuvo.

—No te muevas, criminal de mierda... No muevas un dedo, que te exploto la cabeza.

—Comandante, usted me ha salvado la vida. Esa mujer me quería rob...

—No me cuentes cuentos. Arrodíllate. Las manos a la nuca.

—Sé dónde ha estacionado. Lo puedo llevar...

—La boca cerrada, Tobosa. Ya tendrás tiempo de hablar.

El comisario obedeció. Permaneció inmóvil, de rodillas, mientras el comandante revisaba la habitación. La lengüeta de pelos con que se cubría la calva había recuperado su lugar natural y colgaba a un costado de su cabeza.

—¿Qué me miras? Vuélvete hacia la pared, carajo...

Tobosa lo hizo. Pronto llegaron más personas. Primero, unos paramédicos que se encargaron de Gutiérrez, y luego, refuerzos policiales. Tobosa escuchó a su antiguo ayudante retorciéndose de dolor en el baño y, a pesar del odio que había acumulado contra él en los días recientes, sintió lástima y deseó que sobreviviera a ese trance. Entonces escuchó a uno de los paramédicos decir que la bala no había atravesado ningún órgano, apenas había rozado el antebrazo del sargento. «Siempre has sido un llorón», pensó Tobosa, y hasta estuvo a punto de decirlo en voz alta.

Más tarde, cuando el comandante ordenó esposarlo, el comisario agradeció con toda su alma al agente que se le acercó, le sujetó los brazos y, con extrañeza, dijo:

—Este señor ya estuvo esposado. Mire cómo tiene las muñecas en carne viva.

Se aferraría a ese comentario cuando lo acusasen. Porque lo acusarían a él de todo. No le cabía duda de que jamás encontrarían a esa mujer.

Lo llevaron a la comisaría y le asignaron un abogado de oficio, un joven imberbe cuya ineptitud quedó en evidencia desde sus primeras palabras.

—Entonces usted... ¿disparó contra dos policías?

—No, yo me tiré al suelo mientras todos disparaban.

—Comprendo. Entonces, ¿por qué quería robar ese cuarto?

—Difícilmente hubiera podido. Era *mi* cuarto.

—¿Por qué quería robar *su* cuarto?

Afortunadamente, el comisario había asistido a centenares de detenciones y se había enfrentado a toda clase de letrados, lo que le permitió afrontar ese encuentro con paciencia.

Luego lo encerraron. Pasó la noche despierto, construyendo una versión de los hechos que, esperaba, lo salvaría de una prisión más prolongada. Como era comisario y en la carceleta podía encontrarse con delincuentes que él mismo había arrestado, tuvieron la cortesía de asignarle una celda individual, de modo que sus únicas molestias fueron los gritos de un par de peleas en el calabozo adyacente.

Cuando lo llevaron al juzgado, a la mañana siguiente, el joven abogado no parecía capaz ni de pronunciar su nombre correctamente. El juez, un cincuentón alto y delgado, con unos lentes más grandes que su rostro, leyó los cargos:

—Comisario Alejandro Tobosa: se lo acusa de robo, falsificación de una escena del crimen, asesinato en primer grado y asesinato en grado de tentativa doble.

El joven letrado proclamó:

—Mi cliente se declara culpable, su señoría...

El comisario se levantó y sentó a su abogado de un empujón:

—No, no me declaro culpable.

—¿Ah, no?

—Porque los verdaderos culpables son el comandante y el sargento Gutiérrez, aquí presentes.

El comandante estaba sentado en la segunda fila, al lado de Gutiérrez, que llevaba el brazo en cabestrillo y había adoptado un gesto que pretendía ser heroico:

—Pero ¿cómo se atreve...? —protestó.

—Silencio —ordenó el juez—. Desarrolle su versión, comisario.

Tobosa explicó que había sido secuestrado por una mujer que, erróneamente, lo había creído en posesión de objetos robados. Acusó al comandante y a Gutiérrez de obrar en complicidad con ella. Afirmó que, furiosos al no encontrar el botín, los tres habían discutido, se habían agarrado a balazos y habían estado a punto de matarlo. Las señales de esposas en sus muñecas y la falta de pólvora en sus manos certificaban que, de todos los participantes en el tiroteo, él era la única víctima.

—Y, sobre el violín sustraído de la casa de la primera víctima, el señor alemán Von Bulow, tengo que alegar que yo mismo encargué que fuera vigilado. Lo sospechoso es que nadie asignó una custodia. Si esa antigüedad desapareció, fue a pesar de mis esfuerzos por protegerla.

El comandante y Gutiérrez no esperaban semejante contraataque. Y, por eso, no habían preparado una respuesta. Solo atinaron a chillar:

—¡Miente!

—¡Métalo preso, señor juez!

—¡Habrase visto!

—Añada a los cargos «insulto a un superior», su señoría...

—Eso no es un delito penal, comandante —respondió lacónico el juez—, es una falta contra el reglamento policial y usted podrá ver que ahora mismo no estamos en una comisaría. De hecho, mientras no haya una instrucción en regla, tampoco puedo proseguir este juicio.

Cuando Tobosa fue liberado, el primer sorprendido fue su abogado de oficio, que le estrechó la mano, lo abrazó y casi lloró de emoción, como si el comisario lo hubiera salvado a él. Tanto el comandante como Gutiérrez habrían querido seguirlo para darle una golpiza en la calle, pero el juez los retuvo para pedirles nuevas diligencias, y por poco no los derivó a un arresto preventivo.

—En la comisaría no lo salva nadie, Alejandro —fue lo

último que le dijo Gutiérrez, mientras el comisario abandonaba la sala.

Tobosa recorrió los pasillos del juzgado, buscando una puerta lateral para salir. Quería asegurarse de que nadie lo estuviese esperando. Cruzó los arcos sin gracia que pretendían darle un poco de lustre a la fachada del edificio y llegó a la avenida Testanova. Respiró con alivio el esmog polvoriento de Asunción. En las presentes circunstancias, ese aire sucio no dejaba de ser un símbolo de libertad y vida.

¿Qué debía hacer ahora? Comprendió que no podía presentarse en su pensión, en casa del alemán, acercarse a la comisaría ni recurrir a sus superiores: era muy probable que sus días como policía hubieran terminado.

Solo se le ocurrió buscar a Rosario. ¿Podría consolarlo o, al menos, hacerle compañía, ahora que tanto la necesitaba? Estaba seguro de que, en un pasado remoto, su mujer lo había querido y, mientras esperaba el autobús, se preguntó si podría volver a hacerlo. Durante el trayecto —que se retrasó por el tráfico, los semáforos en mal estado y un socavón abierto en la calzada—, deseó empezar de nuevo, darse otra oportunidad. Imaginó que llegaba a su casa, se abrazaban con fuerza, se decían cuánto se habían echado de menos y se arrastraban a la cama. Por un momento, Tobosa apreció su vida, que había estado a punto de perder.

—¿Qué haces aquí? —le preguntó Rosario al abrirle con un gesto de sorpresa (¿y desagrado?) que le hizo recordar a su rival, la última persona que lo había recibido ahí mismo, en la puerta de su casa.

—Esta es mi... —dijo Tobosa, sintiendo que las fantasías abandonaban su cabeza—. Y tú eres mi...

Rosario se encogió de hombros y volvió a entrar, aunque, para sorpresa del comisario, dejó la puerta abierta. La casa lucía limpia y ordenada, pero vacía. Rosario había retirado los muebles rotos y limpiado las manchas de sangre. Parecía un lugar distinto y, aunque en teoría no había dejado de ser suya, Tobosa se sintió obligado a preguntar:

—¿Puedo usar el baño?

Rosario arqueó las cejas y puso agua para el mate.

Mientras se duchaba, el comisario Tobosa trató de olvidar el cuerpo ensangrentado que había hallado en ese mismo lugar. El agua no estaba caliente, pero sí limpia. Deseó que se llevase el recuerdo, el pasado y la decepción.

Descubrió con alivio que su ropa seguía en los mismos cajones. Se vistió con una camiseta, un pantalón y volvió a la sala. Sobre la única mesa descansaba el mate recién cebado y a su alrededor se extendía una baraja, con algunas cartas visibles y otras boca abajo. Tobosa intentó animar a su mujer, que jugaba al solitario.

—Si quieres, puedo hacerte algo de comer.

Rosario recogió una columna de naipes.

—Puedo comprar un filete. Hervir un poco de arroz...

Rosario colocó una carta roja sobre otra negra. Alzó los ojos, pero volvió a bajarlos.

—¿O prefieres unos tallarines verdes? Te encantan los tall...

—¿Fuiste tú?

La pregunta fue tan repentina que recordó a Tobosa los disparos del hotel.

—¿Cómo?

—¿Lo mataste tú, Alejandro?

Rosario no lo conocía. A lo mejor, no lo había conocido nunca. Ni él a ella, después de todo.

—Nunca he matado a nadie, Rosario.

Su mujer —ya no podría llamarla así, ya no era suya, ya no era de nadie— le clavó un mirada afilada, de sospecha.

—¿Cómo puedo saberlo?

—No puedes. Tienes que confiar en mí.

Ella volvió a su juego. Ahora tiraba las cartas con vehemencia, casi rabia, golpeando la mesa. A pesar del cansancio que comenzaba a sentir, Tobosa hizo un esfuerzo por implantar un poco de paz.

—Todavía puedo hacerte los talla...

—Quiero que te vayas.

El agotamiento subió por sus pantorrillas y su espalda, hasta llegar a su nuca. Intentó acariciar el pelo negro y liso de Rosario.

—No, cariño, no me...

—Por favor, vete. Llévate toda tu ropa, de paso.

Rosario tenía los ojos rojos y la cara hinchada. El comisario Tobosa se levantó, fue al baño y le trajo un vaso de agua. Cogió una bolsa de basura, metió un cepillo de dientes, ropa interior, dos camisetas de colores enteros, un par de zapatos y un pantaloncillo corto.

Salió de la casa y deambuló sin rumbo fijo por horas, pensando en todo lo que acababa de perder. Tendría que aprender a vivir de nuevo, en una casa distinta, con una mujer diferente, en otro trabajo. Intentó decidir por dónde debía empezar. A lo largo de su vida, las cosas habían ido llegando sin que las buscara.

Una luz de optimismo le permitió comprender que no lo había perdido todo. De hecho, aún tenía una posesión de un valor extraordinario. Antes de ser consciente de lo que hacía, descubrió que sus pasos lo habían llevado a la iglesia de la Encarnación.

La misa de tarde estaba terminando al momento de su ingreso. El comisario aguardó a que el padre Navarro diese la bendición y despidiera a los feligreses. Muchos de ellos se quedaron todavía un rato, para compartir sus pesares y preocupaciones con el sacerdote. Como Tobosa lo había visto hacer siempre, los atendió con paciencia y amabilidad. Al finalizar, lo siguió hasta la sacristía.

—De repente vienes a la iglesia con mucha frecuencia, ¿verdad, Alejandro? —le dijo el padre Navarro—. Me alegra que te hayas reencontrado con Dios.

El sacerdote se quitó la estola, la dobló y la guardó en un cajón. Puso en marcha un antiguo tocadiscos, del que brotó una música celestial, como la banda sonora de los ángeles.

—Vengo a recoger lo que le encargué —dijo Tobosa—. Gracias por guardarlo.

El sacerdote se quitó la casulla, señaló a su alrededor y dijo:

—Felizmente, aquí espacio nos sobra.

Tobosa suspiró aliviado. ¿Para qué seguir jugando al héroe? Por proteger ese violín había arruinado su vida, perdido su carrera y poco le había faltado para que lo mataran. Si se lo entregaba al comandante, recuperaría su trabajo. Si recuperaba su trabajo, podría pagar un alquiler. Si tenía un techo, alguien podría querer compartirlo con él, aunque no fuera Rosario. Todas sus penas desaparecerían con esa sola iniciativa.

—Quería asegurarme de que la caja estuviera bien cuidada —dijo—. Guarda algo antiguo, que vale mucho dinero, ¿sabe? Y ahora, ya sé a quién dárselo.

—Todos tenemos que encontrar nuestro lugar en la vida, ¿no es así? —dijo el padre Navarro—. Nada más dame un minuto, por favor.

Salió de la sacristía y dejó a Tobosa solo con la música. Ignoraba el nombre de la melodía o la identidad de su compositor, pero al prestarle atención sintió que sus notas lo conmovían. ¿Sería un violín como el suyo el que interpretaba ese solo que pareció metérsele por los poros y le produjo una emoción tan violenta que estuvo por hacerle perder el equilibrio? Tobosa se apoyó en la mesa y comprendió que su cuerpo se rebelaba, se negaba a hacerlo, había tomado una decisión por su cuenta. En ese momento, el sacerdote regresó con la caja de detergente y la depositó a los pies del comisario.

—No pude conseguir otra caja más elegante, pero ha estado bien cuidada. ¿Lo que guarda es frágil?

—¿Qué música es esta? —dijo Tobosa, esquivando la pregunta de Navarro.

El sonido seguía jugando con él. Revoloteaba a su alrededor, desafiándolo a atraparlo con las manos, escapándosele como arena fina. El sacerdote sonrió. Le enseñó el sobre del vinilo, en el que aparecían los instrumentos de una orquesta. Varios de ellos, violines Stradivarius.

—*Quinta sinfonía en do menor*, de Ludwig van Beethoven. Dicen que es su obra maestra.

—No soy quién para juzgarla, pero me llena de energía y me da valor para las decisiones difíciles. Nunca había escuchado algo así.

El padre Navarro subió un poco el volumen. Un ataque acompasado de cuerdas, como una jauría de lobos, y luego un oboe aplacándolos con su dulzura.

—Lo mejor es la orquesta —prosiguió el sacerdote—. La West-Eastern Divan Orchestra es el proyecto de dos amigos: el director Daniel Barenboim y el filósofo Edward Said. El primero es israelí y el segundo, palestino. La crearon con músicos de dos naciones en conflicto y es un espacio de reflexión sobre la paz. Esta sinfonía es un ejemplo. Su ejecución demuestra que quienes se hacen daño podrían crear arte juntos, si fuesen capaces de ver más allá de sus diferencias.

Invadido por la música, Tobosa apenas le prestó atención. Era sometido a unas emociones vivas e intensas, su cabeza pedía una cosa y su cuerpo la contraria. «Basta de problemas», se dijo. Pero, a continuación, se respondió: «Ser capaz de ver más allá». No quiso decir lo que iba a decir. Intentó callar, aferrar su paquete y largarse a la comisaría. Pero el templo, la sinfonía, la humanidad le decían algo. A gritos. Hablaron por su boca cuando susurró:

—¿Sabe qué, padre? Guardemos unos días más la caja. Se me acaba de ocurrir una idea.

24.

—Por favor, lo acompaño.

El Generalleutnant Julius Heiden se levantó de su escritorio y siguió al Sturmmann. Ambos abandonaron la oficina, bajaron las escaleras, dejaron atrás el pabellón de los techos altos, cruzaron el patio de entrada y llegaron hasta la puerta de la Risiera di San Sabba, que uno de los guardias les abrió. Salieron juntos y caminaron hacia la motocicleta del visitante, que había dejado estacionada afuera, junto al andén para los trenes de prisioneros. Heiden iba a decir algo, pero el Sturmmann se giró de golpe sobre sus talones, agradeció las atenciones, levantó el brazo y se despidió de su anfitrión con un cortante «*Heil Hitler!*», que este contestó por compromiso.

El Sturmmann montó la motocicleta y se marchó a toda velocidad por el sendero que iba a Trieste. Heiden acompañó la estela de polvo y humo a medida que se alejaba, y permaneció quieto un momento después de que esta desapareció en el horizonte. Volvió al patio de entrada, ordenó al guardia que cerrara la puerta y se dirigió a su despacho, sintiendo que la tensión le comprimía las sienes y lo sofocaba.

Era un soleado día de junio y el Sturmmann había aparecido por sorpresa esa misma mañana. Heiden lo había recibido de inmediato y le había preguntado el motivo de su visita, incapaz de disimular su ansiedad. El hombre presentó sus credenciales y le respondió que venía por encargo del Reichsführer-SS Heinrich Himmler, omnipresente jefe de la policía, ministro del Interior y responsable del sistema de campos de concentración, a cuyos oídos habían llegado preocupantes informaciones de la Risiera di San Sabba. Encargado de investigar si eran ciertas, el Sturmmann se había pasado toda la mañana espulgando las instalaciones del campo, haciendo preguntas y tomando apuntes.

Heiden se derrumbó en el sillón de su escritorio y se llevó ambas manos a la cara. Comprendía que aquella visita solo podía significar una cosa: alguien lo había delatado. A sus espaldas, alguno de los guardias se había comunicado con Berlín para informar de las bacanales que solía protagonizar en sus oficinas, con la complicidad de Lehner y Schön, sus viejos compañeros de las Juventudes Hitlerianas. También era posible que las noticias hubieran llegado al alto mando transmitidas por alguno de los productores o técnicos del equipo de la UFA, que, en las semanas que había pasado documentando la vida en el campo y la fallida visita de la delegación de la Cruz Roja, había escuchado o detectado alguna irregularidad. En ese caso, aquella ocasión, en la que el director del campo había visto su gran oportunidad de ascenso, se había convertido en su perdición.

Heiden no lo comentó con nadie, ni siquiera con Lehner y Schön, aunque, pretextando cansancio y un poco de aburrimiento, les pidió suspender aquellos eventos nocturnos e hizo lo mismo con las lecciones de violín. Intentaba parecer tranquilo, pero una hoguera lo quemaba por dentro. Se sentía como un condenado a muerte.

Su peor miedo era que el informe del Sturmmann le resultara adverso y motivara la intervención del temido «Comando Antivicio», la oficina encargada de combatir el aborto, la homosexualidad y demás formas de desviación humana. Esta era dirigida por el coronel de la policía Josef Meisinger, un lunático célebre por los métodos que empleaba para defender las buenas costumbres en el Tercer Reich. ¿Lo degradarían y deportarían a Berlín? O, lo que le parecía peor: una vez que corroborasen que había fomentado la perversión y la sodomía, ¿lo encerrarían en un campo como la Risiera di San Sabba, a padecer las mismas humillaciones y sufrimientos que él había impartido a sus prisioneros?

La imaginación de Heiden no dejó de atormentarlo desde ese momento. Se convenció de que el informe del Sturmmann lo condenaría, de que pronto integraría la lista negra de Himmler y de que era cuestión de tiempo para que los verdugos del «Comando Antivicio» lo castigaran. Esos pensamientos lo perseguían a toda hora y, al cabo de las semanas, empezaron a afectar su juicio. Poco a poco, el siempre pulcro y puntual Generalleutnant Julius Heiden comenzó a tener dificultades para concentrarse, descuidó su aseo, perdió el hambre y abandonó sus obligaciones en la administración del campo. Vivía sumido en un torbellino de paranoia, abatimiento y ofuscación. Les temía a las sombras, padecía mareos y fiebres, y sufría de recurrentes asfixias. Pero sus peores momentos llegaban durante la noche. Tumbado en su catre, incapaz de dormirse, una y otra vez recordaba la visita del Sturmmann, fantaseaba con Himmler y Meisinger, y repasaba las sanciones que recaerían sobre él por los comportamientos licenciosos que había promovido. Cuando por fin se dormía, vencido por la extenuación, su mente lo seguía torturando con sueños febriles y monstruosos.

Desesperado, comprendió que estaba perdiendo la razón y que solo le quedaba una salida. Tomar aquella decisión le produjo un alivio que, de inmediato, hizo desaparecer los miedos y fantasmas que lo abrasaban. Esa noche durmió de corrido y, por la mañana, se despertó fresco y tranquilo. Tomó un largo baño, se afeitó a consciencia, lustró sus botas y se vistió con su uniforme de gala. Abandonó su cuarto, pidió que nadie lo molestara y se dirigió a su oficina. Ocupó su escritorio y redactó una carta de despedida, que dejó sobre el tablero. En uno de los cajones, encontró su cartuchera negra, que extrajo con delicadeza. Al abrirla, la visión de su Walther de reglamento aumentó su sentimiento de paz. Recogió el arma, se levantó y caminó hasta la ventana, desde donde vio el golfo de Trieste, con la lustrosa superficie del mar en calma. Retiró el seguro, acercó el cañón a su sien y suspiró.

En ese momento, un golpe lo hizo detenerse. Rápidamente bajó la pistola y la escondió en su espalda. Se asombró al descubrir que por la puerta de la oficina se asomaba el rostro familiar del Sturmmann que lo había visitado un par de meses atrás:

—Buenos días, Generalleutnant Heiden —le dijo—. Vengo por encargo del Reichsführer-SS Heinrich Himmler y del coronel Josef Meisinger, director del «Comando Antivicio». Traigo una orden de detención que debo entregarle.

Heiden recibió la comunicación con la mano libre, mientras, con la otra, acariciaba el frío metal de su Walther, que mantenía oculta.

—Es una citación para dos de sus lugartenientes, de apellidos Lehner y Schön —le dijo el Sturmmann, mientras Heiden leía los nombres, intentando disimular su alivio—. Luego de una exhaustiva investigación, el «Comando Antivicio» ha certificado la veracidad de las acusaciones que describían sus conductas irregulares. ¿Usted las conocía?

—Obviamente, no.

—El Reichsführer-SS Himmler lo supuso y, por eso, me pide que le transmita verbalmente su amonestación. Aunque comprende que sus obligaciones como encargado de la Risiera di San Sabba son de la máxima exigencia, le pide que no deje de prestar atención al comportamiento de sus subordinados. Situaciones como estas pueden mermar la moral de la tropa...

—Entiendo —dijo Heiden, mientras releía la notificación.

Escrita con el seco estilo de la jerarquía nazi, las instrucciones eran claras. Pudo anticipar el infierno que esperaba a sus viejos amigos. Primero los llevarían a Berlín, donde serían condenados en un juicio arreglado de antemano. En el acto sufrirían una degradación pública y luego los enviarían a un campo de concentración, probablemente Sachsenhausen, donde los someterían a los tratamientos diseñados por los científicos nazis para curar a los viciosos. Serían afortunados si salían con vida.

—Afuera me espera un camión oficial —dijo el Sturmmann—. Quisiera llevarme a Lehner y Schön cuanto antes.

Heiden sabía que era prácticamente imposible que las irregularidades de sus subordinados directos hubieran sido detectadas sin advertir las que él mismo había cometido. Si, como indicaba la orden, el Generalleutnant no era acusado de nada —al menos de momento—, debía ser porque el alto mando valoraba sus talentos, reconocía la eficiencia con que había gestionado la Risiera y no quería perderlo a la primera inconducta, por más que esta fuera una severa falta al código moral del Reich.

Tenía entre sus manos una segunda oportunidad, que no dejaría escapar. Porque a Julius Heiden le sobraban las razones para seguir con vida. Era joven, con poder y un futuro prometedor. Y, lo más importante, escondía un secreto.

Su llegada a la Risiera di San Sabba había sido la recompensa por el éxito del primer encargo importante que había asumido: el programa de expolio a los judíos italianos. Con la coordinación del coronel Mazzola y el teniente coronel Neri, de la Sicurezza Nazionale, había organizado y dirigido un equipo que se había encargado de cazar fortunas ocultas en las principales ciudades del país. Eran unos sabuesos implacables, a quienes bastaba el menor indicio —un nombre, una factura, una dirección— para dar con ahorros en metálico, joyas, obras de arte, instrumentos musicales, muebles de diseño y demás tesoros que judíos, gitanos, invertidos o comunistas pretendían mantener en secreto. Además de requisar los bienes, el equipo tenía la orden de detener a sus dueños, quienes solían ser deportados a los campos de exterminio nazis.

Aquella experiencia había dado a Heiden la idea que puso en práctica en cuanto desembarcó en Trieste. Durante todo ese tiempo, había asistido personalmente a la llegada de los trenes que traían prisioneros a la Risiera di San Sabba, encargándose de supervisar las requisas de sus pertenencias y de clasificar el producto de esas incautaciones, que luego era guardado en los almacenes. Su ojo entrenado sabía diferenciar artículos valiosos de falsificaciones, adornos corrientes y objetos de uso cotidiano. De este modo, enviando mes a mes sus hallazgos a un banco en Suiza, donde había reservado una bóveda a su nombre, había reunido un verdadero tesoro.

—Vamos a buscarlos —dijo Heiden, guardando su Walther en el bolsillo trasero del pantalón.

El Generalleutnant y el Sturmmann salieron de la oficina, juntaron a un grupo de guardias y partieron a buscar a Lehner y Schön. Los encontraron en el extremo oriental del campo, supervisando los trabajos de refuerzo del muro de la Risiera.

Desde que Julius Heiden lo había relevado de su puesto en la radio del campo y había interrumpido las clases particulares de violín, Mico había perdido sus privilegios, pasando a la categoría de preso común. Junto con Ernst, ese día formaba parte de la cuadrilla de albañiles que mezclaban el cemento, tendían los hilos de guía, encajaban los ladrillos y enjarraban el muro de la prisión. Cuando vieron a ese tropel compuesto por Heiden, el Sturmmann y los SS que cuidaban el campo, temieron que la suerte ahora sí se les hubiera acabado. Pero, en lugar de dirigirse hacia ellos, el director de la Risiera habló en voz baja al recién llegado y señaló a sus dos colaboradores más estrechos. Los guardias corrieron hacia ellos, quienes, por la sorpresa, apenas acertaron a defenderse. En el acto fueron arrestados, esposados y llevados al camión que aguardaba afuera de la Risiera, sin siquiera permitirles pasar por sus habitaciones a recoger sus pertenencias.

—Eso sería todo, Generalleutnant —dijo el Sturmmann, a modo de despedida.

—¿Qué pasará con ellos?

—Todo dependerá del Reichsführer-ss Himmler y del coronel Meisinger. Pero puedo asegurarle que sus depravaciones no quedarán impunes, serán castigadas como es debido, con la justicia y el rigor correspondientes...

—Estaré atento.

—Solo una cosa más, Generalleutnant —dijo el Sturmmann, bajando la voz.

—Lo escucho.

—¿Tiene idea de la existencia de otros oficiales de la Risiera que compartieran las desviaciones y vicios de los oficiales Lehner y Schön? —La frase fue pronunciada como una afirmación, más que una pregunta.

—Puedo asegurarle que sus casos son solo una desafortunada excepción.

—El Reichsführer-ss Himmler y el coronel Meisinger me piden que le transmita que esperan que así sea, Generalleutnant Heiden. Si ocurriera lo contrario, si de pronto alguien descubriese que en la Risiera continúan esas prácticas sin que usted las haya identificado y castigado, le aseguro que la sanción sería muy distinta a la amonestación verbal que ha recibido, y que los detenidos no serían solo los actores directos, porque la responsabilidad también recaería en usted.

Ambos hombres guardaron silencio y se midieron con la mirada.

—Puede decirles al Reichsführer-ss Himmler y al coronel Meisinger que soy consciente de mis altas responsabilidades como Generalleutnant y encargado de la Risiera di San Sabba.

—Ojalá así sea. *Heil Hitler!*

Heiden dejó el saludo sin contestar. Vio al oficial subir al camión, que se marchó carraspeando por el camino a Trieste. Mientras volvía a su oficina, pensó que la advertencia no podía ser más clara, debía eliminar cualquier elemento que lo incriminara.

Mico y Ernst habían vuelto de sus tareas en el muro oriental del campo y acababan de formarse en la fila de la comida cuando un guardia llegó hasta ellos.

—Acompáñame, Edelbach.

Mico obedeció sin poner ninguna objeción, suponiendo el motivo del llamado y preparándose para lo que vendría. Esta vez, el recorrido por el campo le pareció distinto. Cruzó el pasillo abovedado, el patio de la chimenea y, cuando llegó al pabellón de los techos altos, estaba listo. Subieron lentamente las escaleras hasta la antesala del despacho del director. En lugar de esperar a que le abrieran la puerta, tomó la iniciativa, la empujó, entró y la cerró a sus espaldas.

—Me mandó llamar, Generalleutnant —dijo con voz clara.

—Parece un siglo que no me visitas, Edelbach —le respondió Heiden—. ¿Por qué no te acercas para verte mejor?

Estaba tendido en su sofá, con la camisa abierta, la corbata floja y un mechón de pelo cayendo sobre su frente, pero lo que más llamó la atención de Mico fue la Walther que brillaba negra y siniestra sobre el escritorio, al lado del Stradivarius.

—¿Vamos a retomar las lecciones de violín? —preguntó Mico, sin poder quitar la vista del arma—. Estábamos avanzando muy bien y es una pena haber tenido que parar de golpe...

Heiden sonrió con desdén, se levantó, rodeó el escritorio y recogió la pistola. Avanzó hacia Mico y, con una mezcla de cansancio y aversión, casi sin mirarlo, rastrilló el arma.

—Generalleutnant, por favor...

Mico había retrocedido hasta la pared de la oficina, mientras contemplaba el cañón de la Walther que le apuntaba entre los ojos.

—Te diría que lo siento, Edelbach —le dijo Heiden con una voz quebrada, que contradecía sus palabras—. Pero estaría faltando a la verdad.

—Todavía hay una oportunidad, déjeme explicarle.

—No me hagas perder el tiempo —dijo Heiden.

—El violín... —dijo Mico—. El violín tiene un secreto.

—No me vengas con tus estupideces, Edelbach. Ya no.

—Puede salvarlo como me salvó a mí...

—¿De qué hablas?

Heiden se le había acercado y apoyó el cañón de la pistola sobre la frente de Mico, que sintió la frialdad del metal y cerró los ojos.

—Solo deme unos minutos.

—¿Para qué?

—Para explicarme.

—¿Y luego?

—Y luego, si le parece, me mata.

25.

La luz del tercer subsuelo parpadeó antes de apagarse. Una cámara de seguridad registró el momento, que se proyectó dos pisos más arriba, en uno de los monitores de la caseta de vigilancia. De repente, en la pantalla solo se vieron las marcas fluorescentes que señalizaban las salidas de emergencia. La imagen tembló por unos segundos, amenazando con extinguirse. El excomisario Alejandro Tobosa resopló.

Al comienzo, la rutina del estacionamiento le había parecido sencilla: entregaba el ticket a la entrada de los clientes, verificaba el tiempo que pasaban adentro, cobraba la tarifa, levantaba la barra apretando un botón y los dejaba salir. Pero las complicaciones no se habían hecho esperar. El sistema eléctrico de la barra había comenzado a fallar hacía unos meses. La tercera vez que se trabó, hubo que llamar a un técnico, que se presentó cinco días después, tardó solo diez minutos en revisar el mecanismo y luego pidió una pieza carísima, que demoraría semanas en llegar. Entonces, el dueño del estacionamiento tuvo una idea. Decidió que sería más sencillo activar la barra manualmente, como se hacía en el pasado, y le anudó una cuerda. Aunque era un espanto estético, el sistema funcionaba bien y nadie se quejó, por lo que la reparación definitiva nunca se hizo.

Después de parpadear un rato, oscurecerse y encenderse de nuevo, la cámara del tercer subsuelo terminó por apagarse.

—Los plomos —gruñó Tobosa—. Y este tacaño sin pagar el mantenimiento...

Encerrado en esa garita sin ventanas, a falta de compañía, había cogido el hábito de hablar solo. Esa era solo una de las costumbres que su nuevo trabajo le había hecho contraer. También le gustaba contemplar a los clientes del centro comercial donde quedaba el estacionamiento y jugar a vaticinar su futuro: cuánto tardaría en divorciarse esa pareja, por qué delito acabaría preso ese jovencito, dónde escondería a su joven amante ese viejo millonario.

Bordeaba la medianoche y no quedaba nadie. Las tiendas del centro comercial habían cerrado, aunque alguna función del cine podía estar por terminar. Seguramente, los pocos coches que seguían estacionados dormirían ahí.

Mientras avanzaba, Tobosa sintió culpa. Ahora solo pensaba cosas horribles y profetizaba desgracias a los demás. ¿Por qué había perdido su talante positivo, su fe ciega en el género humano? Esa misma tarde, había atendido a dos caballeros que salían de comprar ropa deportiva. Mientras les cobraba, había hecho lo posible por imaginarlos manteniendo su amistad para toda la vida, acompañándose en los momentos difíciles, compartiendo su futuro. Irremediablemente, en su mente había aparecido un camión de basura que los aplastaba al salir del estacionamiento ¿De dónde salían esas imágenes escabrosas? ¿Se había vuelto un amargado?

Bajaba las escaleras cuando oyó un sonido metálico que hizo eco en el tercer subsuelo. Ahí abajo no había gatos y Tobosa sospechó que sería una rata. Sacó la linterna que llevaba en el cinturón, se acercó a la caja de plomos y buscó entre las decenas de llaves que cargaba. A sus espaldas, volvió a oír un ruido y se giró, alumbrando el estacionamiento con el chorro de luz de la linterna.

—¿Hay alguien ahí?

El sótano estaba vacío. Tobosa se encogió de hombros, buscó la llave, la encontró y abrió la caja de plomos. En efecto, se había bajado una de las palancas, que devolvió a su lugar. Percibió los sonidos de los equipos que recuperaban la vida. El chasquido de la máquina expendedora de bebidas. El bostezo del ascensor. La pesada alma eléctrica del estacionamiento poniéndose en marcha.

Las luces todavía tardaron un poco en encenderse. Parpadearon un buen rato perezosas, indolentes, amenazando con negarse a funcionar. Cuando al fin se estabilizaron y ya iba a volver a su lugar, Tobosa distinguió una silueta en el fondo del túnel. ¿Un hombre? ¿Una mujer? Alguien lo observaba desde aquel extremo, llevaba algo en la mano.

—Perdone, ¿está buscando su vehículo?

La silueta no respondió.

—¿Puedo ayudarlo?

La silueta se adelantó. El objeto en su mano brilló bajo la luz fría. El excomisario supo que algo malo estaba por ocurrir. Volvió a empuñar su linterna (llegado el momento, podía emplearla como arma de defensa), cuando, de repente, un estruendo sacudió los pasillos vacíos del estacionamiento.

El tiempo le había enseñado a reconocer las bocinas. Esa correspondía a un Mercedes-Benz. La voz de su dueño se escuchó nítida cuando el auto se detuvo ante la barrera del estacionamiento y no encontró a nadie que lo atendiera:

—¡Ábranme, carajo!

La mirada de Tobosa saltó por instinto a las escaleras por las que había bajado ese grito. Cuando volvió al túnel, la silueta no estaba.

Tobosa subió a la garita, soportó las quejas del conductor del Mercedes-Benz, le cobró y permitió que saliera. Entonces miró las cámaras de seguridad. En un instante, tuvo la impresión de que un objeto volador (¿una paloma o un cuervo?) cruzaba fugazmente por la pantalla. Por más atento que estuvo, fuera de eso, nada se movió en el estacionamiento hasta el final de su turno.

Tenía ganas de irse y cerró con prisa. Lo que había visto no era un ladrón normal. Su comportamiento lo había desconcertado, sorprendido, incluso se preguntó si podía tratarse de un fantasma. Sus años en la policía, que ahora parecían tan lejanos, lo habían capacitado para tratar con delincuentes, pero no con espíritus.

El camino a casa solía estar salpicado de amenazas. El acoso de las prostitutas no le disgustaba, incluso podía resultarle halagador, aunque ahora que había pasado el tiempo, las muchachas lo trataban como a un vecino en lugar de un potencial cliente. Peores eran los proxenetas y la vasta fauna de parroquianos: seres violentos, muchas veces delincuentes, a menudo intoxicados por el alcohol o las drogas, que podían salirle al paso en cualquier esquina. A pesar de todo, esta noche no lo asustaban las habituales presencias del barrio, sino las sombras y los ruidos de la calle.

¿Qué le ocurría?

Tobosa alquilaba una habitación en un callejón del centro. Una conexión eléctrica ilegal —podía ver la telaraña de cables en el poste de la entrada— lo proveía de luz para el solitario foco y la hornilla eléctrica donde preparaba los frijoles y tallarines, únicos platos de su dieta. Tres cajas de cartón contenían su ropa, sus utensilios y unas pocas latas de conserva. Una silla, una mesa y un colchón apelmazado y salpicado de manchas completaban el mobiliario.

A pesar de la escasez, Tobosa percibió algo extraño. Una energía, un olor nuevo flotaba entre sus pertenencias. Las sábanas seguían puestas y estiradas sobre el colchón; las almohadas en la cabecera, perfectamente rectas. Sin embargo, el conjunto se había desplazado ligeramente hacia la izquierda. Nadie más lo habría notado.

Metió la mano debajo del colchón. Encontró el sobre con sus documentos y una foto de sus padres poco antes de fallecer. También, los pocos billetes que, ampulosamente, él llamaba sus «ahorros». Todo seguía ahí. Desde luego, no habían entrado a robar y, definitivamente, no eran fantasmas.

Al día siguiente, tuvo tiempo para buscar lo que necesitaba. No tuvo que ir lejos, ni siquiera salió del callejón. Lo había visto pasar muchas veces delante de su puerta y ya se saludaban como viejos conocidos, aunque solo sabía su apodo: Cara de Plátano. No había contado con que solía despertarse tarde y con que, cuando le abriera la puerta, su rostro alargado y pálido estaría atravesado por el odio, porque detestaba que lo levantaran antes de su hora.

—¿Qué pasa?

—Buenos días, vecino. Lo molesto porque necesito un arma.

Cara de Plátano estuvo por tirarle un portazo, pero, ante la visión de los billetes que le mostró Tobosa, se hizo discretamente a un lado y lo dejó pasar. Miró a ambos lados antes de cerrar la puerta.

—No le veía cara de hacer estas cosas —admitió, abriendo un cajón con tres pistolas envueltas en franelas.

—A todos nos llega el momento, supongo.

Tobosa escogió una nueve milímetros. Esta vez, al abrir la puerta de Cara de Plátano, fue él quien miró a ambos lados del callejón.

Todavía faltaban dos hora para la apertura del estacionamiento cuando el recientemente ascendido comisario Gutiérrez despertó en su cama del barrio de Chacarita. Evacuó toda la cerveza consumida la noche anterior, pasó a la sala y se tiró en el sillón a ver el noticiero. Se prometió, como todos los días, que esa misma tarde haría la limpieza.

Estaba a punto de levantarse cuando sintió el cañón en la sien. Por un instante, pensó en una reacción rápida. Pero entonces tuvo encima al asaltante, que lo aferró del cuello y lo aplastó contra el asiento. Se notaba que tenía experiencia. O entrenamiento. O ambos.

—No tengo nada de valor —dijo.

Reconoció la voz de Tobosa cuando le contestó:

—Supongo que me habrás extrañado, Gutiérrez.

—Alejandro, qué sorpresa. No lo hacía a usted vengativo. Siempre me pareció buena persona...

—Solo me estoy defendiendo.

—¿Por qué ahora?

—Eso es lo que yo pregunto. ¿Por qué ahora? ¿No fueron suficientes interrogatorios y humillaciones? ¿No registraron mi cuarto las veces que quisieron? Ya destruyeron mi vida, Gutiérrez, ¿qué más quieren?

—Le juro que no sé de qué me está hablando.

—¿Quién entró ayer a mi cuarto? ¿Y quién vino a buscarme al estacionamiento?

—Le repito que no sé de qué me habla. Solo le digo que nosotros ya no perdemos el tiempo con usted. El caso del alemán se cerró. Algunas antigüedades se perdieron. Otras terminarán como propiedad del Estado. No es fácil vender esas cosas. Y a nadie le importa realmente quién mató a esa gente. Ya sabe cómo es: hay demasiadas urgencias que atender. Los casos que nadie reclama no se resuelven.

Tobosa dudó. Alejó el cañón de la sien de Gutiérrez, mientras decidía qué hacer. Para ayudarlo en su decisión, este le dijo:

—En cambio, si me mata a mí, eso sí importará, Alejandro. El comandante lo tomará como una amenaza. Créame, lo digo más por usted que por mí.

—Qué generoso —dijo Tobosa.

—Hágalo por los años que nos conocemos, por el tiempo que trabajamos juntos...

—Cierra los ojos y cuenta hasta cien, Gutiérrez.

—Comisario, le sugiero que...

Alejandro Tobosa abandonó la casa cuando Gutiérrez iba a mitad del conteo. Por costumbre, emprendió el camino al estacionamiento, pero, después de tres calles, decidió que esa mañana faltaría al trabajo.

Mientras regresaba a su cuarto, aprovechó un punto donde el río venía crecido y arrojó la pistola. Se tomó unos momentos para contemplar sus ahorros perdiéndose, tragados por el agua.

Cuando volvió al callejón se encontró con Cara de Plátano, que hacía guardia en un sillón desvencijado frente a su propia puerta, a la espera de clientes.

—¿Ya volvió? ¿Tan rápido?

—No había mucho que hacer.

—Así que encima era eficiente. La vida te da sorpresas...

Tobosa se despidió, llegó hasta la puerta de su habitación y la abrió. De inmediato, reconoció la silueta que lo esperaba de pie, quieta junto a las cajas donde guardaba su ropa y sus demás cosas.

—Usted...

No se asustó, ni echó de menos la pistola que esa misma mañana había comprado a Cara de Plátano y tirado hacía un momento al río. Más bien, se sintió como un tonto. Debía estar perdiendo aceleradamente sus facultades y por eso no la había reconocido la noche anterior, confundida con la penumbra del estacionamiento. Al fin y al cabo, habían vivido un par de aventuras juntos, y una mujer como esa no se olvidaba fácilmente.

26.

Mico comprendió que debía marcharse mientras podía. Salió de la oficina, cerró la puerta, se apoyó contra la pared e intentó recuperar el aliento. Todavía sentía el frío de la Walther contra su frente, oía los bufidos y lo acosaba la mirada del Generalleutnant Heiden, enloquecida por el temor y la rabia. ¿Cuánto tiempo había permanecido dentro, explicándole las propiedades del último Stradivarius? ¿Con qué palabras había descrito sus virtudes, que le habían permitido volver a sortear la muerte? ¿Había resultado persuasivo, convincente, veraz?

Percibió los movimientos de Heiden del otro lado de la pared y lo imaginó recorriendo la habitación, gesticulando, asomándose por la ventana, ocupando su escritorio y revolviendo los cajones, sin dejar de hablar solo. Entonces, primero tímidamente y luego con un énfasis que fue en aumento, oyó unas notas hiladas por su torpe pulso en el Stradivarius. Mico cerró los ojos, se llevó ambas manos a la cara, contuvo las náuseas y, sin haberse repuesto por completo del susto mortal que acababa de vivir, se marchó a su barraca, escoltado por un guardia y acompañado por una melodía cada vez más lejana.

Desde entonces, intrigado por la explicación de Mico, forzado por la necesidad de creer en sus propiedades imposibles, completamente fuera de sí, Heiden se entregó en cuerpo y alma al violín. Abandonó por completo sus responsabilidades, se ausentó de la vida del campo, se desinteresó del curso de la guerra y apenas volvió a salir de su oficina, donde pasaba el día y la noche arrancándole lamentos al Stradivarius que, confiaba, podría salvarlo de un destino similar al de sus lugartenientes Lehner y Schön. Casi no comía ni dormía, e ignoraba las advertencias del médico del campo, quien le decía que, si seguía así, su cuerpo terminaría por debilitarse, enfermar y colapsaría.

Nada lo detuvo. Estaba convencido de que, mientras sonara, el violín lo protegería y que cada instante en silencio ponía su vida en peligro. Pronto, entre los oficiales y prisioneros de la Risiera di San Sabba, se corrió el rumor: el Generalleutnant Julius Heiden había perdido la cordura.

Al principio, se limitó a repetir los ejercicios que Mico le había enseñado. Cuando se sintió capaz, atacó las oberturas, sonatas y valses más sencillos que encontró. Pronto pudo enfrentarse a las partituras de Wagner, Mozart, Beethoven y Gluck, que en el pasado había compartido con el prisionero Edelbach para ser tocadas en Radio La Risiera. Una madrugada, mientras tocaba arrebatado, sintió un escozor en la punta de los dedos y descubrió que un pequeño charco de sangre manchaba el suelo de linóleo. Heiden se contempló la mano izquierda y vio que tenía las yemas despellejadas, en carne viva. Luego, se miró la derecha. Aunque no tenía ampollas en los dedos, su muñeca estaba hinchada y tan entumecida que casi no la sentía. Solo se le ocurrió una solución: seguir tocando.

Su obsesión siguió creciendo, hasta afectar el funcionamiento de la Risiera di San Sabba, donde la vida se volvió todavía más imposible. Ante la falta de una autoridad, los ss se desentendieron de los prisioneros, que comenzaron a comer una vez por día, a veces ni eso. Cuando se fijaban en ellos era para ensañarse, aplicándoles métodos de castigo que se hicieron cada vez más violentos y expeditivos. Si antes el procedimiento era matarlos de un balazo o una golpiza antes de enviarlos al crematorio, ahora los quemaban vivos. Las enfermedades proliferaban sin que nadie hiciera nada para contenerlas. La chimenea del segundo patio escupía cenizas humanas sin pausa, día y noche. Era como si, fuera de los límites de la oficina de Julius Heiden, que permanecía protegida por la música del Stradivarius, el infierno se hubiera implantado.

Las víctimas de ese ambiente siniestro se encontraban dentro de la Risiera di San Sabba, pero también en sus alrededores. Le pasó al padre Placido Cortese, uno de los religiosos de cuyas gestiones en favor de los prisioneros del campo había tenido noticias Ernst Bechstein, tiempo antes de la llegada de la raleada comitiva de la Cruz Roja o del Sturmmann enviado por sorpresa para emprender una investigación a nombre del «Comando Antivicio». Confesor de la Basílica del Santo, en Padua, Cortese era un sacerdote de poco más de treinta años que, en secreto, había tramado una red de ayuda para los perseguidos del Tercer Reich. La policía fascista y los nazis sospechaban de sus actividades, pero había logrado evadir sus pesquisas y mantenerlas en secreto, hasta que un día cometió la imprudencia de escribirle al papa Pío XII, pidiéndole su intervención para detener la masacre que ocurría en el viejo molino arrocero de San Sabba.

La carta fue interceptada por los espías del régimen y, un domingo de octubre, varios agentes se presentaron en su basílica. Hicieron salir a Cortese con engaños y lo llevaron hasta una plaza contigua, donde lo metieron en un automóvil que lo trasladó a la Risiera. Luego de un simulacro de juicio, donde lo acusaron de integrar la *Resistenza partigiana*, de esconder judíos en su iglesia y de transmitir mensajes en clave a los comunistas que pasaban por su confesionario, fue hallado culpable de todos los cargos y condenado a muerte. Quizá por su investidura, los nazis no lo tiraron vivo al crematorio de la Risiera. Antes, tuvieron la cortesía de reventarle la cabeza a mazazos.

Mejor suerte tuvo Antonio Santin, el otro religioso que se atrevió a denunciar las condiciones de la Risiera. Por su carácter de obispo de Trieste, con él no hubo represalias físicas, como ocurrió con Placido Cortese. A diferencia de Hitler, este era un límite que Benito Mussolini no estaba dispuesto a traspasar, pues prefería guardar respeto por aquello que su pueblo veneraba. Por gestiones de Santin, algunos presos notables fueron excarcelados, aunque los nazis vengaron esos éxitos ajusticiando a otros y haciéndole saber al obispo que esas muertes eran su responsabilidad.

El sol no había salido aquella mañana, cuando Ernst despertó a Mico:

—Mira —le dijo.

En la entrada del barracón se perfilaba la silueta de un Sturmmann, que enfiló directamente hacia el violinista, con el sonido de sus botas repicando contra la madera.

—Arriba, Edelbach —le dijo.

El frío mordió el cuerpo de Mico cuando salieron. Cruzaron el pasillo abovedado, el patio de la chimenea y, cuando entraron al pabellón de los techos altos, descubrió que la calefacción estaba funcionando a plenitud. Por un instante, mientras cruzaba el almacén y subía las escaleras disfrutando la tibieza del ambiente, Mico añoró el tiempo en que tocaba para Radio La Risiera, ofrecía conciertos privados a las autoridades del campo y daba clases de violín a Julius Heiden.

Sabía adónde lo llevaban y, cuando entró a la oficina, encontró a su antiguo protector de pie, con el Stradivarius en las manos. Aunque llevaba el uniforme, le costó reconocerlo. Había adelgazado muchísimo (¿tanto como el propio Mico?) y sus ojos parecían flotar dentro de unas cuencas oscuras y profundas. Tenía el rostro sucio de barba, las uñas largas y negras, la frente brillante por el sudor. Se movía con ademanes nerviosos, sin dejar de susurrar frases repetidas e incomprensibles. ¿Dónde estaba el hombre esbelto y pulcro que había regido la Risiera di San Sabba con puño de hierro?

Tanto como la apariencia de Heiden, a Mico lo impresionó la profunda transformación que había experimentado su oficina, que encontró atiborrada de instrumentos musicales. Estaban por todas partes, apiñados como en un vertedero: atriles, tocadiscos de distintas marcas, afinadores y metrónomos, juegos de cuerdas de oro de la marca Pirastro, *long-plays* y grabaciones de óperas y sinfonías, arpas, flautas, trompetas, contrabajos, timbales y una biblioteca con las principales obras de los maestros alemanes, austríacos, húngaros e italianos. Y, por supuesto, violines.

Entonces oyó la voz de Heiden, que se había vuelto arrastrada y sigilosa:

—No te voy a preguntar qué te parece, porque tu cara lo dice. Más bien, he querido que vinieras para que escucharas esto.

Caminó unos pasos y recogió uno de los metrónomos. Se tomó un tiempo para calibrarlo e hizo lo mismo al colocar el atril junto a la ventana. «Se nota que tiene práctica», pensó Mico. Su antiguo alumno le leyó el pensamiento.

—Me he vuelto un experto, ¿eh?

—Estoy impresionado.

—Espera y verás.

La luz le permitió ver con más detalle la cara trasnochada de Heiden. Una enredadera de venas confluía en sus pupilas y tenía la piel escamosa, como un lagarto.

El Generalleutnant se acomodó el Stradivarius en la clavícula y, en cuanto atacó las primeras notas, Mico reconoció el movimiento al que pertenecían, que fue enlazando con otros más, todos ajustados al tempo al que había calibrado el metrónomo.

En la media hora que duró la interpretación, Mico sintió que era transportado a otro lugar, lejos de la Risiera di San Sabba, de Trieste, del mundo. Su espíritu experimentó sensaciones nuevas y emergieron recuerdos perdidos: el viaje en tren al campo, con el cadáver de Ida sobre las faldas, pero también los años de felicidad juntos, cuando ella dictaba clases y él podía dedicarse libremente a la música. Las imágenes fueron incluso más atrás, y creyó poder ver a su esposa en una vida anterior, cuando todavía estaba casada con Aurelio Padovani y se salvaba de morir gracias a la intervención del Stradivarius. Siguieron remontándose hasta un tiempo que lo excedía, de traiciones y guerras, con ese violín como testigo perpetuo de la historia. Vio el asesinato que había dado inicio a la Gran Guerra y la epidemia de cólera que había asolado Nápoles en el siglo anterior; la consolidación de la Serenísima República de Venecia y la invasión que había acabado con ella. En el camino, aparecieron personajes de toda clase: Hitler, Mussolini y Julius Heiden, junto con el archiduque Franz Ferdinand y Gavrilo Princip, el seductor Casanova y el emperador Napoleón... Finalmente, creyó que ante sus ojos se materializaba la figura anciana y sabia del hombre que había fabricado ese violín, el último que saldría de sus diestras manos.

Cuando terminó la pieza final, el Generalleutnant miró a Mico de reojo y descubrió que tenía los ojos hinchados y surcos de humedad corrían por sus mejillas. Era la señal que estaba esperando, que convalidaba su triunfo. Levantó el arco con una mano, el violín con la otra y dijo:

—Ya pueden pasar...

La puerta de la oficina se abrió de golpe y varios oficiales que llevaban este tiempo apostados en el pasillo entraron a la oficina. Entre todos, prendieron a Mico y esperaron la orden de Heiden, que lo contempló con desprecio y pareció escupir las siguientes palabras:

—Pueden llevárselo...

Bajaron al patio que presidía la chimenea del crematorio, recorrieron el pasillo abovedado y desembocaron en el patio de los barracones, donde los aguardaba otro grupo de soldados, que flanqueaban la ratonil figura de Ernst Bechstein. Mico no terminaba de entender lo que ocurría cuando llegó a su lado y lo interrogó con la mirada.

—Me parece que hasta aquí llegamos, violinista —dijo el pequeño judío—. Al final, te saldrás con la tuya: mejor muertos que mal acompañados...

Un SS se adelantó y calló a Ernst de una bofetada que lo tiró al suelo. El círculo de guardias que rodeaba a ambos prisioneros se abrió en un extremo. Regado por la limpia luz de la mañana, Mico pudo ver con claridad la figura del Generalleutnant Julius Heiden, que entró lentamente al patio y arrastró las botas hasta que se detuvo delante de él. Una sonrisa torcida afeaba su rostro y llevaba su Walther en una mano. La levantó lentamente, hasta posarla sobre la frente de Mico, que no parpadeó.

—Ya no te necesito —dijo—. Ahora, el violinista soy yo.

27.

A pesar de los largos vuelos, el cambio de hora y la comodidad de esa cama blanda y suave, Alejandro Tobosa no quiso entregarse al sueño. Ávido por explorar el resto de la habitación, se acercó a la ventana. Del otro lado del río, el Castel Sant'Angelo, con su fortificación circular de más de mil años, se alzaba majestuoso.

Atravesó el cuarto hacia el baño, donde encontró un albornoz y unas pantuflas. Imaginó que el huésped anterior las habría olvidado, pero el albornoz estaba perfectamente doblado y las pantuflas venían empaquetadas, así que a lo mejor eran para él. De todos modos, no se atrevió a ponérselos.

En el tocador, halló una colección de jabones, champús y una crema llamada «*lozione per il corpo*». En la ducha, dos alcachofas: una en forma de plato, apuntándolo desde arriba, y otra como un teléfono, que se podía dirigir con la mano.

A su llegada, después de cruzar un recibidor lleno de mármoles y registrarse en un mostrador de diseño minimalista, un hombre de uniforme había cogido su maleta. Tobosa creyó que se disponía a un registro de seguridad, pero solo la había subido a la habitación, como si él no pudiera hacerlo por sí mismo. Al entrar, se preocupó por la falta de una hornilla para cocinar, y el mismo uniformado, que hablaba un español con acento argentino, le explicó que su reserva incluía una cuenta abierta en el comedor del hotel. El excomisario se había preguntado a qué se dedicarían los huéspedes de un lugar así, si nadie les dejaba hacer nada.

Sonó el teléfono de la mesa de noche. Hasta ese timbre tenía un tono musical y armónico, muy diferente al de los ruidosos armatostes de la comisaría o el estacionamiento. Mientras regresaba a cogerlo, Tobosa percibió el cálido tacto de la moqueta. ¿Habría algo en ese lugar que no fuese perfecto, que no mimase alguno de sus sentidos?

—¿Sí?

—Señor Tobosa, han venido a buscarlo.

—¿A mí?

Las indicaciones habían sido muy vagas. «Déjese llevar» era todo lo que le había dicho esa mujer. Pero anochecía y él imaginaba que podía tratarse de algo importante, de modo que se esmeró y se puso un saco y una corbata. Sintió una ráfaga de indignación cuando tomó el ascensor, apareció en el recibidor y descubrió que el chofer, que lo esperaba llevando un cartel con su nombre, iba mejor vestido que él.

Subió a un vehículo negro, cuyo interior lo deslumbró. Sintió los asientos tan cómodos como la cama del hotel, aunque envueltos en cuero. El tablero de mandos tenía un televisor donde se proyectaba un mapa de las calles, incluso imágenes de los alrededores. Y lo más increíble, comparado con los autos de la policía, en los que Tobosa había viajado siempre: no saltaba. Ni tosía. Ni apestaba.

El trayecto duró unos minutos. A Tobosa le habría gustado permanecer más tiempo dentro del auto, pero no se atrevió a mencionárselo al chofer, que condujo en silencio hasta lo que parecía ser una iglesia. Entonces se detuvo, bajó y le abrió la puerta.

Tobosa se encontró ante una fila de gente muy refinada. Las mujeres llevaban vestidos muy sobrios, algunos hombres iban en traje, los demás con sotanas rojas o moradas. Todos conversaban con enorme amabilidad, y Tobosa se sintió incómodo, fuera de lugar, como una mancha de mostaza en una camisa de seda. Imaginó que en cualquier momento descubrirían que había un error y lo echarían de ahí. Para su sorpresa, con solo mencionar su nombre, el vigilante de la puerta le permitió entrar con una reverencia.

Caminó intentando pasar desapercibido. Contempló las obras de arte a su alrededor: frescos, esculturas, vitrales. Estaba tan distraído que no advirtió que pasaban a otra estancia.

Cuando descubrió dónde estaba, perdió el aliento. Con vivos colores, en las paredes se retrataban paisajes de todo el mundo, ocupados por gentes de otras épocas. Pero lo más impresionante era el cielo, que parecía real. No el que contemplaban los astrónomos, sino el que habitaban Dios, los ángeles y las almas puras. Muchos personajes habían sido pintados sobre la bóveda. Al fijarse bien, Tobosa divisó que casi todos estaban desnudos, lo que no le resultó incómodo ni censurable.

Sobre un suelo de baldosas que formaban diseños circulares y rectangulares, se habían colocado diez filas de butacas. En un momento dado, la gente, que estuvo departiendo unos minutos, comenzó a sentarse y Tobosa los imitó. Acababa de tomar contacto con un suave cojín cuando la vio.

Era la primera vez que se encontraban desde aquel día en su habitación. Ahora que lo pensaba, en todo ese tiempo casi no habían cruzado palabra y ni siquiera sabía su nombre. Quiso sentarse a su lado, preguntarle qué hacía ahí y, sobre todo, para qué lo había traído. Estuvo a punto de levantarse, pero súbitamente la atención de los asistentes se dirigió a uno de los extremos de la capilla. Todos miraban algo, o a alguien, que ingresaba por la puerta del fondo y se pusieron de pie.

Era un hombre vestido íntegramente de blanco. Lo escoltaban un par de jóvenes con pintorescos trajes de franjas azules, rojas y amarillas, y morriones negros con penachos rojos. A los escoltas, que se quedaron de pie a los lados, Tobosa no los había visto en su vida. Pero al hombre —que saludó, extendió una bendición a los presentes y se sentó en la primera fila— lo reconoció de inmediato. Hasta entonces, claro, siempre había sido en fotos, a lo mucho en un vídeo de las noticias. Tobosa nunca se había puesto a pensar de verdad que el papa fuese de carne y hueso.

A cada segundo, una nueva sorpresa superaba la anterior. De pronto entró en la sala un grupo de música con violines de diferentes tamaños. Dos pequeños, uno un poco mayor y el último tan grande que el músico se sentó con las piernas a sus lados para poder tocarlo. Mientras el público aplaudía, Tobosa reconoció uno de los violines pequeños. Cómo no iba a hacerlo.

Al comenzar la música, le pareció que las notas se alzaban y se integraban a las imágenes del techo, produciendo una armonía más allá de los sentidos. En lugar de mezclarse, los demás instrumentos parecían realzar y homenajear al violín. Durante una hora, Tobosa se olvidó de todo (el caso del alemán, la crisis con Rosario, la expulsión de la policía, los años malviviendo del sueldo como cuidador del estacionamiento, incluso el viaje que lo había llevado hasta ahí), sumergiéndose en esas melodías como en un río. Cuando llegó el momento de volver a tierra firme, tenía los ojos inundados de lágrimas, que no eran de tristeza.

Esta vez, no respondió miméticamente al movimiento del público. Mientras los invitados abandonaban la sala, permaneció en su asiento, asimilando lo que acababa de ocurrir. Pero la visión de la mujer de pie en el pasillo, dirigiéndose a la salida, le recordó todas las preguntas que tenía. Se levantó de un salto y la siguió.

—Señora... —la llamó en susurros, sin atreverse a gritar—. Señora...

Cuando iba a alcanzarla, dos jóvenes de trajes azules, rojos y amarillos, como los que había visto custodiando al papa, le bloquearon el paso. De cerca, descubrió que eran bastante más corpulentos de lo que él esperaba.

—Por favor, señor, acompáñenos.

Tobosa pensó que el error se había descubierto. Evidentemente, su presencia ahí no estaba prevista, y ahora lo investigarían, lo multarían y lo expulsarían del país. Después de todo, aunque llevaran un uniforme más llamativo, el trabajo de esos tipos no parecía muy distinto que el suyo en el estacionamiento.

Tobosa fue flanqueado hasta un salón cercano, donde lo esperaba una sorpresa más. O más bien, dos. Guardado en una caja de cristal, entre terciopelos, sobre una mesa, descansaba el violín. A su lado, de pie, lo contemplaba el papa Francisco.

—¿Le ha gustado la música?

Tobosa miró a todas partes. Nunca se había imaginado a un papa hablándole y tardó unos momentos en reaccionar.

—Ha sido... único. Creo que jamás volveré a vivir algo así.

—Bueno... usted lo ha hecho posible.

Tímidamente, como si alguien fuera a detenerlo, Tobosa se acercó y volvió a ver el Stradivarius.

—Son los cuartetos de cuerda de Beethoven —le dijo Francisco—. Entiendo que le gusta Beethoven.

¿En serio? ¿El papa entendía que algo le gustaba a él?

—Sí... Bueno, no sé mucho de esas cosas...

Francisco asintió y le palmeó la espalda:

—El señor Barenboim le manda su agradecimiento. Tal y como usted pidió, el violín forma parte de la colección vaticana, pero la West-Eastern Divan Orchestra dispone de él cuando lo considera necesario. Lamentablemente, en la Capilla Sixtina no cabe la orquesta entera...

La Capilla Sixtina. El nombre resonó en la memoria de Tobosa. El papa continuó:

—El padre... ¿Se llamaba Navarro?

—Sí, el padre Navarro.

—El padre Navarro nos hizo llegar sus instrucciones, pero se mantuvo fiel a ellas y no añadió más. Honestamente, no sé cómo lo han encontrado. En todo caso, quédese tranquilo: nadie más sabrá lo que hizo.

—Yo solo quise hacer algo bueno. Servir para algo.

—Claro que sí. El que no vive para servir no sirve para vivir.

Dicho esto, el papa lo acompañó de regreso a la puerta, le dio un abrazo agradecido y lo dejó en manos de sus guardias.

Al cruzar de nuevo la capilla vacía, Tobosa se detuvo a admirar cada detalle. Nadie lo apuró ni lo empujó hacia la salida.

Afuera lo esperaba la mujer. La misma que había intentado robarle, matarlo, que había irrumpido en su casa y su trabajo para investigarlo, la misma que parecía haberle arruinado la vida y luego le había regalado un pasaje a Roma y una estancia en un hotel de lujo. La mujer que había cambiado su existencia sin que supiese por qué, o para qué, o si esperaba algo a cambio.

Ahora, parecía inofensiva. Llevaba un largo vestido negro, una chaqueta haciendo juego —¿toda su ropa sería del mismo color?— y unos zapatos de tacón, quizá muy altos para lo que le iba a proponer:

—¿Damos un paseo?

28.

Areguá, 21 de octubre de 2021

Llevaba sentado delante de la computadora desde las ocho y eran más de las doce. Su escritorio quedaba en un rincón de la sala, desde donde vio a Diana bajar las escaleras: en pijama, con la cara hinchada y los ojos de mala noche. Negó con la cabeza, suspiró, volvió la mirada a su computadora y se encontró con el fondo de pantalla. Su hija le había regalado ese dibujo por sus cuarenta años. Era un recreación infantil de *Mata Mua*, el cuadro de Gauguin con las tahitianas de pelo negro y piel morena sentadas al lado de un árbol. Diana había intentado remplazar los rostros por el suyo y el de su madre. Para reafirmar su intención, debajo de ambas había escrito las palabras «MAMÁ» y «DIANA».

Volvió a negar con la cabeza y dirigió el cursor a una carpeta, que abrió. De inmediato, el dibujo de Diana quedó oculto por una galería de fotografías del valioso violín de tallo estrecho y cuerpo alargado de su padre, que por fin había decidido poner a la venta. El cursor revoloteó como un mosquito sobre las imágenes que lo mostraban desde todos los ángulos, ampliándolas y reduciéndolas varias veces.

Diana se había apoyado en el brazo del sofá y lo miraba en silencio. A Encarnación, la mujer de la limpieza, siempre le llamaba la atención lo poco que hablaban entre ellos y, al mismo tiempo, lo bien que se comunicaban. Su trato era un modelo de afecto y cordialidad. Se notaba que se querían, pero no necesitaban las palabras para decirlo. Podían parecer muy distintos, pero ambos cargaban la misma melancolía. Esta solo se había agravado con la muerte de Yennifer.

—¿Quieres comer algo? —dijo Johann, rompiendo el silencio.

Señaló la mesa de la cocina, donde quedaban los restos del desayuno: un trozo de pan trincha lactal untado con mantequilla y un vaso de jugo de naranja y zanahoria de caja.

—No, gracias, papá.

—Encarnación nos ha dejado comida. Hay poroto con huevo, empanada y vorí vorí. Y chipas, que nos trajo de su casa. Dice que la estufa se le estropeó cuando terminó de hacerlas, así que habrá que regalarle una nueva...

—¿Y por qué no te has servido?

Johann señaló la computadora:

—El trabajo, ya sabes...

Diana estiró las piernas y los brazos para quitarse la modorra. Había heredado el porte y el carácter taciturno de su padre, pero en lo demás era idéntica a su madre. Era menos morena, pero tenía su misma figura delineada, su simpatía innata y esa amplia sonrisa de dientes blanquísimos.

«Felizmente», pensaba Johann, que, al lado de Yennifer, siempre se había considerado tosco, feo, sin gracia.

—Esta tarde tengo que ir a Loma San Jerónimo —dijo sin mirar a su hija, mientras tecleaba en la computadora—. ¿Quieres que te traiga algo?

—Nada. Gracias, papá. Papá...

Johann von Bulow se volvió hacia su hija y se frotó los ojos, irritados luego de tantas horas delante de la pantalla. Pensó que cada vez que empleaba ese tono era para pedirle algo.

—He estado pensando... —Diana se enderezó sobre el brazo del sofá y pareció dudar—: Si a ti no te importa...

—No des vueltas y dilo —la apremió su padre.

La muchacha estaba seria de repente y se restregaba los brazos con las manos abiertas, igual que hacía Yennifer cuando estaba nerviosa, como la noche en que Johann le había propuesto escaparse.

—Le he estado dando vueltas desde que me contaste que lo habías discutido con mi madre, cuando se fueron de Nueva Germania, pero que entonces el dinero no les alcanzaba para irse más lejos...

El rostro de Von Bulow se congeló en un gesto de resignación. Tomó una buena bocanada de aire, la retuvo y, cuando se vio en la necesidad de expulsarlo, asintió con la cabeza.

—Me lo imaginaba —dijo.

—¿En serio?

—Era cuestión de tiempo para que un lugar como este te quedara chico, Diana. Tú eres como tu madre, tienes que volar.

—¿Como mi madre?

—Areguá es tranquilo, un buen sitio para vivir, pero a ella la asfixiaba —dijo Von Bulow—. Nunca te lo conté, pero habíamos vuelto a hablar de irnos antes de que ella enfermara...

—¿Y qué habían decidido?

—¿Por qué no íbamos a hacerlo? Teníamos los recursos y estábamos convencidos, pero el cáncer llegó de golpe y terminó con todos nuestros planes. Con todos...

Diana se levantó de un salto, llegó hasta su padre y le dio un largo abrazo emocionado.

—¿Entonces? —dijo al cabo de un rato, mientras se secaba las lágrimas—. ¿Podremos irnos?

—Lo haremos, claro que sí. —Von Bulow habló en voz baja, separando ligeramente a su hija y mirándola a los ojos, que brillaban de ilusión—. Solo que no ahora.

La vio retroceder, sorprenderse, dudar, aferrarse a la esperanza:

—Pero será pronto, ¿verdad?

—Depende de lo que consideres pronto...

—¿Un mes?

—Bueno, sí. Si nos vamos con pocas cosas, podría ser un mes. ¿Por qué no?

—¿Y Encarnación? ¿Se vendría con nosotros?

—Por supuesto, Diana. Ella es de la familia...

—Un mes se pasa volando...

—Yo podría seguir viniendo cuando hiciera falta —dijo Von Bulow—. Total, Asunción está cerca...

El anticuario se sorprendió por la sequedad de su hija cuando lo cortó:

—No. Asunción no.

—¿Entonces? ¿A dónde pensabas irte?

—A España. A Valencia.

—¿Valencia? Pero, Diana, ¿qué se nos ha perdido en Valencia?

—Solo te pido que no te molestes —dijo Diana.

Se volvió y se dirigió aprisa a su habitación, sin reparar en el gesto de confusión de su padre. Cuando volvió, traía una carta que le entregó y pidió que leyera. Quedó atenta a su reacción. Pudo ver que en el rostro de Von Bulow se sucedían el desconcierto y el interés, hasta que por fin se la devolvió, rascándose la cabeza, sin saber qué pensar:

—Entonces tú...

—Hace un mes grabé un casete con algunas de mis interpretaciones y lo envié. Esta es su respuesta.

Von Bulow sintió que sus huesos se volvían de cera:

—Pensaba que la música era solo un pasatiempo, Diana. Ahora veo que no.

La muchacha volvió a sentarse en el sofá y, con suavidad, contó todo a su padre. Hacía años que ella y su madre habían descubierto el escondite del Stradivarius. Diana lo tocaba en secreto, con la complicidad de su madre y de Encarnación desde hacía mucho tiempo. Le había resultado tan sencillo que, con el paso de los años, había llegado a convencerse de que esa podía ser la ocupación a la que dedicaría su vida. Había buscado lugares donde estudiar y, después de darle muchas vueltas, se había postulado al Conservatorio de Música de Valencia, donde, casi sin saber cómo, había sido aceptada.

Von Bulow hizo un silencio que se alargó durante un minuto:

—De acuerdo —dijo por fin—. Lo pensaré en serio.

—Pero, papá...

—Es lo único que te puedo prometer por ahora.

—Está bien.

—Algo más —dijo Von Bulow—. Si sigues adelante con este sueño, si tu padre es tan insensato como para permitirlo, tendrás que hacerlo con otro violín...

—Pero... ¿y el del abuelo?

—Ya lo vendí, acabo de cerrar el trato. Mañana vendrán a buscarlo.

Diana juntó las manos y su voz se volvió una súplica:

—Puedes pedirle disculpas a quien te lo haya comprado, decirle que ya no está en venta. Si lo haces ahora mismo...

—Diana, soy un profesional. Vivo de vender antigüedades, tengo una reputación. Pero no te pongas triste. Con el precio que me pagarán, podremos recorrer Europa buscando otro que te guste.

—Pero este es especial.

—Lo sé.

—No lo sabes, papá. No sabes cuánto.

—Tu abuelo decía lo mismo. Decía que con este violín iba a devolverle su grandeza a Alemania.

—¿Por qué nunca me has contado nada del abuelo?

—Te prometí hacerlo cuando tuvieras la edad y veo que comienza a ser el momento...

—Puedes hacerlo cuando lleguemos a Valencia —dijo Diana, y volvió a sonreír.

29.

Al otro lado del río, emergía una ciudad diferente. Quedaban atrás los templos monumentales y comenzaban las callejuelas, los cafés y las tiendas pintorescas de una zona turística con fachadas coloridas. Tobosa se divirtió ante un comercio de patitos de plástico con disfraces y se maravilló frente a otro de soldaditos de plomo y juguetes antiguos.

Mientras Tobosa se detenía en cada escaparate, la mujer, que parecía habituada a ese lugar, lo observaba divertida. Cuando lo notó, este se lo comentó:

—Usted no parece la misma persona que disparaba en mi habitación...

—Esa persona buscaba algo que ya consiguió. Bueno... que usted consiguió por ella.

Por los estrechos pasajes peatonales del barrio caminaban parejas enamoradas, familias bulliciosas y grupos de jóvenes risueños. Tobosa nunca había visto a tanta gente feliz. Él mismo se sentía liviano, como si se hubiese desprendido de su gruesa carga de preocupaciones. Aun así, no terminaba de entender qué estaba ocurriendo. Tuvo que vencer la timidez para decirlo:

—No entiendo nada.

La mujer rio. Su risa sonaba como un volcán en erupción.

—Es normal. Esta historia comenzó mucho antes de usted y de mí. Y seguirá después. Yo tampoco sé todo lo que tendría que saber.

—Pero sabe más que yo.

Llegaron a una plaza llena de fuentes con esculturas. En una de ellas, mujeres desnudas cabalgaban sobre monstruos marinos, y un sujeto musculoso, también desnudo, clavaba un tridente contra una víbora gigante. Tobosa intentó recuperar la concentración, tenía asuntos importantes que resolver:

—¿Por qué mató al alemán? ¿Y a su hija?

Ella siguió avanzando, pero se detuvo de pronto y miró a Tobosa a los ojos:

—Ya le dije que yo no he matado a nadie.

—Pues parece capacitada para hacerlo —dijo Tobosa—. No le tembló el pulso cuando le disparó a Gutiérrez, mi antiguo subordinado.

—Me vi obligada a hacerlo para escapar de la pensión —dijo la mujer con un suspiro—. Pero es verdad que estoy entrenada y no disparé a matar.

Tobosa recordó aquel encuentro. Era verdad que Gutiérrez había terminado con una herida que había sanado pronto.

—¿Y el anticuario? —preguntó—. ¿Y su hija?

—Respetando el deseo de mi abuelo, siempre he reprimido cualquier intención de venganza.

Echó a andar aprisa y Tobosa tuvo que esforzarse para seguirle el ritmo. La plaza estaba rebalsada de turistas y chocó con varios de ellos: japoneses, rusos, chinos. Sin mirarlo a la cara ni detenerse, la mujer le habló. Su español seguía siendo perfecto, pero su acento sonaba más áspero.

—No se apellidaban Von Bulow, ¿sabe?

—Verifiqué sus documentos —replicó Tobosa—. Estaba todo en regla.

—Esos son solo papeles. El pasado es otra cosa. Su pasado no estaba en regla.

Salieron a una plaza donde se elevaba un inmenso templo, pero no católico, como los que habían dejado atrás, sino romano, con columnas sin arabescos y un frontis más sencillo.

—¿Y cuál era su apellido entonces?

—A usted no le dirá nada...

—Tiene que decírmelo. Me lo debe.

Por primera vez, Tobosa había alzado la voz. Por mucho que ahora lo premiaran con un tour de lujo, estaba harto de esos misterios que le habían costado el trabajo y el matrimonio. Además, se sentía seguro. Tenía claro que la mujer no iba a sacarle una pistola ahí, entre toda esa gente.

Ella se detuvo y le clavó unas pupilas glaciales. Pero, a continuación, la tristeza remplazó a la furia y los ojos se desviaron hacia el suelo, donde no podían causar daño.

—Heiden —respondió al fin—: un apellido que mi familia nunca olvidará, porque lo llevamos clavado en el corazón.

—¿Y si se ha equivocado? Fui hasta el pueblo del muerto, Nueva Germania: ahí todos lo conocían desde niño, y lo conocían como Von Bulow...

—Porque él siempre se llamó así. El padre del alemán, Julius Heiden, llegó a América huyendo de sus propios crímenes. Pasó unos años en Buenos Aires, pero vivía paranoico. Pensaba que en cualquier momento lo irían a buscar. Para ocultarse mejor, se fue a Mendoza, luego a Salta, finalmente a Paraguay. En cada uno de esos lugares, quiso borrar su rastro empleando un apellido diferente: Fischer, Meyer, incluso, en un guiño artístico, Wagner, como el compositor favorito de Hitler. Mis antecesores lo rastrearon durante décadas, pero supo cubrir sus huellas con mucha habilidad.

—Al menos mientras estuvo en Argentina...

—En Paraguay se sintió seguro y se bautizó por última vez con el nombre que legaría a sus descendientes. Es lo que tiene ser un monstruo. Heiden no se engañaba con toda esa retórica patriotera de los suyos. Aunque la repitiese con aparente orgullo, en su interior sabía que algún día alguien llegaría a buscarlo, porque el recuerdo de su horror no se apagaría nunca.

—Pero a él nadie lo fue a buscar. Alguien, sin embargo, buscó a su hijo y a su nieta. Ellos no tenían culpa de nada, quizá ni siquiera sabían...

La mujer se volvió hacia Tobosa. Su mirada había perdido la paz. De repente, estaba inundada de odio.

—Esa familia no empezó con Johann y Diana von Bulow.

La multitud se había ido cargando, hasta que desembocaron en una plaza por donde resultaba imposible avanzar.

Tobosa pensó que habría una redada policial o una estación de autobuses. Solo cuando logró recorrer un par de metros, vislumbró la fuente.

Era mucho más grande que las de las demás plazas, y también estaba decorada por un par de desnudos, aunque resultaba tan imponente que Tobosa ni siquiera reparó en ellos. Lo impactaron las caídas de agua, realzadas por la luz, y las figuras pétreas de caballos alados y encabritados, que parecían luchar para salvarse del ahogamiento y emprender el vuelo. Dominaban el conjunto desde lo alto tres figuras humanas —decorosamente vestidas, al menos dos de ellas, y la otra con las partes pudendas cubiertas por una túnica—, por encima de las cuales se elevaba un palacio barroco. A Tobosa se le cortó la respiración y casi perdió a la mujer, que no parecía impresionada y en ningún momento dejó de caminar.

—¿Le gusta la Fontana di Trevi? Lleva ahí cuatrocientos años. Generaciones de romanos han ido heredando su belleza. Del mismo modo que los descendientes de los asesinos heredan el horror y que los judíos heredamos una identidad. Los exterminados en el Holocausto no eran necesariamente practicantes, ni murieron por sus culpas o ideas, ¿sabe? Lo hicieron por llevar un apellido que los vinculaba a un pasado. ¿Cómo se combate semejante barbarie?

Habían vuelto a internarse entre las calles, más amplias y parejas que las anteriores. Conforme se alejaron de la Fontana di Trevi, la multitud se espació. Tobosa seguía admirando el entorno de construcciones y monumentos de una belleza que nunca había imaginado. Pero nada conseguía borrar el horror de lo que esa mujer le decía. Sintió la obligación de discutirle, de discrepar con ella:

—Por más horrores que haya cometido su familia en el pasado, ¿cómo pudo alguien matar a esa chica indefensa en la bañera? ¿Puede alguien creer que la muerte de esa inocente lavaba los pecados de sus ancestros?

La mujer pareció perder la paciencia. Un temblor se apoderó de sus manos y sus mandíbulas se apretaron. Las palabras eran escasas, inútiles para explicar los hechos.

—Es posible que hayan querido robarle personas conocidas por él y su hija, y que por eso hayan debido matarlos. La tortura podría explicarse por su negativa a entregarles el Stradivarius y los certificados de autenticidad de las obras que pretendían robar, sin los cuales su valor es muy inferior y se hace muy difícil su venta posterior. Cuando llegué a la casa, ambos estaban muertos. Escuché un vehículo que salía de la propiedad y creo que por escasos minutos no me topé con los asesinos. Me crea usted o no, yo no tengo nada que ver con la muerte de Von Bulow y su hija. Aunque, después de escucharme, comprenderá que no pueda lamentarla tanto como usted.

—¿Por qué es tan importante para usted ese violín? —quiso saber Tobosa, sintiendo que cada vez comprendía menos todo lo sucedido.

La mujer se plantó en su sitio con un golpe de sus tacones y giró la cabeza en busca de algo. Debió encontrarlo, porque señaló un local en una esquina y dijo:

—Creo que usted, después de todo lo que le ha sucedido, merece al menos una explicación de mi parte.

Se dirigió hacia un bar dando por sentado que Tobosa la seguiría. Ya adentro, escogió una mesa apartada y bastante oscura. Era una coctelería, con una barra llena de botellas reflejadas en espejos. El barman usaba corbata pajarita y chaleco a rayas. Ella pidió un Sbagliato. Él se limitó a musitar:

—Lo mismo para mí.

En cuanto el camarero se marchó, la mujer extendió el brazo sobre la mesa. Por un instante, Tobosa pensó que lo cogería de la solapa, quizá le pegaría. Luego se dio cuenta de que le ofrecía una mano para que la estrechara:

—Mi nombre es Elke Bechstein y no siempre fui una experta en operaciones especiales. De hecho, tuve una infancia bastante pacífica.

Tobosa aceptó su mano y trató de imaginarla como una niña alegre, que quizá jugaba con muñecas. No lo consiguió.

—Mi familia se dedicaba, y aún se dedica, a fabricar instrumentos musicales, principalmente pianos. Crecí rodeada de música. Teníamos una hermosa casa de campo cerca de Múnich, y por ella no solo pasaron músicos de orquesta. También artistas como Freddie Mercury o David Bowie. Siempre los mejores. Tardé mucho en descubrir de dónde veníamos. Hasta que fui mayor de edad, nadie me contó la historia del abuelo Ernst.

Tobosa intentó encontrar algunos de esos nombres en su memoria. La pronunciación de Elke, cuando volvía a su idioma materno, sonaba como un crujir de cartones arrugados.

—El abuelo había estado en un campo de concentración, y ahí había mirado a la cara al horror, pero también a la belleza. El horror llevaba el apellido de Heiden. La belleza sonaba como un violín antiguo, una pieza única, que tenía una hechura particular. Lo mismo que su historia.

El camarero volvió a la mesa y depositó sobre ella dos vasos altos con un líquido rojo purpúreo y burbujeante. Elke Bechstein hizo un brindis que Tobosa correspondió. La bebida tenía un sabor intenso pero refrescante, justo lo que él necesitaba.

—Cuando cumplí dieciocho años, el abuelo me llevó al memorial de Dachau. Es un lugar espantoso. No había ninguna imagen de ejecuciones o torturas, ninguna señal directa de lo que había ocurrido ahí, y eso era lo peor. En Dachau, el pasado flota en el aire. Se mete por los poros. Atasca los pulmones.

—Parece un lugar horrible.

Elke se encogió de hombros. El negro de su vestido absorbía la luz y los reflejos de la bebida. Continuó:

—Hasta entonces, para mí, la guerra mundial era algo que pasaba en las películas. Sabíamos que el abuelo la había sufrido, pero no conocíamos los detalles. Mi familia nunca había hablado de esos años. Mi abuela y mis padres habían decidido olvidar, dedicarse a la música, a los negocios. Ocupar la vida pensando en cualquier cosa menos en la muerte. Si algún visitante sacaba el tema por casualidad, la conversación se desviaba por sendas más amables: el fútbol, el clima, el cine. Pero mi abuelo no quería olvidar. No podía hacerlo. Esperó dos generaciones, y de la mía, descartó a mis cuatro hermanos. Según me dijo ese día en Dachau, sentía que yo era la persona adecuada para la misión.

—¿La misión?

—Bebe usted rápido. Quizá necesitamos algo más fuerte.

Tobosa reparó en que los dos habían terminado sus copas. Se sentía algo mareado, pero de un modo chispeante, muy distinto a las borracheras de su pasado con aguardiente, ron o cerveza. Ahora Elke pidió dos Boulevardier. Venía en vasos cortos y tenía un color similar al Sbagliato, aunque más ambarino. En efecto, era más fuerte. También más sabroso.

—Desde entonces, comencé a ser entrenada por viejos amigos de mi abuelo: exagentes de la CIA, del Mossad, profesionales, traficantes de armas, mercenarios. Todo eso duró lo que duraron mis estudios. Después, comenzamos a buscar a Heiden. Es decir, yo lo buscaba físicamente con la información que él conseguía. Seguimos su pista por África, la India, Detroit y México. En algún momento, probamos la senda sudamericana, pero le perdimos el rastro. Dimos la vuelta al mundo, pero Heiden había desaparecido. Y luego... Luego el abuelo murió.

Siguió un silencio. Elke dejó unos billetes y se levantó. Aunque no había terminado su copa, Tobosa la acompañó. Al levantarse, sintió la sacudida del alcohol. Tuvo que apoyarse en la mesa, pero se compuso rápidamente y recuperó el paso.

La alcanzó justo cuando doblaba la esquina, y aunque ella parecía tranquila, a Tobosa le faltaba el aliento. Ahora se alzaba frente a ellos una mole que el excomisario no fue capaz de definir. ¿Un edificio? ¿Un monumento? ¿Un mausoleo? Tenía el tamaño de un ministerio y estatuas por todos lados. La parte superior parecía un templo romano con su hilera de columnas. Frente a la fachada, ondeaban gigantescas banderas tricolores, custodiadas por leones alados.

—En su lecho de muerte —continuó Elke—, por fin, el abuelo me habló del violín. El último violín de Antonio Stradivari. Y también me habló del mito que lo rodeaba. Supuestamente, era capaz de cuidar, de salvar del horror a quien lo poseyera. Se cuenta que ha ido saltando de siglo en siglo, protegiendo a sus poseedores, llevándolos hacia la luz. Mi abuelo decía que Heiden había pervertido su sentido, logrando que lo salvara de los Aliados.

—Y se lo llevó, junto con todas esas obras de arte robadas a los judíos —dijo Tobosa.

Elke se encogió de hombros.

—Entonces comprendí que mi abuelo no actuaba movido por la venganza, sino por la búsqueda del violín. Su corazón estaba limpio de odio. Lo que él quería era recuperar lo que, pensaba, podía ser un arma para la paz.

Ingresaron al extraño edificio por una puerta lateral. A esa hora ya no ingresaban turistas, pero nadie impidió el paso de Elke. Mientras ascendían por las escaleras, los guardias, limpiadores y oficinistas parecían saber perfectamente quién era. Ella continuó su monólogo, absorta:

—He pagado informantes durante décadas en espera de que saltase esa alarma. Y al final, saltó. Hace casi un año detecté al hijo de Heiden cuando intentó vender el Stradivarius. Comenzamos una negociación que estuvo por frustrarse varias veces, pero, finalmente, después de largas conversaciones, pude llegar a un acuerdo para comprarle el violín al precio más elevado jamás pagado por un Stradivarius. Una verdadera fortuna, que pude reunir gracias al importante negocio familiar que fundó mi abuelo. Por eso viajé al Paraguay para cerrar la operación.

Tobosa no caía de su asombro:

—Pero entonces usted es rica y no necesitaba robar el violín.

—Claro que no. Pero quería recuperarlo a toda costa. Y, al robarlo usted, no me dejó otra opción que intentar recuperarlo por la fuerza. Nunca tuve intención de hacerle daño cuando lo secuestré, ¿sabe? A lo más, darle un buen susto para que por fin me revelara el paradero del violín.

—Debo reconocer que lo logró —dijo Tobosa, muy serio.

Salieron a las columnas. Ante ellos, Roma se extendía en todo su esplendor. Los barrios modernos y antiguos, las colinas, el coliseo: siglos, milenios de guerras, imperios, victorias y dioses llenaban el horizonte. Despejado por el aire fresco, Tobosa se animó a hablar:

—Usted es judía. ¿Pensaba enviarle el violín al papa?

—No, pero no me disgusta. En su momento, Pío XII salvó a muchos de mi pueblo. Lo hizo discretamente, para no exponer al Vaticano, y por eso pasó a la historia justo como lo contrario de lo que fue. Él era un agente de la paz, como lo es también Francisco. Después de todos estos años, el violín está en buenas manos. Gracias a usted.

—Supongo que es lo que intenté hacer... aunque no tenía idea de...

—Bueno, el violín busca su camino. Pero necesita gente buena. Él lo encontró a usted. Es igual que las armas de destrucción: en las manos correctas, son inofensivas.

—En eso tengo que darle la razón...

—Por cierto, ¿cuándo pensaba cobrar la recompensa?

Tobosa se extrañó:

—¿Recompensa?

—¿Acaso no lo sabe? —Elke no pudo disimular su diversión mientras metía la mano en el bolso y extraía un cheque que parecía recién planchado—. El gobierno italiano tiene un fondo destinado a compensar a quienes descubran el paradero de los instrumentos del taller de Stradivari que se consideran perdidos. Quedan poco más de ochocientos en el mundo, ¿sabe?

Tobosa asintió, recibió el cheque y, cuando leyó la cifra de seis dígitos, estuvo por lanzar un grito. En cambio, poseído por una repentina tranquilidad, se lo guardó en el bolsillo del saco, se acercó a la mujer y se detuvo a contemplar el paisaje.

De repente, todo parecía tener sentido. La casa del alemán, el comandante, Rosario, el estacionamiento. Su vida, al menos en los últimos años, funcionaba como la Roma que tenía ante sus ojos: llena de retazos, incoherencias y disonancias, pero perfecta en su caos. Sintió que había acumulado suciedad por décadas y que ahora, en un instante, estaba limpio.